从灰烬中来

FROM THE ASHES

[加]杰西·西斯尔（JESSE THISTLE）——著

董方源 邓岳——译

中国出版集团
中译出版社

图书在版编目（CIP）数据

从灰烬中来 / (加) 杰西·西斯尔 (Jesse Thistle)
著；董方源，邓岳译 . -- 北京：中译出版社，2022.6
书名原文：From the ashes
ISBN 978-7-5001-7094-5

Ⅰ. ①从… Ⅱ. ①杰… ②董… ③邓… Ⅲ. ①回忆录
—加拿大—现代 Ⅳ. ① I711.55

中国版本图书馆 CIP 数据核字（2022）第 087861 号

从灰烬中来
CONG HUIJIN ZHONG LAI

出版发行 / 中译出版社
地　　址 / 北京市西城区新街口外大街 28 号普天德胜大厦主楼 4 层
电　　话 /（010）68005858、68358224（编辑部）
传　　真 /（010）68357870
邮　　编 / 100088
电子邮箱 / book@ctph.com.cn
网　　址 / http:// www.ctph.com.cn

策划编辑 / 吕百灵
责任编辑 / 吕百灵　范　伟
营销编辑 / 陈倩楠　曾　頔
封面设计 / 仙境设计
排　　版 / 聚贤阁
印　　刷 / 北京顶佳世纪印刷有限公司
经　　销 / 新华书店

规　　格 / 787 毫米 ×1092 毫米　1/16
印　　张 / 24.75
字　　数 / 290 千字
版　　次 / 2022 年 6 月第一版
印　　次 / 2022 年 6 月第一次
ISBN 978-7-5001-7094-5　　　　定价：69.00 元

一名原住民的遭遇

长夜漫漫
孑然一身
毒瘾弥漫神经
我却耻于告哀乞怜
从拜沃德市场[1]漫步至国会山的百年圣火喷泉
想要获得一丝喘息

我羞愧万分
背对和平塔而坐
将手伸进刺骨的喷泉里
捞出游客和路人扔下的硬币

看守喷泉的皇家骑警
对我的到来习以为常
看着我从里程碑饭店和劳里埃酒店边的梅杰斯山脚一路走来
却从未伸手阻止

① 拜沃德市场（ByWard Market）：是加拿大最古老且最大的公共市场。本诗作所有地名皆来自加拿大渥太华市。——译者注（以下无特殊情况，皆为译者注）

他静静地坐在那里，候着
看着我把湿漉漉的零钱塞进兜里
并在贪欲渐起之前
冲上前来将我驱逐
却总是放我一条出路

大家都心照不宣

我为何流落至此
从喷泉里盗窃

序

天国是努力进入的，努力的人就得着了。

——《马太福音》（第 11 章 12 节）

死寂中的危险

监狱配发的蓝色软鞋在水泥地板上剧烈摩擦，吱吱作响，接着便是拳脚如雨点般落下，打在血汗混杂的身体上，发出了一连串响亮的声音，最后，身体倒在地上，传来沉闷的“砰”声。我的猜测是对的：一名囚犯遭受了毒打。司务长告诉我们，有个人躺在公共区的地板上，失去了意识，腿绷得紧紧的，不受控制地颤抖，大小便失禁了。

我们不需目睹这幅惨景。监狱中那些不可见、不可知的东西往往比可见、可知的更骇人听闻。

第二天，在搜查完牢房后，我听说他死在送医的途中。

有人说他从另一名囚犯的餐盒里偷了一袋薯片，但谁知道呢？

谁又在意呢？

这就是监狱中的正义。根据我们自己，也根据整个社会的说法，这个小偷的死是罪有应得的。至少我是这么告诉自己的。我唯一确定的是，对于这些暴行，自己既不曾眼见过，也不曾知晓过，仅有所耳闻罢了。我甚至不会和警卫多言。要活下去，唯一的办法是闭上嘴，转过头。

我到底在监狱里做什么？为什么要置身于这样肮脏、可怕的暴力中？

答案很简单。

为了拯救自己的腿和生命。

目录

第一部分　迷失又孤独

（1979—1987）

第二部分　支离破碎

（1988—1996）

第三部分 堕落
（1997—2008）

第四部分　涅槃重生
（2008—2017）

第一部分
迷失又孤独

（1979—1987）

一个小男孩的梦

我有一个小包包
自家庭支离破碎之后，它就伴我左右
红白相间，侧边还贴着阿迪达斯的标志
还有金色的拉链——最好看的样式

我有一个小包包
它与我形影不离
每每晚上要和爸爸一起逃跑时
我就带着它跳窗而出
我们跑呀跑，跑呀跑
跑到下一个落脚的地方

我有一个小包包
奶奶叫我把里面的东西拿出来
我却并不情愿
包包里塞满了自己的东西
藏在床下
万一什么时候又要弃家而去呢

我有一个小包包
里面装着我的过去
有一天，我终于有了勇气丢掉它
把它放在床上
然后打开窗户
从二楼跳下
落在草坪上

奶奶问我：“你为什么要这样，宝贝？”

“因为我一直梦见死亡，它没法和我一起去到天堂。”

道路保留地[1]

我牵着外祖母库卡姆・南希・莫里赛特那如同皮革一般粗糙的大手，沿着铁轨漫步。成片的白杨树在风中摇曳弯曲，她静静地站了一会儿，确定前进的方向，看着晚春里成片的白云从眼前缓缓飘过，然后咕哝了一声，把粗糙的手杖探向前方，拨开高大的灌木丛，寻找着紫色或是蓝色的萨斯卡通莓[2]。当浆果已经饱满成熟后，它的外观就会变成紫色，成为能够帮助熊、鸟类和人类度过凛冬的果腹佳肴。

外祖母说，浆果很清楚自己承担了养活无数生命的职责，我们必须尊重这一点。同时，我们也要明白，自己有责任只采摘所需的食物，将剩下的留给我们的动物亲戚，以便它们能够养活自己以及后代。她说，这是我们同它们的约定，只要好好遵守，它们就不会

① 道路保留地：是一种加拿大各省政府尚未使用的政府土地，在需要时，可以修建成公共道路。1885 年，梅蒂斯人的西北叛乱（见后续脚注）失败后，大批移民农民迁往加拿大草原三省，占领大量土地。许多梅蒂斯原住民不得不流离失所，迁往公园或森林地区，其他人则居住在道路保留地上，因此，梅蒂斯人又被称为“道路保留地人”。他们靠给附近的移民定居者打零工为生，极度贫困，居住在破烂的小木屋中。由于居住在不属于自己的土地上，不缴纳税款，这些“道路保留地人”的后代也无法接受基础教育，进一步导致了他们被社会边缘化。作者的外祖父母便居住在艾林费里的道路保留地上。见后文。

② 萨斯卡通莓：北美原住民的传统食用浆果，多产于加拿大萨斯喀彻温省，外观看起来和蓝莓类似。美国称为六月莓。

辜负我们。

外祖母的棕黄色眼镜如茶杯碟一般又大又厚，但眼睛却十分锐利，总能看到当时只有三岁的我所看不到的东西。我一直试着在她之前找到属于浆果的那一抹紫色，但她每次都能快我一步，毫无例外。

当我们深入铁轨旁的草丛和芦苇丛时，一群蚊子和小飞虫从脚边飞了起来，围着我们的头顶飞舞。有几只闯进了我的嘴里，我被呛到了，咳嗽了几声，拿手在空中乱挥。

“不，杰西，”外祖母抓住我的两个胳膊，紧紧握着，“它们是我们的亲戚。永远不可以这样做！”我从来没有见过她生气的样子，但现在她显然发怒了。

围绕着我们飞舞的小虫子越来越多，她深吸了一口气，闭上双眼，用米其夫语①轻语着，指了指我和装了半满的浆果桶，又指了指从衣服口袋里伸出来的菖蒲。她的声音听起来就像是下雨前和煦的夏风掠过宽广的大草原，我想起之前，不小心惊扰了烟棚后面的黄蜂窝，那时她的低语声里并没有带着愠怒。这群小虫子和当时的那群大黄蜂一样，在半空中盘旋了一会儿，随即飞向天空，四散开来。

我惊讶地看着她，张开嘴，却不知道要说什么。四周寂静无声，远处传来一只潜鸟的鸣叫，接着是外祖母的莫卡辛鞋②摩擦的声音。

---

① 米其夫语：加拿大及美国的梅蒂斯人所用语言，由克里语和法语混合而成。

② 莫卡辛鞋：生活在北美大草原的原住民常穿的一种鞋子，由鹿皮或其他软皮制成，穿起来柔软轻便，鞋子的前半部分通常有刺绣或其他装饰物。

“哦，沉默的孩子啊，我只是告诉它们我们有事要做。”外祖母棕色的脸庞绽放出笑容，“我让它们晚点儿再来，如果它们一定要来的话。现在我们还有事要做，必须集中精神。”她拨开我脸上的几缕头发，抱着我跨过一个水坑，说：“也许虫子们是对的，现在该回去了。我们回去吧，小家伙，今天收集的浆果已经够做一个美味的班诺克馅饼[①]了。”

我爱外祖母的班诺克馅饼胜过一切。即便是同她一起收割庄稼，听她讲故事抑或是唱歌，都比不上美味的馅饼。每次去拜访外祖母时，她都会为我们做这道美食。我们家住萨斯喀彻温省的阿尔伯特亲王城，距离外祖父母家约一个小时车程。他们的小屋位于德布登附近的艾林费里，地处比格里弗镇的南边，夹在旧的1号高速公路及全新的55号高速公路之间。加拿大铁路公司的铁轨横穿道路保留地的中心，将德布登和比格里弗镇连接起来，再通往萨斯喀彻温省的其他地方。

外祖父母的小木屋和我认识的其他任何地方都不一样。妈妈告诉我，在失去了位于几公里外的帕克谷的祖宅后，她的爸爸玛肖姆·杰瑞米·莫里赛特用附近的白杨木亲手建成了这座小屋。他花了一个季度的时间砍伐树木，剥去树皮，建成小屋，又花了半个季度的时间用泥巴和苔藓填补缝隙，做好屋顶防水，为凛冽的寒冬做好准备。在这样没有水电的偏僻乡野，没有人的房子能像外祖父母的小木屋一样整洁。

外祖父说，像我们这样自食其力的反叛者已经寥寥无几，或许

---

① 班诺克馅饼：原为苏格兰传统美食，后传入美洲原住民部落，并受到欢迎。

沿路还住着几家阿坎德家的亲戚，但也就只剩下这几户了。其他人要么变卖家当，购买了属于自己的农场，要么去城市里找工作。他并不拥有这块土地，它属于英国女王①。

“女王才不介意我们住在这儿呢，”外祖父说，“我们能够在这里自由地捕猎，做自己的主人。我喜欢这样。”

外祖父和我们讲述过往昔的故事。梅蒂斯人曾在萨斯喀彻温省的各个地方拥有人口众多的庞大部落。人们都居住在外祖父母那样手工制作的房子里，靠土地为生。但那都是部族分崩离析之前的事了，加拿大政府在抵抗运动②期间对我们发动攻击，窃取了这些土地。

我不明白他在说什么，并绞尽脑汁，试着去想象在英国女王拥有的弹丸之地上，有许多属于我们族人的小村子，里面的人都像外祖父母一样住在小木屋中。但我尚且年幼，无力想象出这般图景。在过去，这里到处都有海狸、麝鼠、鹿、熊、麋鹿和鱼，森林、溪流和河流环绕四周，族人们可以寄情于山水。而且，他们当时也不似现在这般，彼此住得很远。

“如果有人想要控制我们，我们就收拾东西，搬到别的地方去。”外祖父说，“这样生活是为了自由，就像先祖一样。”

我很明白他的意思。

---

① 英国女王：加拿大名义上的国家元首仍是英国女王。

② 抵抗运动：即前文所述 1885 年梅蒂斯人的西北叛乱，是由路易·里尔（Louis Riel）领导的梅蒂斯人，在少数克里族等其他原住民的支持下发起的叛乱。他们认为加拿大政府并没有保障梅蒂斯原住民群体的生存权，并要求拥有自己独立的地区。叛乱遭到了政府镇压，包括路易·里尔在内的多名原住民被绞死，大量梅蒂斯原住民流离失所。

当我和外祖母采完浆果回来时，外祖父正挺着圆鼓鼓的肚子，站在小屋的门前。他穿着米色皮背心，上面的几颗麋鹿角纽扣都快要扣不上了。外祖父的每一件衣服都是外祖母亲手做的，用的是他捕猎来的动物毛皮，还有她每个月去德布登换来的材料。

外祖母眉头一皱，问道："布兰奇和桑尼去哪儿了？"我们离开木屋去采摘浆果时，父母的车还停在泥泞的车道上，现在只剩下外祖父那匹大腹便便的马在屋边的水槽中喝水。

"他们进城了，应该很快就回来。火已经生好了。"

外祖母点点头，推开外祖父，拎着一桶用来洗漱的雨水走进屋里。当外祖父弯下腰来拥抱我时，我闻到了弥漫在他光头上的烧焦的木头味，那件花哨的皮背心贴在我裸露的小腹上，感觉就像是我光脚走在许多鹅卵石上一般。外祖父的衣服上装饰有用小珠子刺绣而成的草原玫瑰、风花、大蓝花、风铃草、铅笔花和金雀花等图案。外祖母说，这门刺绣手艺来自她的克里人先祖，一代代由妈妈传给女儿，已经有两百多年的历史了。

晚上，外祖父拉起小提琴。我喜欢看着月光在外祖父衣服的小珠子上闪烁，就好像他穿戴着红宝石和钻石一般。当他拉起里尔舞[①]曲，双脚随着节奏拍打地板，并告诉我们这首曲子是从他高外祖父那儿传下来的时候，我却伴着月光酣然睡去。

约什和杰瑞在屋子里玩着木头玩具。这些都是外祖父在我们外出时制作的。杰瑞的玩具是一把船长的佩剑，而约什的玩具是一个木偶人，只要抓住它背后伸出的小棍子，它就会上下摇摆。外祖父

① 里尔舞：源自苏格兰和爱尔兰的一种轻快舞蹈，需要由小提琴伴奏。传入梅蒂斯人部族后，原住民将其与本地舞蹈进行了融合，形成了自己的特色舞蹈。

只需五分钟就能完成玩具的雕刻。杰瑞永远都能拿到最好的那个，因为他是外祖父最疼爱的孙子，两个人名字也一样。

玛肖姆·杰瑞米·莫里赛特（外祖父）和库卡姆·南希·莫里赛特（外祖母，娘家姓阿坎德）在自己位于萨斯喀彻温省艾林费里道路保留地的家中

有时，我和约什会嫉妒杰瑞。他会在外祖父的肚子上爬来爬去，两个人一起大吼大叫，笑得眼泪流出来。外祖父还会带杰瑞去森林里，给他看自己设下的陷阱，并教他一点诱捕兔子的技巧。外祖父却从不和我们这么做，他会拥抱我们，但那种感觉是不一样的。杰瑞甚至在外表上和外祖父有几分相似：都有点肥胖，双腿粗壮，肩膀宽阔。两人性格亦十分相近：都很强大、意志坚强，也很固执。

约什高高瘦瘦，是我们几个里长得最“印第安”的，至少妈妈在早上梳理他的黑色长发时是这么说的。她对约什一直充满耐心，我能看出他最受她的疼爱。约什的皮肤比我和杰瑞都要黝黑得多，长得看起来更像妈妈，而不是爸爸，他的外表很像一个韩国人或日本人。家里的每个人都以约什为傲，他年纪最大，最聪明，话也最多。三个孩子从叔叔阿姨那里得到的新衣服都归他所有。我要轮到约什和杰瑞之后才能穿上它们。

我比两个哥哥要小得多，也瘦得多。我的皮肤白里透红，很像爸爸。人们总是说：“他看起来像是个白人小孩。”或是说：“你确定他没有在医院被调包过？”妈妈说这并不重要，因为我是独一无二的那个。她说，我是三个孩子里出生时长得最大的那个，在1976年出生时有10磅[①]多重，身子就像狂欢节上的热狗一样长，上面还长着一个椭圆形的大头。当我呱呱坠地时，在场的医生们都惊呆了。

“你没有发出任何声音。”妈妈说，“既不尖叫，也不发出呜咽声，什么都没有。只有心脏发出扑通扑通的声音。”

在生命的前三年里，我一直很安静，发出最多的声音是哭喊声，以及兴奋时难以理解的尖叫。

外祖父把我们三兄弟放在地上，并说道：“看这里。”随后从背后的口袋里掏出一把木刀。那把木刀很小巧，我正好能够抓起来。我拿着木刀在外祖父面前晃了晃，他便往后跳了一步。杰瑞冲向我，想要保护外祖父，在他用木制佩剑刺向我之前，外祖父把他抓了起来。

热气和猪油味从柴火炉中散发出来。外祖母打开炉门，丢进几块木头，手臂上的肌肉微微颤抖着。她身强体壮，有一次，在路边的一只狗差点咬了约什，外祖母手腕一抖，就像忍者扔飞镖一样把一个铸铁锅扔了过去。铸铁锅在空中飞了八九米，那条狗哀嚎着跑进了森林，再没来骚扰过我们。

我看着她擦去手上的泥土，将卷好的班诺克馅饼球放入锅中。馅饼发出嗞嗞的声音，热气腾腾。我听到父母把车停在屋外，发出刺耳的刹车声。两人一如既往地争吵着。外祖父用克里语对外祖母

---

① 10磅：约合4.54千克。

说了些什么，我以为她要把煎锅、油和所有东西扔出门去，砸向爸爸，但她只是摇了摇头。

妈妈倚靠着前门，宣布：“我们要回家了，孩子们。收拾收拾自己的东西。”

爸爸没有进来。我往门外瞥了一眼，车里放着音乐，车窗摇了起来，里面烟雾缭绕。

“但是，布兰奇，”外祖母说，“我们摘了浆果，在烙班诺克馅饼呢。”

妈妈说：“我们没法儿吃了，桑尼要回城里去，那该死的白痴和人有约。来吧，孩子们，快点儿。”

1973 年，在姐姐伯纳黛特位于德布登的家中，尚属及笄之年的妈妈第一次遇见了爸爸。阿姨们都说她是整个萨斯喀彻温省北部最美的原住民女孩，是奥黛丽·赫本①、格蕾丝·凯利②和海蒂·拉玛③的结合体。她那及腰的黑发如丝绸一般细腻，还拥有着乌黑的眼眸，笑起来像午夜的火焰。阿姨们说，许多男人像黄蜂一样围绕在她身边，爸爸第一次看到她时，便不顾一切地展开了追求，和她聊天、给她买东西、献殷勤。阿姨们说，所有的男人都像是笨手笨脚的傻瓜。

---

① 奥黛丽·赫本（Audrey Hepburn）：好莱坞传奇女影星，奥斯卡影后。代表作有《罗马假日》《蒂凡尼的早餐》等。

② 格蕾丝·凯利（Grace Kelly）：好莱坞传奇女影星，奥斯卡影后。后嫁给摩纳哥亲王兰尼埃三世，成为摩纳哥王妃。代表作有《乡下姑娘》等。

③ 海蒂·拉玛（Hedy Lamarr）：欧洲及好莱坞传奇女影星，发明家，跳频技术的发明者。

爸爸却不一样，虽然拥有阿尔冈昆人[1]和苏格兰人的血统，但叔叔伯伯告诉我，他自认是一名白人。虽然相貌平平，腰间有很多赘肉，脸上有麻子，穿着破旧的牛仔衣，并因为打架而掉了几颗牙齿，但他自有迷人之处。爸爸能说会道、胆大无畏，这些特质显然源自他的成长经历。爸爸成长于多伦多北部粗野的蓝领阶层社区中，在那里，他学会了“不去贩毒就只能混吃等死”这个道理。他还喜欢摇滚乐，对深紫乐队（Deep Purple）、弗搁特乐队（Foghat）、杰叟罗图乐队（Jethro Tull）、黑色安息日乐队（Black Sabbath）、约翰尼 · 温特（Johonny Winter）和埃德加 · 温特（Edgar Winter）的所有歌曲及其创作方式和背景了如指掌。

妈妈则沉迷于 19 世纪 50 年代的老式乡村音乐之中，喜欢卡特家族（Carter Family）、佩茜 · 克莱恩（Patsy Cline）、汉克 · 威廉姆斯（Hank Williams）、比尔 · 门罗（Bill Monroe）和唐 · 梅瑟（Don Messer）之类的歌手和音乐家。她对鲍勃 · 迪伦（Bob Dylan）、大门乐队（the Doors）、猜猜我是谁乐队（the Guess Who）和琼尼 · 米切尔（Joni Mitchell）等现代音乐的乐队和歌手有所了解，但无法同爸爸的知识面相提并论。阿姨们说，妈妈告诉她们，爸爸就像一台点唱机，里面有全部最热门乐队的信息。爸爸十分了解摇滚乐，而在萨斯喀彻温省北部，没人了解摇滚乐、齐柏林飞艇（Led Zeppelin）和吉米 · 亨德里克斯（Jimi Hendrix）这些东西。在那里，爸爸就像一个神。

妈妈说，爸爸宽广的知识面令她难以抗拒。

---

① 阿尔冈昆人：北美原住民的一支，为许多操阿尔冈昆语的分散部落的统称，多居住于加拿大魁北克地区。

我的妈妈布兰奇·莫里赛特和爸爸西里尔·桑尼·西斯尔，1977 年于萨斯喀彻温省德布登

妈妈半边脸红肿着，她在离开小屋前还不是这样。我也不喜欢她现在说话的声音。外祖父仔细地看了看她。我知道，当妈妈走进房间时，他肯定也看到了插在口袋里的那副破碎的眼镜。他撑着桌子站起来，满口脏话，伸手去拿斧头。

我以为他要杀了爸爸。我们三兄弟都开始哭了起来。

“住手，杰瑞米。”外祖母大吼着，从外祖父手中夺过斧头，扔到炉子旁边，“这是他们夫妇自己的事情。”她的声音很轻，就像是之前和虫子说话时那样。

外祖父冷笑一声，然后盯着窗外。爸爸没有注意到，我看到他正用手敲打着方向盘。

妈妈带着一些东西回来，说道：“对不起，爸妈，下次我们一定留下来吃馅饼。”她捡起玩具，将我们塞进车里，急急忙忙地，好似一阵旋风。我们甚至都没有机会和外祖父母道别。一上车，爸爸就把车发动了，车轮掀起一阵灰尘。我可以看到外祖母和外祖父在那阵灰尘后向我们挥手道别。

大黄蜂

爸爸冲进公寓，咧开嘴大笑着。他那一头脏兮兮的胭脂鱼[①]金发飞舞着，嘴上留着油腻的八字胡。他手里拿着一个咖啡罐，提着一个白色塑料袋。

“爸爸搞到钱了！孩子们！”他把装满钱的罐子放在充当茶几的纸板箱上，然后一头倒在沙发上，把坐垫挤出一股闷臭的灰尘。罐子发出哗啦一声，一枚五分钱的硬币从里面掉了出来，朝我们滚了一小段距离。

爸爸张开手臂，等着我们拥抱他。约什从电视机前的老位置跑了过来，抓着他的腿，而我和杰瑞仍在专心地看纪录片《海底世界》[②]。看到电视里的章鱼喷出红色的墨汁，逃脱鲨鱼的猎杀，化险为夷后，我们两个也上前拥抱了爸爸。

约什仍紧紧抓着爸爸的牛仔裤，说：“我按你的要求做了，一直保持警惕，确保你外出的时候没人进来。”

每当爸爸外出赚钱时，当时只有五岁的约什就负责照顾我和杰瑞。

每次离开时，爸爸都会吩咐说：“一定要让两个弟弟吃饱。别

① 胭脂鱼：一种男士发型，前面和两侧的头发剃得较短，脑后的头发留得较长。

② 《海底世界》：记录海洋生物的纪录片。由法国电影制作人雅克·库斯托（Jacques Cousteau）主持，共九季，1968 年至 1976 年播出。

让任何人进屋。如果有人进来，你们就躲在你床后面的通风口里。晚上别开灯，因为开灯后他们就会知道你们在里面了，明白了吗？”约什总是听话地点头。

即便只有四岁，杰瑞也能对我下达命令。兄弟三人就像一个小部落，约什是酋长，杰瑞是二把手，而我是可以被呼来唤去的武士。他们两个下达的命令，我都需要执行。当有人在门口时，他们让我站在椅子上，用猫眼查看屋外的情况。为了报复爸爸把我们自己留在家里，两个哥哥会让我从马桶里捞出大便，抹在墙上。爸爸会把最好的食物藏在顶层的橱柜里，哥哥们会让我爬上柜台，把它们拿下来。爬那么高是十分危险的事，我却天生精于此道，不似两个哥哥一般恐高。站在如此之高的地方让我十分兴奋，感觉自己十分强大，因为两个哥哥可做不了这件事。

每每发现我们偷吃了私藏的食物时，爸爸都会大吃一惊。他从来不跟我们分享那些午餐肉罐头、花生酱、面包、薯片，以及偶尔才有的奶酪酱。哪怕是大家一起偷吃的食物，而我自己仅仅舔了一小口，也总是挨骂的那一个，因为我从不说话。妈妈曾以为我是个哑巴，可事实并非如此。我口齿伶俐，只不过不想说罢了。我的一切语言皆归自己所有，也是我唯一拥有的东西。其他人并没有得到我足够的信任，因此我不与他们分享自己的语言。

爸爸这次只外出了一晚，却在厨房的橱柜里留了几罐未开封的豆子和甜菜。这些都是他几天前从当地的食品银行[①]里拿的。空的饼干盒和罐头堆积成山，盖满了整个台面，有些从炉灶上滚落下

---

① 食品银行：是加拿大的一种非营利慈善福利机构，通常在社区开展工作，向无力负担购买食物的人群分发免费食物。食物来源多为热心公益的食品生产公司和餐厅。

来。冰箱里只有几个喝了一半的啤酒瓶，一盏旧灯泡，以及一个冻硬了的萝卜。有时他会外出两三天，却不留一点食物给我们。

“好孩子。”爸爸揉了揉约什的头，然后将我们三个推开，抱着自己的袋子。我们跌倒在沾满啤酒的地毯上，就像从母狗乳头上掉下来的小狗一样。

爸爸的家人想让我们相信，妈妈抛弃了我们父子四人，但这不过是他们避重就轻的说法罢了。

妈妈在十七岁时就嫁给了当时已经二十二岁的爸爸。

婚礼当天，她给他下了最后通牒：“戒酒，也别再游手好闲了。否则我就离开你。”

爸爸向妈妈许下诺言，要永远戒酒。

他坚持了三天，便打破诺言，喝得烂醉如泥。

有一天，他把气撒在所有人头上。约什挨了一顿打，而妈妈被打得更惨。

1979 年在穆斯乔（萨斯喀彻温省中南部的一个城市），照片中分别为：哥哥杰瑞（左边）、约什（中间）和我（右边）。伊冯娜阿姨（妈妈的姐妹）拍摄了这张照片

她受够了东徙西迁的生活，受够了爸爸挥霍钱财，浪费所有机

会，也受够了他的满嘴谎言。趁着爸爸躺在沙发上，醉得不省人事，妈妈收拾了行李，带着我们三兄弟搬到了穆斯乔[①]。

妈妈开始白天在当地一家餐馆打工，晚上去上夜校。我们过着稳定的生活，住在一间公寓里，不再搬家，在床铺上安枕而眠，而不是睡在成堆的衣服上。我们经常有饭吃了，妈妈也不用再像以前那样，带着满身的淤青哭着睡去。

有一天，爸爸出现了。

他身体健康，穿着干净的衣服，说话很有条理，在踏入公寓大门时一展自己的魅力。他告诉妈妈，他和他爸爸在东部一起找到了一份好工作。他也不再酗酒吸毒，并找到了一间公寓，若妈妈允许我们三兄弟和他走，他能养得起我们。他没有试着与妈妈重修旧好，他知道，现在不能惹她生气。

我认为，妈妈是因为当时已精疲力竭，没法清醒地思考，才答应了爸爸的请求。在想要达到自己的目的时，爸爸懂得如何让自己的话听起来更有说服力。他还利用了妈妈的弱点。多年街头贩毒的经历让他拥有了一张能说会道的巧嘴。

妈妈让我们跟着爸爸走了。当我们在阳台上拥抱告别时，我可以闻到她头发上的松树香味。

我并不怪她。爸爸实在是太会说谎了，若他想的话，他可以将布鲁克林大桥[②]卖给纽约市的官员。至少人们都是这么说的。

---

① 穆斯乔（Mosse Jaw）：加拿大萨斯喀彻温省中南部城市。

② 布鲁克林大桥：连接纽约市的曼哈顿和布鲁克林的一座悬索桥，建于 1883 年。

“看啊。”爸爸边说边打开袋子，一堆烟头落在地上。他抓着哥哥的胳膊，把他放在电视机旁边的烟头前面，说道：“杰瑞，你卷得最好，拿着这些卷烟纸，像上次那样做。”

杰瑞撕下一张卷烟纸，开始把最大的烟头剥开，将烟丝放在纸上。整个公寓里弥漫着发霉的烟味。然后，爸爸把罐子里的东西倒在地毯上。那些硬币就像失落的宝藏，而爸爸就像《彼得·潘》里的大海盗铁钩船长。以前妈妈会在睡前为我们读那本书里的故事。

“约什，数一数一共有多少，”爸爸说，“杰西知道这些硬币的面额，让他把它们分好类，然后你就可以开始数了。”

约什点点头，要我注意他。“杰西，就像上次一样，还记得吗？”他拿起一枚便士[①]，要我开始找这个面额的硬币。我将手插进那堆钱里，挑出看起来像金块一样的硬币。

开始后不久，约什便说：“爸爸，我们从昨天早上开始就没吃东西了，现在已经是晚上了。我们很饿，你有带什么吃的回来吗？”

“该死，我忘了。把硬币数完，我们就去商店买东西吃。我保证。”

我看着他从牛仔夹克的口袋里拿出一个装满白色粉末的小袋子，把它举到灯光下，弹了弹，然后走进洗手间，关上门。

约什叹了口气，开始帮我忙。我的肚子咕咕作响，他看了看我。不让我们挨饿是约什的责任，有时他会将我和杰瑞留在家里，然后自己走去便利店，讨钱买吃的。我们见过爸爸这样做，因此约什对此也驾轻就熟，他通常要外出几个小时，但总能带着薯片、汽

① 便士：在加拿大货币体系中，便士是一分钱的别称，一百便士即一加元。一分钱硬币现已不流通，最小面额为五分钱硬币。

水和其他好吃的回来。他真是我的英雄，我的酋长！

有时我们真的很饿，约什甚至带着我和杰瑞去街区附近的冰球场前讨钱。冰球场是最棒的地方，因为那里有卖超大的热狗。我们三兄弟会分着吃。诱人的香味从冒着热气的肉上飘出来，让我味蕾大开，忍不住咽口水。有时还没咬上一口，口水就已经从嘴里流了出来，掉在衣服上。

爸爸的钱币在电视机前闪闪发光，电视里仍在放着《海底世界》：一只鲸鱼在蓝色的海水里游弋，平静地张嘴吞下一口食物。我和约什在各色的硬币堆中翻找着，脑海里满是热狗的画面，上面堆满了番茄酱、芥末酱、甜酸酱和各种各样的美味。

我发现洗手间里有一道光透出来，爸爸一定是关门太用力了，让门被弹开了一条缝。我放下手中金色的硬币，悄悄爬过去，看他在做些什么。约什跟在后头。

爸爸坐在马桶上，弯着腰，一只手拿着勺子，另一只手拿着一个蓝色的打火机。红色的火焰舔舐着勺子的底部，气泡向空中喷出一个个小水珠。爸爸满头大汗，汗水落在了瓷砖上。我有一天在沙发底下发现的那个透明物体[①]就放在他身边。

爸爸曾告诉过我，这是一只人造的大黄蜂。小孩子不能玩这个东西，因为会被意外蜇伤，里面装的“药品”会让他们病得很重，甚至死去。它透明身体上的黑色条纹看起来很吓人，就像我在草原玫瑰丛中看到的蓝黑色大黄蜂一样。在我去看外祖母时，这种蜜蜂蜇过我。

爸爸拿起“大黄蜂”，放在勺子边上，将药品吸进它的肚子

① 透明物体：此处指的是杰西爸爸在注射毒品时使用的针筒。

里。然后他把皮带缠在胳膊上，用牙齿咬住一端，把头往后拉，就像保罗叔叔的狗在我们进行拔河比赛时那样。我可以看到他手和胳膊上凸起的青筋。他用“大黄蜂”刺了一下自己，红色的鲜血便流进了针筒里。我把脸贴在门缝上，想看得更清楚。我感觉有坏事要发生。

我想，这些血液看起来就像章鱼在逃离鲨鱼猎杀之前射入海中的红墨汁。我想知道爸爸是会成功逃脱，还是会被鲨鱼抓到。外祖母轻柔的声音在我耳边低语着，香甜的萨斯卡通莓的味道涌入了我的鼻腔。我鼓起勇气，想要阻止爸爸遇险。

爸爸松开皮带，呻吟了一声，从马桶边上翻了下来。我推开门，跑向一动不动、闭着眼睛的爸爸。我回头看了眼站在卫生间门口的约什，他吓得尿裤子了。

小浣熊[①]

街角商店的粉色霓虹灯耷拉在一旁，忽明忽暗地闪烁着。我站在窗前，看着霓虹灯光照亮了玻璃内侧广告上的巨大雪糕筒。

“杰西，注意了。”爸爸说着，推了推我的肩膀。起风了，枯萎的叶子在房子边上打转。爸爸把头缩进牛仔夹克的领口。我看见一个戴着帽子的老人从草地边的小路上走来。爸爸在拐角处拦住了他。我试着集中精神。

爸爸很礼貌地说：“打扰了，老先生。请问你有没有一些闲钱？我有三个孩子，他们今天还没有吃饭。”一边向我们示意。我们三个按照爸爸教的那样站起身来，伸出双手，眼睛瞪得大大的，说道：“谢谢你给的任何一点小小的施舍。”

老人敞开风衣，翻了翻口袋，然后耸耸肩，说道：“不好意思，伙计，我没有多余的零钱了。”说罢便从我们身边走过，进入商店。商店门口的铃铛响了，意味着我们这次乞讨失败了，我们还要继续乞讨。我透过窗子，看到他买了牛奶和面包，还找回了一些零钱。当老人走出门外时，我冲了上去，拽住他的腿，想要让那些硬币在他的口袋里叮当作响，借此让他明白，我知道他有零钱了。他把我一脚踢开，对爸爸说：“你应该以此为耻。”

---

① 小浣熊：生性喜好垃圾，喜欢钻进垃圾堆里吃垃圾，和本章节部分内容有所呼应。

“去你的。”爸爸回击道，把香烟弹向老人的方向，并愤怒地哆嗦着。约什叹了口气。杰瑞用双手紧紧环着约什，直到约什笑着求他停下来为止。爸爸忙着在人行道上找东西，在垃圾桶边上发现了一个烟屁股。

“我不会再从那里找吃的了，”约什说，他的眼睛紧紧地盯着爸爸和那个垃圾桶，用脚踢了下墙，“我们也不应该这样做。”

爸爸把烟屁股放进嘴里，掀开垃圾桶的盖子。“你永远不知道能从这里找到些什么。”

他是对的。几天前，爸爸外出时，约什把我留在公寓里，带着杰瑞出去了。我从窗户向外看去，发现杰瑞朝垃圾桶走去，爬了进去，在一个个黑色垃圾袋中翻找着，活像一只小浣熊。几分钟后，他探出身来，手里拿着一些旧面包，几包午餐肉和几个凹陷的罐子。杰瑞把这些东西扔给约什，但他那天就像个状态不好的外场手[①]一样，没能接住这些食物，让它们掉在了地上。面包和肉还能吃，只是边上有点发绿。我们把发绿的部分去掉，这些食物就像是新的一样了。

“这里啥都没有，孩子们。市政昨晚才收过垃圾。”爸爸盖上垃圾桶的盖子，把领子竖了起来。他的烟也抽完了。十一月的冷风灌进衣服里，我们三个蜷缩在了一起。我们已经出门好几个小时了，却没有弄到一点点零钱。每个路人要么看起来匆匆忙忙的，要么没有足够的零钱。我们总是互相分享彼此拥有的东西，所以我不明白

① 外场手：是棒球和垒球比赛中，负责防守整个外场区域以及外场两侧界外一部分区域的球员。日本、中国台湾地区又称外野手。外场手的一大职责是负责截获击向外场的腾空球和内场漏来的地滚球。

为何人们都如此吝啬，不愿意与我们分享。

“听着，”爸爸说，“我有个计划。”他跪在杰瑞和约什的面前，把手放在他们的肩膀上，“我和约什之前做过这事。现在大家都在，我觉得这次效果会更好。”

约什振作起来，但爸爸甚至都没看我一眼。我吐了吐舌头。

“杰西，你现在只有三岁，但也可以帮上忙。”爸爸拍了拍我的屁股，“约什知道该怎么做，跟在他后头，按他说的做。”

约什用胳膊搂着杰瑞和我，把我们拉到一起，低声说：“待在我身边，当我叫你们跑时就跑，直接回公寓去，不要跟着爸爸！”

爸爸向约什眨了眨眼睛：“这就对了，儿子。”

我是多么嫉妒约什啊。

走进商店时，我紧紧抓着约什的袖子，杰瑞站在我身边，看着货架上一排排的薯片和糖果。店主低头看了我们一眼，便将目光转向爸爸。爸爸走在前边，把我们甩在了后头。我还没反应过来，他就已经在商店后面的牛奶和汽水货架旁边了。他的脑袋四处乱转，一会儿低头看看地板，一会儿看看巧克力棒，一会又抬头看看灯光，就好像不知道自己在找什么一样。约什推着我们，一点点地挪到了靠近前门的第一条走道上。

我从来没见过爸爸这样瞎晃悠的样子，就像一只被吓坏的松鼠。他看起来既害怕又滑稽，打开门又关上门，但突然间就消失了。我踮起脚尖，想看看他在做什么。

“砰”的一声，一个玻璃瓶被砸碎了。牛奶像河水一般从乳制品区潺潺流出。随后传来了另一个玻璃瓶被砸碎的声音。

“那边发生了什么事？”店主一边喊着，一边从收银台后面走出，去看看发生了什么情况。

我朝着放有乳制品的走道望去，想看一眼爸爸。但约什把我拉了过来，猛地拉开我的裤子，塞进几包薯片、几袋肉肠[①]和一块面包。我惊呆了，食物在裤子里塞得满满当当，有一半露在了外面。杰瑞早已站在10英尺[②]外的门口，裤子里也塞满了好吃的东西，把门打开了。约什拉着我的衣服，把我推向杰瑞。我踉跄了几步，随后杰瑞抓住我的胳膊，两人一起走出前门。

走到人行道时，杰瑞拖着我往垃圾桶的方向走去，我都快被拖到地上了。商店的门合上了，门铃发出响声。约什从我们身边匆匆跑过，一只手抓着一把口香糖，另一只手拿着甘草和更多的肉肠。他带着我们走到垃圾桶后几英尺远的灌木丛中，躲在树枝下面，等着爸爸。

爸爸从商店里出来时，正挥舞着手臂和店主争吵着。店主也大吼着，挥舞着拖把，手指着店内。爸爸向后跳了几步，然后向公园走去。

没人注意到，我们正躲在灌木丛里注视着一切。

我觉得这真的很好玩，也很高兴能跟大家齐心协力完成一件事情。现在，我们有吃的了。

---

① 肉肠：这是一种形似热狗肠的食物，通常由碎肉（最常见为火鸡肉、牛肉和猪肉）制成，混有香料，无须烹调即可食用。

② 10英尺：约合3.04米。

爸爸的爱

我梦见了自己的出生，满身羊水，从子宫里出来
急救室刺眼的灯光照在我的脸上

我啼哭着，小手紧握着
“是个男孩！”医生喊道，我小小的肺呼吸着

“哦，真是美好的一天。”妈妈喜极而泣
“来，让我抱抱他。”爸爸的眼眶里也有一滴泪

爸爸的双臂紧紧抱着我
来回轻轻摇晃，他的爱环绕着我

然后，他猛然拉着我
抡起我的腿，把我直接丢进垃圾桶里

“我不需要这个。”他哈哈大笑，猛地盖上盖子
掸了掸手上的灰尘：“谁需要一个孩子？”

红男爵 ①

“爸爸昨晚又没回家。”约什边说边从上铺跳下，砰的一声落在木地板上。他摇晃起下铺的床来，每晃一下，床铺生锈的弹簧就会吱吱作响。杰瑞哼哼着，把被子拉到自己身上，我的腿露了出来。清晨的寒风从我那件“太空飞鼠”睡衣下面的小孔中钻进来，让我一下就清醒过来。杰瑞和我一起睡下铺，他占了四分之三的位置，而我只能睡在床垫外边的一小块地方。但这没关系，杰瑞的身体温暖又柔软，让我想起了泰迪熊玩偶。我打了个哈欠，揉了揉肚子。

约什说：“这是我叫你们起床的原因。爸爸醒来后，带着所有零钱出门了，还说会带吃的回来，但事实并不是这样。”他又更用力地推了推床铺，这次终于把杰瑞叫醒了。杰瑞醒来后，放了个屁，侧躺着，仍然蜷成一团，嘴上和下巴都流着口水，枕头都被浸湿了。

他眨了眨自己睡得迷迷糊糊的眼睛，朝客厅看去。“爸爸在哪里？”他的声音听起来又气又恼。

“我不知道，”约什举起双手，“我们又没吃的了。”

我听见杰瑞的肚子在咕咕作响，他肩膀上裹着毯子，缓缓地坐

---

① 红男爵：第一次世界大战时期的德国王牌飞行员，全名曼弗雷德 · 阿尔布雷希特 · 冯 · 里希特霍芬（Manfred Albrecht Freiherr von Richthofen）。在“一战”期间，总共击落了 80 架协约国战机，但于 1918 年 4 月 21 日被击落，当场死亡。

了起来。那个毯子看起来像一件斗篷，毛茸茸的表面上装饰有许多飞机的图案。因为披在杰瑞身上的缘故，这些图案都相互折叠、扭曲并碰撞在了一起。我甚至可以想象这些飞机在他身上发生了爆炸。我知道它们都是第一次世界大战时期的战斗机，因为爸爸和我们讲过这些。他还说，飞机尾翼上有黑色十字徽标的是德国空军，是坏人；而飞机尾翼上有蓝白红同心圆徽标的是英国空军，是好人。

我很喜欢红男爵的故事，一直想象着自己驾驶着他的三翼战斗机，击落加拿大王牌飞行员罗伊·布朗[①]的飞机。男爵的红色福克 Dr-1 三翼战斗机要比布朗的索普维斯“骆驼”战斗机酷得多。当杰瑞站起来，慢吞吞地走进厨房时，红男爵和布朗的飞机都在他的脖子上嗡嗡作响。他十分沮丧，用力关上橱柜门，瘫倒在地上哭了起来。

“我好饿。”他不断哀号着。

我在相机前摆姿势，1980 年

① 罗伊·布朗（Roy Brown）：第一次世界大战时期的加拿大王牌飞行员。在“一战”期间，他总共击落了 10 架同盟国战机。英国皇家空军将击落红男爵飞机的功绩归在他身上，但有许多历史学家声称，击落红男爵飞机的是一名位于地面的澳大利亚高射炮手塞德里克·波普金（Cedric Popkin）。

约什离开我，走到杰瑞的身边，揉着他的背，说道："别哭了，杰瑞。我们要像上周那样，去商店里搞点吃的来。"他看着对面便利店的窗户，"我们三个合作，肯定能拿到各种各样的食物。那一定很好玩。"

约什走到冰箱前，拿出一瓶喝了一半的啤酒，递给杰瑞。"棕色汽水，喝了它。"

杰瑞丢下毯子，用双手接住啤酒瓶，皱着脸，把瓶子放在嘴边，头一仰，把酒灌进肚子里。

我想象着他喝下魔法药水的样子。我觉得杰瑞是三兄弟里最坚强的那个。

"好恶心。"杰瑞喊出声来，他讨厌啤酒。爸爸拿啤酒给我们喝时，他从来不喝。但他也知道，喝完啤酒肚子会很撑，也就不会那么饿了。他把空瓶子递还给约什，约什把它和其他空瓶子一起放在厨房的水槽里。他一开门，蟑螂就窜进橱柜最黑暗的角落里。

"我们还有这个。"约什边说边走回冰箱，说话的声音中还伴有少许热情。他从保鲜层里拿出了一个萝卜。这个萝卜有他的头一般大，落地时发出的巨响让整个公寓都震了一下，听起来就像是炸弹爆炸一样。约什把这块巨大的萝卜滚到了毯子边上，撞到了杰瑞的脚。

"爸爸说，我们可以吃这个。我知道，我们之前试过吃萝卜，却没有成功，这是因为我们太轻易就放弃了。"约什说。

我摇晃地走到萝卜前，想知道怎么把它塞进嘴里。约什从抽屉里拿出一把刀，坐下来，开始砍萝卜。每砍一下，就有硬币大小的白色和黄色萝卜碎渣飞溅得到处都是。我捡起一片白色的萝卜片，塞进嘴里，咬了下去，却怎么也没法咬穿它。我开始咀嚼起萝卜来，这东西一点味道也没有，但我还是硬吞了下去。下牙上覆盖了一层薄薄的萝卜，我伸出手指，想要把这些东西刮掉。

杰瑞捡起一片黄色的萝卜，把它塞进嘴里。他咀嚼时发出的“咔嚓咔嚓”的声音告诉我，黄色的萝卜片要比白色的硬得多。他双手合十，把萝卜吐到地上：“这比棕色汽水还要糟，就像个石头一样。我可吃不了这东西。”

约什停下手中的活儿，拿起一大片黄萝卜塞进嘴里。他试着假装自己吃得很开心，但我们都看得出这是一种折磨。约什一边脸颊的肌肉不断起伏，最终还是把萝卜吐了出来，他同意了杰瑞的看法：完全没法吃。

门外传来响亮的敲门声。

约什轻轻将刀放在地上，用手遮住我和杰瑞的嘴。“安静。”他嘴里说着，并用嘴唇做出了一个嘘的形状。那个被砍得伤痕累累的萝卜在地上来回摇晃，似乎威胁着要出卖我们，告诉门外人：屋里有人。

门外又传来一声敲门声。

“开门。”一个声音响起，“我们是警察，我们知道你们几个小孩在屋里。”

约什瞪大了眼睛，一把抓住我的衬衫，把我拉到墙边，就好像自己不知道该如何应对或去往何处似的。

杰瑞跳起来，把毯子扔在地上。“跟我来。”他边说边把我和约什推进卧室。我们跑到了杰瑞的藏身之处，这是我们刚搬进来时他发现的大通风口。当杰瑞喊爸爸来看这个通风口的时候，爸爸也对里面的空间之大印象深刻。他告诉爸爸，自己用一枚一分钱硬币旋开了通风口四角的螺丝，打开格栅，里面的管道有12英尺[①]长，然

① 12英尺：约合3.66米。

后往右拐去。

“聪明的孩子。”爸爸说。他在格栅后面系了一条绳子。“现在，如果有人来家里，无论任何人，你们三个就躲在这里，只要拉这条绳子，通风口的盖子就会关上。明白了吗？”

杰瑞点了点头，然后试了试。在头几次里，盖子要么盖歪了，横了过来，要么根本盖不上。最终，在爸爸的悉心指导下，杰瑞可以在一两秒的时间里就把盖子合上。人们很难从外面看到这根绳子的存在，也很难发现这个格栅没有螺丝固定住。

砰！砰！砰！

敲门声听起来变成了大力踹门的声音。大门很快就会被他们打开。

“快点，他们来了！”杰瑞边说边打开格栅，把我的头从通风口处塞了进去，并踢了踢我的屁股，催促我快一点儿。当我往管道更深处爬时，一股温暖、干燥的风吹拂着我的脸庞和胳膊。约什就在我身后，把脸贴在我的屁股上。他把我推到管道更深的位置，爬进黑暗之中。

“走啊！”约什的声音里虽然充满急躁，但也刻意压低了自己的嗓音，“快点，杰西，快点爬。”

越往深处爬，我们的身体就越和铁皮管道碰撞在一起，我的耳边像是响起了声声炸雷。我哭了起来，转头看到杰瑞按照爸爸教的那样拉动绳子，一下就把格栅完美地合上了。我们捂住嘴，屏住呼吸，灰尘在我们四周落下。

砰！砰！砰！

我可以听到大门被撞开，许多双脚踏入客厅发出的声音，听起来就像我在自然节目中听到的野牛群的踩踏声。

“看这儿，”我听到一个人说，“厨房里满是垃圾。”

“看啊！”另一个人在厕所中喊道，他的声音在瓷砖上发出回音，“浴缸里有针筒和的其他的工具。你们过来看看。”

一个声音从其他声音中脱颖而出，我可以听出来他是这群人里领头的那个。“是的，就像邻居描述的那样，毒品和小孩子，找到他们！”

在橱柜门被打开的剧烈声响后，我听到了空啤酒瓶撞在一起的叮当响声。“天啊！”厨房附近传来一个低沉的声音，“他们一直在砍这个萝卜，看来他们没吃的了。”

我听见他们走进爸爸的房间，发出更多的噪声。“这里除了色情杂志之外什么都没有。”

一双黑色的靴子出现在通风口前，一名警察弯下腰来，检查床底。隔着杰瑞和约什的身体，我只能看到他身上的制服。“这里啥也没有。”他一边说，一边用手电筒照向通风口。他的声音比其他人更高，也更年轻。“但枕头是湿的，他们肯定刚走不久。”

“不可能，”那个领头的人说道，“隔壁的女士看到他于昨晚10点半离开，几个小孩子都留在屋内。她从自己家门的猫眼往对门看时，也看到那些小孩了。她说他们会在商店或冰球场前讨吃的。我们在这两个地方都找过了，都没有看到他们，这意味着他们还在屋内。再仔细找找。”

“我不知道，警长。我们到处都翻遍了。公寓就这么大，他们能躲在哪儿？”

那双黑靴子再度站在通风口前时，杰瑞的手臂开始颤抖起来。那名年轻的警察正在用对讲机和其他人联络，约什的身体扭动了一下，铁皮管道在他的胳膊下发出了沉闷的撞击声。

“等一下，”那名年轻的警察说，“我觉得他们在这里。”然后将手指伸到格栅后面，试着拉开它。格栅的位置被拉歪了。

杰瑞咬紧牙关，用尽全力，紧紧抓住绳子。

“他们在通风管道里。我看见他们了！但他们不知怎么把它锁住了。”那个年轻的警察把眼睛贴近格栅，以看得更清楚。许多其他警察也走进了房间。“是他们。”他笑了笑，把手掌放在通风口上。

我浑身颤抖着，却也能感觉到约什也在发抖。

“没事的，孩子们，没什么好怕的。”

“让开。”那名领头的警长咆哮着，一把扯开格栅。

一个毛茸茸、肉乎乎的大手伸了进来，把杰瑞拉了出去，接着是约什和我。我的“太空飞鼠”睡衣挂在通风口处的螺丝上，撕开了一条口子。

杰瑞和我都在颤抖和哭泣，我说不出话来。那条绳子在杰瑞手中被扯断，把他的手掌磨破了。蓝红相间的灯光在卧室的天花板上闪烁着。

爸爸要杀了我们，我想。约什哭了起来，他可能和我想的一样。

那名发现我们的警察弯下腰，微笑着问：“你叫什么名字？”他一边问约什，一边掸去他肩膀上的棉絮，并为他擦去眼泪。约什只是瞪了他一眼，闭口不言，脸上的灰尘弄脏了耳朵。

一位面容和蔼的黑人女士出现在年轻警察的身后，手上拿着写字板。我可以闻到她身上水果味的香水味道，但这味道让我感到饥肠辘辘。她跪在杰瑞面前，说：“我们会带你们去安全的地方，不要害怕。”

杰瑞把她推开，双手交叉在一起。

她向警察点点头，警察便把我们抱了起来。

警察把我抱出了公寓，我从他的肩上向后望去，看到那条毯子还留在厨房的地板上，半掩着那根萝卜和一些空瓶子。我可以看到红男爵那架三翼战斗机的轮廓，还想象着自己驾驶着它越飞越高，飞向天空，靠近太阳。

协议

那个和蔼的黑人女士和年轻警察带我们去了一栋有很多窗户的红砖大楼。

她说："你们在这里会很安全。"

她拉着杰瑞的手从警车里出来。我们三个都没有反抗，走进大楼的两扇铁制正门，穿过一个长长的大厅，进入一个有许多排双层床的大房间。房间里散发着一股漂白剂的味道。

房间里还有其他孩子。他们都坐在自己的铺位上，打量着我们。我们走向房间后面的三张空床。约什和杰瑞得到了两个下铺的床位，而我睡上铺。我注意到房间里有两个黑人小孩，还有几个年龄较大的孩子。这几个大孩子和我们一样，有着深色的皮肤和头发，长得就像我们在萨斯喀彻温省的印第安表亲一样，但略有不同。床上的被子和床单整理得井井有条，四角紧紧地塞在床垫下面，枕头也平平整整地放着。我以前见过妈妈像那样整理床铺，但在同爸爸住在一起的几个月里，他从来没有为我们做过这样的事情，也买不起这种枕头。

不管这个新地方到底是做什么的，它都井井有条、窗明几净，让我感到十分放松。

"这里是儿童援助中心。"黑人女士告诉我们。

在隔了许多张床之外的地方，我看到一个红头发的男孩看着我，冲我笑了笑，并轻轻地挥了挥手。我低下头，把头埋在黑人女士的腿里。

“那是约翰尼。”她说，“一个好孩子，你别害羞。”

杰瑞和约什也往那个方向望去，那个男孩也向他们微笑着挥了挥手。他们盯着他看，直到他把手放下来。

这地方比公寓或任何我去过的地方都要大得多。

“爸爸在哪儿？他什么时候来接我们？”约什问道。

黑人女士没有回答，只是给了我们一些吃的，然后给我们盖上被子，关灯离开了。

我并不害怕，把肚子吃得饱饱的，便安然入睡了。我梦见了那位女士，想知道她叫什么名字。早上醒来的时候，这个地方热闹极了，我们排着队，被带到一个大厅里，并在那儿吃了些燕麦和香蕉。我紧跟着两个哥哥，其他孩子都在打量我们。约什负责和这些孩子说话，并告知他们，爸爸外出了，一旦警察找到他，我们就会回家。

“我以前也是这么想的，”一个孩子说道，“但我们现在都是孤儿了，你们不知道吗？”

我不知道那是什么意思。

我们同约翰尼及其他孩子都成了好朋友。杰瑞说，约翰尼就像是我们的红发兄弟，也是我们部落的一员。约翰尼告诉我们，有一天，他的父母因买不起麦片而大吵一架，然后就把他丢在这里了。他觉得是自己的错，因为他从来没有机会告诉父母，自己甚至不喜欢吃麦片，没有麦片吃也没关系。

我为他感到难过。因为我觉得这同样也是爸爸妈妈离开我们的原因。我一直都不乖，经常要吃的。我们吃了爸爸私藏的食物太多次了。他可能对此非常生气，便离开了我们。我拥抱了约翰尼。

几天后，奇怪的事情开始发生。

黑人女士和其他在大楼里工作的人开始把孩子们一个接一个地从房间里带出来。那些被带出去的孩子在回来后告诉我们，这些人向他们提了很多难题。医生检查了他们的头发、舌头、私处和腋下，看看是否有虫子，或者有没有染上疾病。

有些孩子被带出去后就再也没有回来，这是最可怕的。他们就好像是被怪兽吃掉了一样。没人知道这些人发生了什么，但年纪大一点的孩子说他们是幸运儿，因为有人想要他们。我不明白，我们的爸爸妈妈想要我们，但为什么这些孩子的爸爸妈妈不要他们呢？

当工作人员来带走杰瑞时，约什冲过去咬了那位女士的手，我也跑过去拼命踢她的脚。我们不停大声尖叫，拍打着她，脸变得比消防车还要红。约翰尼也加入进来，踩着她的脚趾，直到她松手为止。我们四个急忙跑到房间的后面，依偎在角落里。约什圈住两个弟弟的脖子，把我们拉近他。我们把约翰尼也拉了进来，互相搭着彼此的胳膊，紧紧地抱在一起，紧咬牙关。我们完全是在按照爸爸的指示做，保护彼此，免受陌生人的伤害。

那位女士离开房间去搬救兵。

“我们要团结起来。”杰瑞气喘吁吁地说道。我们都点了点头，当即达成协议：无论如何，都要照顾好彼此。我们用尽全力靠在一起，闭上眼睛，表示赞同。

协议达成五分钟后，一队工作人员走了进来，把约翰尼从我们之中抓了出来。我们想要反抗，却被他们紧紧按住，只好眼睁睁地看着红发兄弟被带走。他们实在是太强壮了。此后我们再也没见过约翰尼。

几周后，当他们来抓我们兄弟三人时，我想起了他。

怪物救援

在医生检查完后，我们三人被安排在走廊上站着。黑人女士说道：“你们这几个孩子运气可真好。我们找到了一个寄养家庭，可以收养你们。”

约什站在正门和房门之间的位置，充满防备。杰瑞在四周转悠，一言不发，咬着指甲。

“收养我们？”约什强硬地问道，“送我们去哪儿？爸爸妈妈呢？”

杰瑞一脸茫然，不再瞎转悠，而是走到约什身后，仿佛在支持他。

“寄养家庭”是什么？我从没听过这个词。谁要收养我们？我不确定，但我知道两个哥哥很不安。

黑人女士犹豫了一下。我可以看出她在斟酌接下来要说的话。

医生走到大厅，递给她一个写字板。“他们都很好，”他说，“但这个孩子体重有点轻。”并指了指约什，可我觉得他身体很好。

约什不断发问，但女士却避而不答和父母有关的那些问题，只是不断告诉我们，我们很幸运，很快就会有人来接我们去新家。

我们全身都清洗得干干净净，刷了牙，梳了头发，系了鞋带，也收拾好了自己的东西。在爸爸带我们离开妈妈的公寓时，她给了我们每人一个阿迪达斯的皮质小包包。每个小包上都有我们各自的名字。这些包包里一直都装满了东西，以便在夜晚逃跑。这是每次搬家时，爸爸都会和我们玩的有趣游戏。当我们第一次来到这里时，警察肯定也把这些小包包捎上了，却忘记带上旧衣服。

我很高兴又能拿着小包包了，这意味着自己又可以去一个新地方了。小包包里塞满了更漂亮的衣服，甚至还有一件全新的“太空飞鼠”T恤。虽然知道两个哥哥忧心忡忡，但我还是很兴奋。

我们走到外面，一位老人把车开了过来，下了车。

他对黑人女士说：“很高兴见到你，格拉蒂丝。”并告诉我们他叫克莱夫。他身上有一股陈年雪茄的味道，工作服上沾着油渍。克莱夫比爸爸高大得多，从那满头白发与肥胖的肚子来看，我觉得他至少有一百岁了。

格拉蒂丝握了握克莱夫的手，然后跪下来捏了捏杰瑞的脸蛋。“孩子们，我会想你们的。”她一边说，一边扯下杰瑞黄褐色条纹毛衣上的线头，“但我会最想你的，杰瑞。”我看得出杰瑞快要哭了。当克莱夫把我们的行李放进汽车后备厢时，他们两个拥抱在了一起。接着，我们便出发了。

去往新家的路途十分漫长，直到晚上才到，我的眼睛都快睁不开了。当车终于在克莱夫家门口停下时，一个女人和一个小女孩出来迎接我们。她们绽放出热情的笑容，手拿着气球，旁边还有一只小狗在吼叫着。那只狗有一身蓬乱的棕色毛发，大概有海狸一般大小。

克莱夫向我们介绍他的家庭成员：“这是我的妻子辛西娅，这是我的女儿玛蒂尔达。”我觉得辛西娅和克莱夫一样，都很老了。玛蒂尔达有一头卷卷的披肩发，和我在萨斯喀彻温省的表姐一般大小，大约九岁。当我们进屋时，那只狗还在吼叫着，并用鼻子到处嗅着。

我对那间屋子的记忆已模糊不清，就像是黎明前挥散不去的雾气。不规则的蓝色和黑色物体彼此渗透。阳光还不够强烈，无法看清前方高耸的蔚蓝草丛中潜伏着什么，也看不见草原另一边的云杉树丛。

我所记得的，是油渍、压力、那条狂吠的狗，以及希望结束这样生活的强烈期许。

我还记得一匹巨狼闯进房间，走过我们的床铺。杰瑞想要击退它，却被它撕成两半。

在杰瑞被从床上抓起来撕碎之前，他那小小的拳头在黑暗中挥舞着。

他总是挡在我和怪物之间，让我免受哥哥们在隔壁房间遭受的皮肉之苦，而我却哭着入睡。

我转过头去，试图逃避一切，但它总能找到我。

杰瑞和约什在那之后变了，失去了自己的超能力，每晚都尿床。但他们仍然是我的保护者。

那段时光的碎片混合在一起，折射出的光线让我眼花缭乱。但我仍然记得，有一天，那位黑人女士出现了，在离开房子前，杰瑞当着那条狗的面用力关上房门。它的呜咽声是我在那个可怕之地所记得的最后一件事。

怪兽

车子在岩石和短叶松之间疾驰。我的眼睛想要看清车窗外参差不齐的风景，但绿色和蓝色的模糊景象却让自己感到恶心。

我的爷爷西里尔·西斯尔和奶奶杰姬·西斯尔就和爸爸以前给我们看的照片上一模一样。开车的爷爷和爸爸一样留着棕色的小胡子，但上唇的胡须修得很整齐。他像《小捣蛋》[1] 中的阿发尔法一样留着分头并梳得整齐锃亮，但不是阿发尔法那样的中分发型。奶奶则留着灰黑色的爆炸头，头发随着面包车行驶而晃动着。

她向后靠了靠，递给我一个三明治。我饥肠辘辘，接过了它。

爷爷在后视镜里对我笑了笑，光线透过他的眼镜照在眼睛上，他的眼睛像蓝宝石一样闪闪发光。

在驶往多伦多的路上，爷爷奶奶并没有和我们多说什么。但通过奶奶向爷爷的抱怨来看，我可以感觉到她对爸爸妈妈很生气。她对爸爸把我们单独留在家里感到很愤怒，而在谈及妈妈时，她也十分生气。但我并不理解，是爸爸说服妈妈让我们去穆斯乔的，现在一地鸡毛的局面可不是她的错。

---

① 《小捣蛋》（*Little Rascals*）：又名 *Our Gang*，是一部大受欢迎的美国系列喜剧短片，出品时间为 1922 年至 1944 年。该系列短片讲述的是一个贫困社区中的几名儿童和他们的冒险经历。阿发尔法（Alfalfa）是该系列短片中的主角之一，由美国童星卡尔·斯维茨（Carl Switzer）饰演。

奶奶不断抱怨着。我发现她身上有股力量比爷爷的更为强大。爷爷一边默默倾听，不断点头，一边小心地看着前方的路。很明显，奶奶才是一家之主。我的舌头上满是浓郁的火腿和奶酪的味道。在说话的间隙，奶奶转过身来面对我，还带来一股烧焦的木头和烟草的气味。不知何故，这个气味告诉我，我可以信任她，与她分享自己的语言。

“谢谢奶奶的三明治。”

她揉了揉我的腿，说道：“不客气，小宝贝。”并剥开一个橙子。我和杰瑞、约什分享了这个橙子。他们很快就睡着了，而我却一直清醒着，被奶奶和她身上的气味深深吸引。我看她抽着烟，并把烟灰弹到两膝之间放着的空咖啡杯里。

我后来从姑姑那里听说，奶奶的族人来自安大略省北部一个叫作蒂米斯卡明（Timiskaming）的地方。和我们三兄弟一样，奶奶也是原住民和白人混血，体内流淌着阿尔冈昆人和苏格兰人的血液，她的父亲来自魁北克省北圣母村的一个原住民保留区。

我透过香烟的烟雾观察着奶奶的模样，发现她有点像印第安人，却有着一头卷发，不像妈妈和住在西部的阿姨们的头发那样又黑又直。奶奶的皮肤要比爷爷更加黝黑。爷爷的皮肤和爸爸以及我一样，都是粉粉的，就像刚打开的午餐肉罐头的颜色。奶奶则不然，她的肤色比约什要浅一些，近似于杰瑞的米色皮肤。

在一条看似没有终点的道路上行驶几个小时后，爷爷说道：“看啊。”我们的车翻过一座山，眼前的风景豁然开朗，“那是多伦多，我们就住那儿。”他将自己的大手从方向盘上抬起来，指着距离不远的地平线上的钢筋丛林。远处各式各样的灰色混凝土建筑同我以前见过的任何东西都不一样，也比我去过的其他任何地方都要高大。

“看到正中间那个像一根针一样的建筑了吗？”爷爷问道，“那是加拿大国家电视塔，全世界最高的建筑。”

为了看得更清楚，我差点从座位上摔下来。

爷爷笑道：“我们住在那边。”说着，便把手指向较小的一个建筑群，“在一个叫作布兰普顿的地方。等安顿好以后，我会带你们去看看这座塔。”

布兰普顿的房子整齐地排成一小排，有修剪得十分完美的草坪和新铺好的道路。一切看起来都是那么干净有序，得到了良好的照料。冠蓝鸟和知更鸟在树上此起彼伏地唱着歌谣，松鼠跑来跑去收集着东西，小猫步履稳健地漫步在栅栏上。阳光是如此充足。看到有那么多父母带着孩子散步，我感到十分放松。我想起了爸爸妈妈，回忆起的都是那些我们快乐地生活在一起的美好时光。

这个新地方可真美啊！

汽车驶过街角，停在了街道上的一个私家车道里。这是我见过的最舒适的街道。爷爷宣布：“我们到家了。”

“小心约克，”当我们下车走向前门时，奶奶说，“它喜欢跳到人身上。”

一只怪兽一样的狗蹦跳着跑了出来。它的毛发棕黑相间，两侧有银色的斑点，耳朵像德国牧羊犬一样高高竖起。他看起来像一匹狼，站起来有我胸口那么高，尾巴猛烈摇摆着，带着自己的屁股左右摇晃，甚至在向我们冲来的时候也是如此。他扑向我，我倒在地上。他开始舔我的脸，我无法呼吸，开始哭了起来。

约克还是在不停地舔着，欢快地叫着，在努力表现着欢迎我们回家的热情。

家的感觉

“西里尔，”奶奶对爷爷说，“我的目录簿又不见了。”她掀起一个沙发坐垫，爆炸头也跟着身体的动作晃动着，然后站起来，张开嘴：“其中一个孩子一直拿着目录簿，把它藏在家里的各个角落，我需要订一些东西。”

“也许他们也有啥想要订的呢，杰姬。”爷爷冲我笑了笑，继续吃起那份培根加鸡蛋的早餐来。爷爷是一名电梯技工，有着一双巨大的手掌，刀叉在他手里看起来很小。我坐在他边上，看了眼自己悬着的一双小脚，爷爷的大脚趾几乎是我的两倍大。我个子太小了，眼睛几乎都看不到厨房餐桌上的东西。奶奶离开我们，去了洗衣房。她脚底板上坚硬的黄色老茧和拖鞋碰撞在一起，就像是木头碰撞皮革一样。

“决定好了吗，杰西？你有什么东西要订吗？”我还没来得及回答，爷爷便飞快地对准我的腿施展了一记空手道。“嗨呀！”

我的膝盖猛地震了一下。我高兴地尖叫起来，鸡蛋液顺着嘴角流了出来，落在睡衣前面。

“爷爷！”我一半震惊、一半大笑着喊道，番茄酱涂满了嘴唇和下巴。他只是眨了眨眼，看起来就像没拿烟斗的大力水手。他的前臂肯定要比大力水手的还要强壮。

“接招，小伙子。”他边说边举起叉子，我像个小战士一样举起了自己的叉子。

奶奶在楼上大喊道："西里尔，给我在那儿等着。"我先是听到她沉重的脚步声，接着便看到她拿着丢失的目录簿出现在面前。"我是在玩具箱后面找到的。你看。"她打开目录簿，举起来，"就和前几次不见一样。"她把它放在爷爷面前，指着说："女式内衣的部分被撕掉了，整个部分。"

"嗯，肯定不是我干的，肯定是其中一个孩子干的。"他边说边笑着，"至少他们拿走了最好看的部分。"

"西里尔！"奶奶看起来一脸嫌恶。

我把餐盘里的鸡蛋推来推去，避免和奶奶四目相对。但她向前倾身，双臂交叉，撑在撕坏的杂志上。"杰西，你知道这是谁干的吗？"她戴着棕色框的眼镜，让眼睛看起来很大。爷爷转过身来面对着我。"不，奶奶。"那只已成为我最信赖伙伴和盟友的神奇小狗约克冲进厨房，在冰箱旁拉了一泡屎，让我不用再继续回答问题。爷爷推开自己的早餐，奶奶跑了过去，约克带着愧疚的微笑，夹着尾巴跑开了。

"看啊，如果你们这几个孩子不好好遛狗，会发生什么！"奶奶从厨房水槽下拿出一个购物袋，冲我晃了晃，"去清理干净。"

我一般都起得很早，而且经常是第一个起床的。这是和爸爸一起生活学到的经验：第一个起床并走向橱柜或冰箱的人，就是第一个吃饭的人，而第一个吃饭的人通常也是唯一一个有饭吃的人。但今天早上在爷爷奶奶家，我舒服地待在自己的房间里，躺在床上，埋在被窝里，不用担心没早餐吃。爷爷奶奶有很多好吃的，想要第一个起床的本能让步于自己想睡懒觉的愿望。

醒来时，我发现奶奶在房间里。

“杰西，该起来了。”她把一大堆衣服放在抽屉柜上，开始叠毛衣，“雪莉姑姑和约翰姑父要来。”

雪莉姑姑是爷爷奶奶的独女，最受爷爷宠爱。她年纪最小，有着一头漂亮的棕色长发和美丽的淡褐色眼睛。每次过来的时候，她都会给我们做最美味的食物：炸鸡、鲜奶酪意面和巧克力蛋糕。约翰姑父像伐木工人一样强壮，在乡下的房子里用斧子砍柴，留着大胡子。我猜他力大无穷的原因是姑姑给他做了许多美味的食物。

我清了清睡意，坐了起来。约克跑了进来，摇着尾巴，伸着舌头，跳上床舔我的脸。它把爪子放在床上的各个地方，发出嘎吱嘎吱的声音，在整个房间里回荡。嘎吱嘎吱、嘎吱嘎吱、嘎吱嘎吱……

“搞什么名堂？”奶奶说着，转过身去调查这个奇怪的声音。

别动了，狗狗。我默默恳求道。

约克继续嬉闹着。奶奶抓住它的脖子，把它丢下床，然后伸手把我的被子拉了回来，一页又一页西尔斯百货公司的目录页便散落在四周，我试着把那些内衣模特的图片收起来，但她已经看到了。

“是你做的。”奶奶说，“为什么？”

我想要躲起来。“我不知道……它们……”

奶奶把撕开的书页推到一边，坐到我旁边。

“我喜欢这些图片。”我低声说。约克又把爪子放在床上。“它们让我想起了妈妈，它们真好看。”

奶奶的气味、身躯和柔和的声音替代了妈妈，但它们并不一样。妈妈有着棕色的肤色，身子很瘦。奶奶的肤色是米色的，身体胖乎乎的，遍布皱纹和痣。我想念抓着妈妈的腿、依偎在她身边的感觉。我想念她的所有，想念那种温暖和保护的感觉。不管我怎么用力去感受，奶奶的感觉就是不一样。

“哦，宝贝。”奶奶说着，紧紧抱住了我。

哥斯拉

幼儿园开学的第一天，我走进教室，看到一个孩子独自站在S夫人书桌附近角落里的拼装玩具和彩色积木旁。他比我矮得多，头发是深褐色的，剪成奇怪的西瓜头发型，鼻子很大，好似一柄斧头。

“我叫利罗伊，”那个孩子说道，“我是纽芬兰人，父母来自一个叫作纽芬兰的岛屿。”

我知道纽芬兰在哪儿，因为爷爷就来自布雷顿角岛[①]。我畅想着有这么一个地方，上面的人们都像我的新朋友一样有着大鼻子，却很快发现他和我住在同一条街上，就在我家房子的拐角处。总之，他家大门距我家大门只有50米的距离。

利罗伊和我从一开始就相处融洽。放学后，我们会比赛骑着自行车从路肩跳下，在那个街区里，他是唯一一个能击败我的孩子。但我更强，在大多数时候都能打败他。这是跟我的两个哥哥玩所长的本领。他会带我去一些很好玩的地方，比如能够抓到青蛙和小龙虾的砾石坑。杰瑞有时候也会和我们一起去，但很明显，利罗伊和我是最好的朋友。

---

① 布雷顿角岛（Cape Breton）：属于加拿大东北部的新斯科舍省，距离纽芬兰岛仅一海之遥。

利罗伊有一个和约什一起读二年级的姐姐，叫西尔维娅，个头比我和利罗伊高得多。

“我们可得小心她，”利罗伊说，“她是个恶霸。”

有一堵墙将幼儿园同后面大孩子的操场隔开。每当西尔维娅走进幼儿园的区域，我们就会吹口哨示意对方，然后躲在树丛后面。大多数时候我们都能躲过她的怒火，但有时她会出其不意地抓住我们，把我们揍得落花流水。她的力量大得有点不真实，就好像哥斯拉闯进了现实世界一般。她有一头脏兮兮的金发，穿着褶皱的粉红色连衣裙，每走一步，脚下的大地似乎也跟着震动。她的鼻子甚至比利罗伊的还要大——当她掐着我时，我甚至觉得它就像霸王龙的鼻子。她咆哮着，露出满口恐龙的利齿。

有一天，利罗伊和我受够了，决定在课间休息时向西尔维娅的头发发射一大团口香糖。她揍了我们很多次，让我们很难堪。当湿漉漉的口香糖离开皮筋，砸向她脑袋的那一刻，我们知道自己做得太过火了。

她伸手想把口香糖拉下来，但却让情况更糟。口香糖粘在她手指上，拉成几缕细细的丝，又被风吹回到脸上，像个蜘蛛网一样盖在脸上和脖子上。她必须要剪掉头发，才能把口香糖弄掉。她满眼泪水，发出了我所听过的最可怕的吼声。她喊得越大声，身体似乎也就跟着一起膨胀。她快如闪电地冲了过来，把我们逼到墙角，当着所有人的面暴打我们。

同学们尖叫了起来：“救救他们，S 夫人，西尔维娅要杀了他们！”西尔维娅把我们像布娃娃一样扔向空中。

我感觉自己朝一个方向飞了5英尺①，利罗伊朝着另一个方向飞了4英尺②。我们明白，如果待在原处，自己可能会死，所以决定逃之夭夭。

操场的一面是教学楼，其他几面则被栅栏围了起来。西尔维娅挡住了回大楼的道路，因此操场另一边的砾石坑成了唯一的选择。我用眼睛向利罗伊示意，他也做了同样的动作，在鞋子落地的一刹那，我们拔腿就跑。西尔维娅或许块头更大、更强壮，但我们跑得更快，跑起来就像生死存亡系于一线一样。在觉得甩开了足够距离后，我们转过身来，看看那个头发上满是口香糖的“哥斯拉”距离我们有多远。她被我们甩开了大约500米，正在尖叫、哭泣、咒骂着。我们从巨兽的魔掌中脱身了。现在，胜利属于我们。

从此，我和利罗伊形影不离。

① 5英尺：约合1.52米。
② 4英尺：约合1.23米。

利罗伊和棕色汽水[①]

利罗伊的父母白天都要工作，所以在放学后，他得待在学校的课后补习班里，直到下午 4 点 30 分父母来接。西尔维娅在放学后也得在学校待着。利罗伊不喜欢在两个小时里和姐姐以及其他孩子共处一室。

“教室里老是会爆发‘摔跤比赛’，”他说，“而我总被西尔维娅揍得屁滚尿流。”

“来我家玩吧。”有一天，我对利罗伊说。到了下午 4 点 20 分，他可以走回学校，赶上父母 4 点 30 分接他回家，就好像他根本没有离开学校一样。他选择接受了这个自由玩耍的机会。

其他小孩通常不喜欢来我们家玩。这不怪他们。走进我们家，就好像是步入了一台时光机——回到过去。我们的玩具有：几个木块，爷爷从工地带回来的几块碎铁，一些破旧的小汽车，叔伯们的几根破烂冰球棒，还有我们每年去布雷顿角岛旅行时在沙滩上捡的几块石头。我知道爷爷奶奶很爱我们，但他们也手头拮据。

不过，每年圣诞节时，叔叔姑姑都会给我们一些好玩具，但没几天就会被我们弄坏。约什把这些玩具拆开，研究内部构造和材质，却再也拼不回原样，杰瑞和我则把它们毁得稀巴烂。

---

① 棕色汽水：此处指的是棕色玻璃瓶装的啤酒。见“红男爵”一章。

在地下室里，我将一块涂了一半的红色木板扔在利罗伊面前的水泥地上，假装它是超人。木板弹了起来，落在地上，一动不动——超人可绝不是这样飞的。利罗伊叹了一口气，在我家待了30分钟后，我知道他已经无聊得不行了。我开始四处寻找能让我们忙起来的方法，然后灵光一闪，想到了一个主意。我确实有一些利罗伊没有的东西。这些东西甚至比利罗伊堆积成山的漂亮玩具还要好玩。

“利罗伊，”我抑制不住兴奋之情，说道：“想尝试一些新玩意儿吗？”

“当然。”他说，但显然他对此毫无热情。

我走到冰箱前，猛拉把手。冰箱门打开了，露出了里面许多瓶拉巴特啤酒，层层叠叠地堆在那里，搭成一个怪异的金字塔形状，几乎占满冰箱底部。整个“金字塔”肯定有3英尺[①]高，由至少90瓶啤酒组成。在地下室的霓虹灯下，这些棕色的瓶身似乎在冒汗，闪闪发光。“棕色汽水！”我对利罗伊说。

和爸爸住在萨德伯里[②]时，他经常会给我喝一口啤酒，特别是在我哭的时候。我记得这东西很难喝，但还是喝了下去，我不带抱怨地喝得越多，爸爸和他的朋友们就会笑得越大声。当爸爸把我放在台面，让我像他们一样在厨房的水槽里撒尿时，他们笑得最大声。

爷爷也喜欢喝棕色汽水，我负责每晚在爷爷下班回家后给他拿几瓶。“小宝贝！”他在客厅的紫色扶手椅上喊道，“给我一瓶冰啤酒。”我就会放下手头的事情，去冰箱里拿出一瓶，然后跑上楼递

---

① 3英尺：约合91厘米。

② 萨德伯里：加拿大安大略省南部城市。

给他。咖啡桌边总放着一个空的啤酒瓶。当我跑得够快，且爷爷心情不错时，他就会给我的腿来一记空手道，然后揉揉我的头发，说道："好孩子。"

"我不知道你有没有喝过这东西，"我对利罗伊说，"但我爷爷喜欢，爸爸也喜欢。他们说喝这个会让你的胸口上长毛。"

"毛？"

"是的。"我往后退了一步，让利罗伊能看到冰箱里的东西。

"我爸妈也喝这东西。但不是这一款。"

我拿出一瓶，关上冰箱门。玻璃瓶冰凉的触感很舒服。"挂在墙上的这个金属物件，是启瓶器。"利罗伊端详了下它。

"你只要把瓶盖以一定的角度放进去，卡在上面的牙齿下。"我做给他看，"然后按住瓶子底部，瓶盖马上就会掉下来。我一直在为爷爷做这事。"从利罗伊看启瓶器的眼神中，我可以看出他从来没开过瓶盖。当我把酒瓶按向墙壁时，它发出嗞嗞声，瓶盖掉到地上，在我们脚边打转。趁着勇气还没消失，我把瓶子举到嘴边，大喝一口。我看得出利罗伊也跃跃欲试。我使劲咽了一口唾沫，努力不吐出来。一秒钟后，我的胃抽搐了一下，但我还是"啊"了一声，拿手背擦了擦嘴。

"把它给我。"利罗伊要求道，然后一把抢过瓶子。很显然，他想给我留下深刻的印象。他比我喝了更多这个恶心饮料，眼睛也鼓了起来，然后把酒吐在栏杆后面。"这也太恶心了。"我在他扔掉瓶子之前把瓶子抢了过来。棕色汽水似乎仍在我体内冒着气泡，让我感到温暖。

"不！我想喝！"他大吼道，从我手里拽过瓶子。他这一次喝得比上一次还要多，并忍住没有吐出来。他成功了，微笑着打了一个大大的嗝。我们都咯咯笑了出来。

喝完第三瓶后，我感到了很急切的尿意。我试着往厕所走去，但眼睛却看不清了。在走到楼梯一半时，我腿软了，跌倒在地板中间，在躺着的地方尿了出来。利罗伊也试着走了几步，但他也腿软了，歪歪扭扭地一头撞上栏杆，就像一只迷失方向的猫，在被人转了许多圈后，往旁边翻滚着。当他翻倒在地时，瓶子掉了下来，砸到地板上。我们大笑着，大叫着，扭动着腿和胳膊。

奶奶一定听到了所有动静。在我意识到之前，她已经站在我们两人身边，双手叉腰。“看在上帝的分上，你们两个人在搞什么？”她的鼻子在空气中嗅了嗅。我们继续傻笑着，无法控制自己，一点也不害怕。她抓住我的肩膀，把我举了起来。“上帝啊，你喝醉了吗，杰西？”她放开了我。我向奶奶身上倒去，抓住她的衬衫保持平衡。她知道答案了。

“我……们……喝……”我试着解释自己做了什么，但除了胡言乱语外，我什么都说不出来。利罗伊在身边咯咯笑着，差点儿滚到了碎玻璃边上。奶奶在他被割伤之前帮他站了起来。她想骂我们，却笑了出来，直到自己喘不上气，眼泪从眼睛里流了出来。我从未见她为我的所作所为笑得如此前仰后合，这让我很开心。

她带我们上楼，让我们喝了几杯水，吃了几块面包，并给我换了条裤子。“现在出去外面走走，”她说着把我们赶了出来，“你们两个就像喝醉了的小水手。”

我们沿着街走过了几幢房子，最后在一个邻居家的树下睡着了。当我醒来时，利罗伊已经走了。

知更鸟的蛋

有一天，我住在街边的朋友布莱恩告诉我，他有一个秘密，如果我不说出去，他就告诉我。我答应不告诉任何人，于是他便给我看了他家后院的知更鸟巢。每天下午，在母鸟外出觅食前，布莱恩和家人都会在鸟巢边放上种子，喂给它吃。它每天都会在同一时间——下午 4 点 30 分外出。

我还记得自己充满惊讶地看着这些蛋。鸟蛋一共有三枚，都是明亮的淡蓝色。它们被藏在鸟巢泛黄的草和泥土中，是如此美丽。我想象着这些鸟蛋被小心翼翼地放在母鸟旁边，被它柔软的羽毛保护着，被它警惕的目光守护着。

布莱恩的妈妈叫他进去吃饭。我说："我等你回来，在你吃饭的时候我会看管好这些蛋的。"在得到了保证后，布莱恩离开了。他一走，我便抓起鸟蛋，把它们放在袜子里，跑回家。在路上，我滑倒了，把这些蛋摔得粉碎。我对自己的所作所为感到震惊，把袜子扔进下水道，然后躲进了爷爷奶奶的地下室。

大约半小时后，布莱恩和他的父母 T 先生与 T 夫人，出现在家门口找我。T 先生是一名警察，但对我们三兄弟都很好，有时甚至会和邻里的孩子们玩游戏。T 夫人人更好，当我们在布莱恩家的电脑（他们家的电脑是这条街上性能最好的）上玩《蒙特祖玛的复仇》游戏时，她总是为我和布莱恩烤很多饼干。

奶奶在房子里的一堆箱子后面找到了我。

当被问及鸟蛋的事情时，我回答道："我真的很抱歉。"然后告诉了他们我所做的一切。

布莱恩哭了。他心碎了。

"你为什么偷鸟蛋？"布莱恩的妈妈问道。

我崩溃了，号啕大哭。他们越是问我，我哭得越大声，但没有告诉他们自己偷鸟蛋的原因。

爷爷奶奶让我过上了更好的生活，我也没有打破这份美好：我还是没有告诉他们自己为什么偷鸟蛋。

第二天在学校看到布莱恩时，他不愿和我说话。

事实是，当看到那三个鸟蛋被藏进鸟巢里时，我想起的是我们兄弟三个，以及在萨斯喀彻温省的家。一想到母鸟是多么爱这几枚蛋，以及它和布莱恩一家是如何照顾它们的，我就心生妒忌。这些鸟蛋有妈妈，而两个哥哥和我却没有。所以我拿走了鸟蛋。我想，如果有了这些蛋，那么在某种程度上，我也会拥有和它们一样的爱，这就意味着在某种程度上，我会再次拥有妈妈的爱。

好样的！

当我大概六岁，能够握紧螺丝刀并控制小锯子时，爷爷就开始训练我使用工具了。

爷爷相信辛勤的劳动。他告诉我们，他的爸爸是一名矿工，在爸爸因心脏病去世后，他是由爷爷彼得·麦金农抚养长大的。爷爷常说，若一个人手上没有老茧，那么这个人是不可信的，而且也没有真正地在工作。他还说，一个人的所言即这个人所具备的价值。他生长于大萧条时期，在那时，一个人所说的话便能决定自己是能够活下去，还是死亡。爷爷对这些信条深信不疑，所以哪怕说实话会让他受到伤害，他也从不撒谎，从不。

“如果一个人知道如何造东西，”爷爷抓着我的手，握紧圆锯说，“那么他就拥有了全世界。对他来说，万事万物皆有可能。这就像是在搭超大尺寸的乐高积木，只是要付出更多汗水，进行更多思考罢了。”

爷爷把一块胶合板固定在锯木架上，调整好我臀部和胳膊的位置，然后继续讲他的课。“有一次，我在渥太华给自己造了一栋房子，不为什么，就为了看看自己能不能做到。那栋房子盖得不错。我得不停地用这些锯子。等我教会了你，这个技能将陪伴你终身。”

在刚开始学使用圆锯时，约什哭了出来，差点就要放弃了。然后他咬紧牙关，集中精神，锯了起来，赢得了爷爷的赞赏。杰瑞则断然拒绝。我想，这是因为每当我们从爷爷那儿学会一个新技能后，都得用它来帮助爷爷完成他的某个项目：在地下室打洞、扯开东边小屋周围的胶合板、在后院盖一个新平台。这些都是他教会我们使用新工具后，我们要做的事情。

当约什问爷爷为什么让我们这么辛劳地工作时，爷爷说，那是因为他的爸爸在他五岁时就去世了。“从那时起，我就成了一个男人。”他说，“我并没有在矿场工作的童年经历。但在没有爸爸的情况下独自长大让我变得坚强，就像一块被阳光曝晒得太久的咸鳕鱼干一样坚硬。彼得爷爷还教我在黑点[①]工作，在小渔船上捕鱼。我不会让你们像温室里的花朵一样成长。若没有工作，我和我妈妈将无法在大萧条时期生存下来。”

每每爷爷讲起他的艰苦生活时，杰瑞总会翻白眼。

当我稳住有我身子一般大小的圆锯时，我总会想象，爷爷当年在使用这个工具时是多么辛苦。

“直直地握着它，放平来，瞄准这条线，让刀片搞定一切。最重要的是别害怕！我会接住被切断的部分，以防圆锯回弹[②]。如果它弹了回来，看在上帝的分上，别试着抓住它，放手。”爷爷说，“明白了吗？”

“好的，爷爷。”我把圆锯的表面放在胶合板上，靠在被夹住的直角边上，双臂努力让圆锯保持水平。两个哥哥都在边上看着，我努力掩饰自己的恐惧。杰瑞笑着做了个鬼脸，约什也做了个同样的

---

① 黑点（Black Point）：加拿大新斯科舍省哈利法克斯大都会区附近的一个农业社区。

② 回弹：在切割木材时，木材两端会增加刀片上的力。在向前进行切割时，刀片会因此受到挤压，大量的力被储存在刀片上。当圆锯无法承受这个力时，它就会向切割的相反方向移动，即回弹。这种情况对圆锯操作人有生命危险。

动作。

“就是这样。现在按下开关，开始切割吧。就像约什之前做的那样。”爷爷站到我身边来，确保电线没碍事。

1，2，3，我在脑海里默数着，然后紧紧按住开关。我努力遏制自己想要闭上眼睛或逃跑的冲动。一开始，圆锯的呼啸声和力量让我感到害怕，我等了一会儿，平复心情，把圆锯往前推。爷爷点了点我的手肘，刀片发出响声，切进木材中。

“现在放轻松，杰西。稳住。”

我的鼻孔里满是木材的气味，碎末落在脚边，然后又弹到杰瑞那里。我紧盯着正在被圆锯切割的胶合板。惊讶的是，圆锯拉着我的手，自己往前冲去，于是我把它往回拉，产生一些阻力，让两个力保持平衡。很快，刀片便切完了整块木材，木板掉在爷爷手里，看起来就像是婴儿被送到了等待的医生的怀里。他开怀大笑，藏在满是棕色油污的工作服后面的肚子上下晃动着。

“就是这样！我的宝贝孙子可真棒！”

当他转身看向交叉双臂站着的约什和杰瑞时，眼里满是骄傲。两个哥哥都对我做了个鬼脸。等爷爷不在的时候，我知道自己会挨他们的一顿打，但我还是为自己感到骄傲，尽管这只是一块小小的木头。

“谢谢爷爷。”我咧开嘴大笑，“我一点儿也不害怕。”

“我知道。好样的，杰西。好样的！”

他打开收音机，乔治・琼斯[①]的歌声噼里啪啦作响。他一边检查我的伤口，一边悠然自得地哼着歌，然后点了一根烟。

---

① 乔治・琼斯（George Jones）：美国著名乡村音乐歌手。

“听着，孩子们，”他说，一缕烟盘旋在满是胡茬的脸上，“我有一个秘密武器。我们要造一辆绝无仅有的卡丁车。相信我，我们将永远战无不胜。”他保证，一旦我们学会了使用锯子，大家就造一辆卡丁车。他摇摇晃晃地走到自家的停车道上，走到面包车旁边，拍了拍侧板。

“孩子们，一个男人必须开一辆得体、干净的汽车。这辆车就是他的战马。你们何曾见过一名骑士骑着骨瘦如柴的破马去胶水厂？这是有原因的。”

约什转向我说：“他到底在说些啥？骑士时代可没有胶水厂啊。”

杰瑞笑着说：“爷爷的意思是，在我们造完卡丁车后，我们必须再次清洗他的面包车。”同时，他假装自己正骑着一匹马，把牛仔帽戴在头顶，在我和约什身边飞奔。

爷爷从面包车里出来，正好发现杰瑞在开他玩笑。“你就像一个肥胖版本的罗伊·罗杰斯[①]，没有马也没有枪，在那儿乱跑。”我和约什大笑着，而杰瑞呆若木鸡。

爷爷工作时从不多言，今天也不例外。我们四人正忙着努力造卡丁车。大家只是点点头，互相传递工具，就像护士在手术室里给外科医生递工具一样：无声无息、行动迅速、绝不犯错。我想，当我们在车库里安静地修车或做其他事情时，这是我们几人最亲密的时刻。完工后，爷爷会开一瓶啤酒，我们三兄弟喝可乐。

“这是辆好车。”爷爷说道。这辆卡丁车配备了真正的汽车座

① 罗伊·罗杰斯（Roy Rogers）：美国著名西部片演员，活跃于20世纪四五十年代，主要作品有《旋律时光》《糊涂劫车案》等，绰号“牛仔之王”。

椅、2 英寸[①] 厚的底盘和转向绳，还有着爷爷所说的“人类有史以来最快、最耐用的轮胎”。那些轮胎是爷爷从面包车上拉下来的一套四个电梯滚轮，它们是黄色的，很小，颜色和质地都和甘油肥皂一样。

一想到我们这辆车能把其他孩子的爸爸做的卡丁车打得屁滚尿流，我就兴奋异常。

杰瑞第一个坐上了卡丁车，被推到了街上。我想这是因为爷爷愧疚于之前自己对他的形容。杰瑞在街上大喊大叫，放声大笑，头发飘扬着。我们在停车道上为他欢呼，爷爷喝了一口酒，叫道：“好样的，杰瑞。好样的！”

我们三兄弟当天都受到了爷爷的夸奖。

① 2 英寸：约合 5 厘米。

小窃贼

“杰西！”奶奶在楼上喊道。我听到了纸和铝箔揉在一起的声音，料想她一定站在摇椅旁的电话架边，手里拿着一包抽光的香烟。她的打火机敲在烟灰缸上，发出急促的叮当响声。我知道她已经不耐烦了。“杰西！快点儿！我要烟！”她咳嗽了起来。

奶奶没烟抽的时候就会变得很可怕，她会大发脾气，这通常意味着我们要做更多的家务事。没烟抽的时间越长，我们要洗的马桶的次数就越多，还要打扫更多的地毯，甚至遛狗的次数也会越来越多。我赶紧跑上楼。

“这是有我签字的信，拿给约翰，他今天在店里。你知道我要哪款烟—— 杜穆里埃[①]牌的特柔款，烟盒是银色长条的，不是红色的短款。钱给你，快去快回。”

我很喜欢去商店，但爷爷奶奶通常不让我去，除非奶奶送我。它远远超出了我的安全范围，离家有两个街区那么远，我要经过集市，穿过学校操场，走过街道，然后才能到那个我一个人都不认识的地方。爷爷提醒我注意那些在商店外闲逛的大孩子，还说这些人在卖毒品，他们的脑子都被重金属音乐扭曲了，就像爸爸一样。我想知道爸爸怎么样了：他去哪儿了，为什么不来找我，是不是还在

---

① 杜穆里埃（Du Maurier）：加拿大著名香烟品牌。

生我气。

他走了是我的错吗？我一边扪心自问，一边在街上溜达着。他会不会像我想他一样想我？

我转过街角，看到几个大孩子在商店的公用电话周围闲逛，破旧的银色音响里放着音乐。我想象着爸爸留着同样的摇滚发型，穿着剪短的牛仔夹克和一件黑色的奥兹·奥斯本[①]演唱会T恤。

“嘿，小家伙，”那群人里年纪最大的米奇说，“过来一下，我想问你点事。”其他三个孩子正互相递着一根闻起来像臭鼬的香烟，他们也像奶奶刚起床时一样咳嗽。我很好奇米奇一伙人是如何挤过他们所站位置后面围栏上的隐蔽洞口的。每次警察开车到商店边上时，他们就这么干。爸爸也这么干过。

我走近了，手里紧紧攥着奶奶给的十块钱。米奇的飞行员眼镜在太阳下闪闪发光，让我有那么一瞬间什么也看不到了。

“没事的，小家伙。我们可不会伤害你，放轻松。”米奇对我笑了笑，“你是来给你奶奶买烟的？”

“是……是的。”我结结巴巴地说，十分害怕。我到处看了看，确定爷爷不在这儿。若被他发现我和米奇那帮人待在一块，我肯定得挨一顿揍。

米奇俯下身来，问道：“能帮个忙吗？”其他几个孩子转过身，围了过来，“能给我们买盒烟吗？约翰不肯卖给我们，因为我们爸妈告诉他不要卖，但他肯卖给你，因为他认识你奶奶。”

我的双腿颤抖了起来。“嗯……我不该和你说话什么的。我只

① 奥兹·奥斯本（Ozzy Osbourne）：英国著名重金属音乐歌手，活跃于20世纪七八十年代。

是来给她买烟，我会惹上麻烦的。”

“没人会知道的。”米奇把十块钱塞进我手里，“玩家牌[1]的特大号款，20根一包的那种。去吧，我在这里等你。”米奇把我推向商店，看着我拉开玻璃门。我用力拉着沉重的玻璃门，手都快脱臼了。那几个大孩子咧嘴笑了笑。我别无选择，我个头太小了，不听他们的话就会挨打。我回以微笑，然后走了进去。约翰正站在柜台前。

“今天是什么日子，酋长？”他说道，那张晒得黝黑的脸在充满灰尘的灯光下闪闪发光。约翰留着一头短卷发。爷爷曾和我说过，他和我们三兄弟一样，都是混血儿。但约翰的头发和肤色和我们的很不相像，我觉得他是个黑白混血儿。

“这个，银色的烟，我奶奶要的。”我把奶奶给的信纸拍在柜台上。约翰转身从背后的货架上选了一包烟。我快速将手伸向了装满糖果棒的货架，尽可能多地抓起糖果，把它们塞进自己的内裤里——就像约什和杰瑞教我的那样。我抓了有近十块糖果棒。

约翰转过身来，歪着头问道：“只要这包烟吗，酋长？”

我吓得快要尿裤子了。

“不……先生……我还想再买一包烟。玩家牌的特大号款，20根一包的。”我从口袋里掏出米奇给的那张十块钱。对我来说，糖果包装纸发出的声音比有人把几百张报纸压碎的声音还要大。我紧盯着约翰的眼睛，看他是否有所察觉。

“玩家牌？”他问，“你爷爷奶奶可不抽这个牌子。”

“我……我……嗯……是我姑父抽！”我脱口而出，“这是我姑父要的！”

---

① 玩家牌：全名 John Player，加拿大著名香烟品牌。

他上下打量着我，然后转身看向货架。我抓住机会，把手飞快地向前伸去，抓了大约五包果味蘸粉糖和六包泡泡糖，把它们塞进裤子里。我感觉有一根巧克力棒掉到了脚踝的位置，但不知何故，裤管把它卡在了那里。

“我今天会卖给你，”约翰边说边把香烟和找剩的零钱滑过柜台，“但下次我要你姑父的一封信。”

虽然感觉很奇怪，但我还是笑了笑，说下次会把信带来，然后慢慢悠悠地往门口走去，看起来就像我穿着尿布一样。

“嘿，等等！”约翰叫道。

我满头冷汗。

“替我向你爷爷问好！彩票今天开奖，叫他来买点儿！”

“好的。”我点点头，离开了。在门关上前，脚踝边的那根巧克力棒掉了出来，我把它踢到人行道上，等着门在身后关上。我觉得约翰肯定看到了。我走到公用电话前，把烟递给米奇。约翰站在柜台后面，看着那帮大孩子跑向我，其中那个看起来最慢、最困意十足的大孩子从地上捡起了巧克力棒。

米奇那帮人告诉我，我可以留下零钱当报酬——大约四块五毛钱。我告诉他们，下次约翰需要一封信。

“没问题。”米奇边说边点起一根烟，“这是我们的小秘密，好吗？”

我同意了。为大孩子买烟换零花钱，这听起来棒极了。他们忙着抽烟，甚至没发现我身上藏满了巧克力棒和口香糖。

当我回到家时，奶奶没有像往常一样坐在阳台门前的摇椅上。肯定有坏事发生。约克汪汪叫着。我听到奶奶三步并作两步从楼梯上跑下，比我以往听到的动作还要快。她冲向我，我转身想逃，但她猛地把门关上了。

“约翰打来电话！”奶奶像一头愤怒的熊一样咆哮着，嘴唇向后咬着。我可以看见她满口因长年抽烟而被熏黑的牙齿。“他的糖果货架空空如也。他还告诉我你买了一盒玩家牌的香烟。”在我反应过来之前，她就拉下我的裤子，偷藏的糖果掉到了地上。

我哭了起来。她不以为意，开始打我。

“为什么？”她尖叫起来，“你，为，什，么，要，偷，东，西？”她也哭了起来，打得也更用力了。

“我没有偷，奶奶。有些孩子给了我这些东西。我把它们塞在裤子里。”

她看起来满脸困惑。“你现在又来骗我！天哪，杰西，你怎么了？”她给了我一巴掌，然后把散落一地的巧克力棒和口香糖捡起来。

我试着把这些糖果从她手中夺过来，但她比我壮得多。她又给了我一巴掌，我的脸火辣辣地疼。

“我没骗人，奶奶。商店外的那帮坏孩子让我给他们买烟，然后给了我这些糖。这是我的报酬。”我知道她听得懂我在说什么，我指的就是那帮像她儿子一样贩毒的坏孩子。爷爷总咒骂他们。我希望她会相信我的谎言。

“他们说，若我不照做，就打我。”令我惊讶的是，奶奶停手了。我盯着她看，知道她正在权衡我的话可不可信。

“我很抱歉，杰西。”

谎言奏效了！她以为我被欺负了。愧疚感涌上心头——我利用爸爸来对付她，但我没告诉她真相。

“好吧，我会和你爷爷说的。”

但是，当爷爷晚上下班回家后，奶奶什么也没说。我想奶奶也不想惹上麻烦。

我回想起当约翰转身时，我从货架上拿起巧克力棒的兴奋感，那是一种充满力量的感觉。现在我产生了一种奇怪但又令自己满意的掌控感，我以前从未有过这种感觉。

我喜欢这种感觉。

霸权

大抵是我第二次读二年级的原因，我和两个哥哥几乎每天都在学校里打架。

如果有来自四、五年级的高大强壮的孩子欺负我，我就会和利罗伊联手，打败他们。我们会朝他们扔石头、棒球棒或其他东西，趁他们不注意绊倒他们，或者在走廊里揍他们，无所不用。我们有很多次因此留堂或被叫进校长办公室。但我跟利罗伊不是恶霸，也不想当恶霸，我们只在被欺负时反击而已。如果打不过，我就会去找两个哥哥，他们在同龄人里最壮，能帮我们对付那些大孩子。

我们西斯尔三兄弟，加上利罗伊，组成了一个战士部族，占据了学校操场上靠近门房和长椅的大约 20 平方米的领地。但我们的霸权并不稳固，还有其他部族的孩子，不论大小，都觊觎我们对这块领地的霸权。这些部族都是由朋友、兄弟和表亲组成的。如果遇到很紧张的情况，他们还会化敌为友，结盟对付共同的敌人。

由奥蒂斯、赫谢尔和学校里的其他五个黑人小孩组成的部族最为强大，但他们对霹雳舞和女孩子更感兴趣，而且年纪也比较大，不愿同我们这些二、三年级的孩子纠缠。

接下来是史密斯兄弟俩和他们的妹妹塔尼娅，以及西蒙斯街的其他孩子。他们会在一起打冰球，这意味着他们打起架来就像一个团队，默契无间。他们出拳很快，让我想起了国家冰球联盟[①]里的执行者[②]。

希斯顿部族由两个对运动毫无兴趣的英国裔孩子组成，喜欢读《哈迪男孩》[③]。他们叫詹姆斯和道格，住在栅栏附近，是我和约什的朋友。有时我们需要躲避殴打时，他们会请我们去吃卡夫[④]通心粉，避避风头。

然而，那些最危险的孩子都是独来独往的。其中有一个叫梅的越南女孩，尽管个子很小，却是全校打架最狠的那个。有一次，我把她惹急了，她差点把我眼睛抓出来。大孩子也不敢招惹她。她揍了很多打架很厉害的孩子，让他们哭着回家找妈妈。但如果你不惹怒她，她还是很可爱的。梅从来没用“我父母失踪”一事来招惹我，也从未叫过我“印第安人”。

不过，我们在学校的死敌是罗纳德、库尔特以及跟班伊桑。他们从不正面挑衅，而是会不断踢我的小腿，偷我的午餐，在放学回家的路上把我推倒在泥地里。罗纳德年纪最大，和约什同班读四年级，库尔特和我同岁，但和杰瑞一个年级，伊桑比我小一岁，和我

---

① 国家冰球联盟：即 NHL，由美国和加拿大共 31 支冰球队组成的冰球职业联盟，为北美四大职业体育联盟之一。

② 执行者：在 NHL 及部分国家冰球联赛的球队中，有一名身强力壮的球员担任“执行者”一职。其任务是当对手在比赛中动作过大，或有队友遭到挑衅时，出来和对手打架。这已经成为冰球比赛的一种特色。

③ 《哈迪男孩》（*Hardy Boys*）：诞生于 1927 年的青少年小说系列，经久不衰，至今仍有新作品推出，主要讲述哈迪兄弟担任侦探，破解各种谜题和大案的故事。

④ 卡夫：欧美地区著名的通心粉品牌，特别受加拿大人的欢迎，被誉为“国民美食”。

同班。伊桑很像“海狸”· 克里弗[①]，却有着艾迪 · 哈斯卡尔[②]的卑劣人格。据说，罗纳德和库尔特这么能打，是因为他们都会空手道，而且还是黑带。

每每我和利罗伊试着伏击他们两人时，他们都会取胜，把我们打得鼻血直流，眼眶乌青。即使是我的哥哥们也无法战胜他们俩。你永远找不到他们毫无防备或是落单的时候。他们身体强壮，讲究策略，还有伊桑就在不远处随时准备支援。

进学校就像进入了一个满是野蛮帮派的战场，他们总是在大喊着，策划着计谋，互殴着。

我痛恨上学的每分每秒。

---

① “海狸”· 克里弗：全名西奥多 ·“海狸”· 克里弗（Theodore “The Beaver” Cleaver），是美国电视连续剧《留给“海狸”》里的主角。该电视剧诞生于 1957 年。“海狸”更喜欢和小伙伴一起无所事事地闲逛或看漫画，而不是去教堂或上舞蹈课。该电视剧多讲述“海狸”在家里、学校和街区里惹上麻烦，然后从他的父亲那里接受关于他的不当行为的及时而适当的道德指导。

② 艾迪 · 哈斯卡尔（Eddie Haskell）：《留给“海狸”》中的一个角色，具有肤浅而狡猾的性格，喜欢策划和煽动坏事。

心脏病

“你的爸爸妈妈呢？”曼多问道。曼多是一个很漂亮的女孩，来自东印度群岛，刚转来班上。她坐在我前面一桌，当我心情沮丧时，就会盯着她的后脑勺看。每当她有动作时，光线就会打在她闪亮的黑发上，让我想起了妈妈的头发。

我盯着正在画的龙，加粗线条，把它们画得很丑。每每想起父母，我就会大哭一场。两年前，爸爸没有像奶奶说的那样，在圣诞节的时候从医院回家。我只知道爸爸生病了，等好点了就会回家，但他并没有出现。爷爷很生气，开始花很多时间在车库里造东西、修东西，喝更多的棕色汽水，朝我们大喊大叫。我被骂得最惨，也许是因为我长得最像爸爸，但杰瑞被打得最惨，因为他会反抗。

也许他就待在医院里？我推测。

奶奶开始吃很多东西，坐在电视前看更多的肥皂剧。有时候电话会在半夜响起，她会跑下楼去看是谁打来的，小声说：“桑尼，是你吗？是你吗？求你了，回家吧。我们爱你。”她会不断重复这些话，直到爷爷走下楼，拽走听筒。

有时电话会在白天响起，我会冲过去接起来，电话那头会传来呼吸声，却没有人说话。通常，在我问来电者是谁之前，奶奶就会把电话拿走。有时候我也能接很久的电话，问听筒的那一边，是不是因为我，他才离开了。电话那头的呼吸声有时会变成呜咽一样的声音，却从不说话，也没有电话断线的声音响起。有人一直在听我说话。

对我们来说，二年级很难。约什在 1981 年挂了考试，杰瑞是 1982 年，而我是 1983 年。我没法集中精力，一直在想爸爸的事。我没有学会阅读、写字、做数学或任何东西。第一位二年级老师 Z 夫人让我留级了。我讨厌利罗伊和所有其他朋友都比我高一个年级。

我知道曼多并不清楚关于我父母的任何事，也不知道我是个留级生。而我的老同学们都知道这些。在有一段时间里，我经常告诉学校的孩子们，爷爷奶奶负责照顾我们，为的是让爸爸妈妈多休息一下，他们很快就会回来接我们。当意识到没人相信这句话时，我也就放弃了这种说法。敌人喜欢看我们尴尬的样子。他们说，父母抛弃了我们，因为我们是在垃圾堆里找东西吃的丑八怪印第安人。他们是有意做出这种混账行径——提及我们失踪的父母，为的是挑起打斗。他们会用挑事的语气朝我们大喊。约什曾经告诉他们，我们曾住在萨斯喀彻温省的一个帐篷里。我心想他可真是个白痴。

萨斯喀彻温省德布登附近嬉皮士聚居地的帐篷。在家庭分崩离析前，我们在那和妈妈的一些朋友度过了一个夏天

我的铅笔尖一弯，断了一小块，掉在曼多的吊带裙上。她把它扫开，我知道她在等我的答案。

“请你走开。”我说。

“你没听见吗，杰西？”她耐心地问道，“我问：‘你的爸爸妈妈呢？’我在家长会上见过你奶奶，但从没见过你父母。为什么？”

“如果你真想知道的话，他们都死了，我是个孤儿。”我嘟囔着。在心里，我却大喊着，我他妈怎么会知道他们在哪儿？如果曼多是个男孩，我就会往后退一步，在课堂上给她来一拳。

曼多的嘴颤抖着，往后退去。

我把那幅画推下桌，看着它落在地上。

曼多俯下身来。“对不起，杰西，我不知道。”她抓着我的手，哭了起来。

她的手很温暖，我也哭了起来，她捏了捏我的手。

有人碰了我的背一下。

又一下。

又一下。

“看啊！这个爱哭鬼在哭！”

一根手指戳了我肩膀一下。我转过头，看到了罗纳德和库尔特的跟班伊桑。他鼻子上满是雀斑，就好像有人透过纱门往他脸上拉了一泡屎一样。他在笑，他的一些伙伴也在笑。

“看看杰西，在课堂上哭，就像个小婴儿一样。哦吼！”伊桑推了我一下，我向前倒在了曼多的椅子上。

“你是不是有什么毛病？”曼多大吼道。

“他是个小婴儿，”伊桑调侃道，“小婴儿，小婴儿，小婴儿！”

我一拳打在伊桑的眼睛上，还吐了口口水。我的头感觉要爆炸了一样。我把离我最近的桌子掀到空中，打翻了几把椅子，还撞倒了黑板旁的几个人。

“现在，谁才是小婴儿？”我大吼道。

我看到C夫人越过大约五张桌子，想要靠近我们。我抓起铅笔，向伊桑扑去。C夫人试着推开我，但我对她拳打脚踢。她很难挡住我的拳头，我想，伊桑害怕了，他像老鼠一样窜到了教室后面。

我无法呼吸，胸口上下起伏着，心脏一分钟仿佛要跳上千次。我开始用拳头猛敲自己的头。C夫人抓住我的胳膊，带我去走廊。当她关上门的时候，伊桑和他的伙伴在向我挑衅着。曼多在门口试着对我说些什么，但喧嚣淹没了她的声音。C夫人试着控制住我。

“发生了什么？”她问道，“你怎么又打架了？你为什么想要刺伊桑？”

我可以看出，她很震惊。见鬼，我自己也很震惊。我本想杀了伊桑，他却幸运躲过一劫。如果不是C夫人，他早就被我划伤了。我闭上嘴，皱起眉头，直视她。

“回答我，你真的可能会伤到他！”

C夫人越是逼问我，我越是闭口不言，我最擅长的就是保持沉默。我不会说出来，我不会告诉她伊桑做了什么，也不会告诉校长，当然更不会告诉爷爷奶奶。

一张照片都没有

我爱圣诞节。

“我希望能得到一个新的威震天[①]。”我边说边从两层楼高的地方跳下，落在圣诞树的底部边上。闪亮的盒子、蝴蝶结和彩条散落在客厅的地板上。灯光闪烁着，舞动着，让这一切都充满了戏剧性。

拆开一半礼物后，我沮丧地意识到自己的礼物是一些实用的东西，如内衣、袜子或粗糙的超大号长裤。毕竟圣诞节是和爷爷奶奶一起过的，得到的也是爷爷奶奶式的东西。

早餐，我们吃的是传统的腊肠、培根、鸡蛋、杂烩、煎饼和班诺克馅饼。我吃得肚子鼓鼓的。

“我胃疼。”杰瑞在吃完后抱怨道，然后调整了下睡衣裤，打了个嗝。

“那是因为你喝光了玉米糖浆，”约什说，“你该给其他人留一点的。”我们都笑了，因为约什说得没错。

爷爷边笑边哼着老式唱片机里播放的波尼 M[②] 的歌曲。奶奶站在灶台前忙活着，她已经完成了四分之三的准备工作，但还有很多

---

① 威震天：动画《变形金刚》中的反派角色。

② 波尼 M（Boney M）：活跃于 20 世纪七八十年代的迪斯科合唱团。

事要做。

大约有50磅[①]土豆需要削皮，我盯着这堆土豆，一般是雪莉姑姑削皮。奶奶把我吃剩的早餐扫到桌下，让约克饱餐一顿。我手上沾满了约克的口水，它用这样的方式表达对我的谢意。我喜欢它用舌头挠我的手指，也喜欢它的尾巴敲打桌腿时发出的砰砰声。

中午时分，大家陆续抵达。雪莉姑姑和约翰姑父先到；然后是爸爸的哥哥拉尔夫伯伯和伯母；爸爸的弟弟罗恩叔叔，他也是爸爸最好的朋友；还有所有的表亲。人越来越多，大家像沙丁鱼一样挤在一起。

整场喜剧大会始于雪莉姑姑的咯咯笑声。“只有一个东西比拉尔夫放的火鸡味的屁更难闻，”她边说边调整了一下围裙，“那就是杰西放的黄油蛋挞味的屁，像奶油一样。你能相信，这么瘦小的一个孩子居然能放这样的屁吗？”客厅里的笑声震耳欲聋，姑姑旁边一堆削了皮的土豆差点翻了。

每个人都轮流开身边人的玩笑。我发誓，在罗恩叔叔开雪莉姑姑的玩笑时，她的脸涨得通红。当我坐在沙发上，看着大家笑得前仰后合时，我想象着爸爸和我们一起在家的样子，就像那天早上我睁开眼睛的瞬间，就在大家来之前的几个小时，在所有的笑话之前。

醒来时，我就已经想象着他回到家里。他就像万宝路牛仔[②]一样温柔又粗犷，穿着黑色长大衣，面色红润，还戴着《神秘博士》[③]

---

① 50磅：约合22.68千克。

② 万宝路牛仔：香烟品牌万宝路于1954年推出的一个广告形象，这个广告形象帮助万宝路成为世界第一大香烟品牌，被奉为经典广告形象。

③ 《神秘博士》(*Doctor Who*)：英国的长寿科幻剧，由BBC推出。首集上映于1963年，目前仍在播出，现已播出38季。

里汤姆·贝克[①]一样的长针织围巾。除了读禾林出版社[②]的小说和看肥皂剧外，奶奶就爱看《神秘博士》。她在20世纪60年代早期就成了《神秘博士》迷，多年来看过每一任饰演神秘博士的演员，并认为汤姆·贝克是其中演得最好的。出于某种原因，我一直觉得爸爸长得像汤姆·贝克。或许我只是想让爸爸像他饰演的神秘博士一样，聪明又勇敢。

我想象着，在我们拆开珍贵的礼物时，爸爸会在这个完美的时刻隆重登场。他会站在门口，在门垫上刮一刮自己的靴子，掸去宽阔肩膀上巨大的雪花，然后看着我的眼睛微笑——他不用说任何话。我会扔下礼物，扑进他张开的怀抱。礼物在失踪多年的爸爸面前一文不值。

又或者，我会向他吼道："我很生你的气！"然后站在他的面前说："你把我们孤零零地丢在萨德伯里，什么也没留给我们！"

我会踢他的腿，努力保持愤怒，但他会说："我再也不会离开了，杰西。"他的脸颊仍因寒霜而冷冰冰的，"我向你保证。"他仍像过去那样对我说话，给了我所有渴望听到的甜蜜答案。

我倒在他怀里，把脸埋在他的围巾里，闻着他身上古龙水的味道。就这样，一直到永远。

那是我的圣诞愿望，那是我的梦，我之后还会再做同样的梦。

"醒醒，孩子。"爷爷说，"你看到这成堆的包装纸了吗？把它们清理掉。"他让我帮忙倒垃圾的要求使我从自己的想象中脱离出来。

---

① 汤姆·贝克（Tom Baker）：英国男演员，于1974—1981年在《神秘博士》中担任主角，为第四任神秘博士。

② 禾林出版社：总部位于加拿大多伦多的出版社，主要出版爱情小说和女性小说。

我知道奶奶和我做了同样的梦。所有人都到齐后，我还看到她向门口望去。我知道，在希望的鼓舞下，她每年都会准备过多的东西。我们讶异地看着她准备大量食物，自 1981 年起，每年都是如此。

我的一个表兄弟首先发表意见，说："这也太多吃的了吧，奶奶！我们怎么吃得下这么多呀？！"

奶奶没有回答，而是不断地把肉汁壶和碟子递过来。所有亲戚面前都摆满了盘子、叉子和食物，大家都被这些东西吸引住了。

我明白奶奶准备这么多食物的真正用心是什么，却没有勇气说出来，怕影响一年一度的盛宴。我坐在餐桌前，用眼角的余光看着奶奶。在欢声笑语间，她仍会时不时地扫视前门，随时准备着在门把手转动时跳起来。

晚饭后，在圣诞树前的地板上和表亲们一起玩的时候，我看向了爷爷。他和往常一样，坐在扶手椅上喝啤酒，直到醉得开始说胡话为止。我看到他盯着拉尔夫伯伯获得的警察奖状，他一直把这些奖状挂在客厅壁炉旁边的墙上。

"看，拉尔夫。"他指着那些奖状说，整个房间里充斥着浓郁的啤酒味，"这才是我的儿子，这才是一个真正的西斯尔家的人。而你，"他开始骂我，"你是个混账东西，和你爸一个样。哦，我知道你一直在干什么。"他说着，用拇指弹开了啤酒瓶盖，"我一直在观察你，小子。"

我想要搞明白自己做错了什么，却做不到。我盯着墙看，上面没有爸爸的照片，一张也没有。事实上，整座房子里没有一张我、我的两个哥哥或爸爸的照片。

爷爷一直瞪着我。我跑到厕所，想找个地方躲起来。当我跑过去时，他没有拦住我，而是咧开嘴笑了。我关上门。

那天结束时，奶奶收好了多余的食物和饮料，用玻璃纸进行了处理，防止它们坏掉，然后把它们塞进冰箱或冰柜里。我凝视着一直放在圣诞树下的尚未打开的礼物，那些都是给“儿子桑尼”的。它们一直被放在树下，树也在家中立了好长一段时间，提醒我们发生了很可怕的事情：爸爸再也不会回家了。

我们到二月才把剩菜吃完。

假意大利人

利罗伊翻进便利店后面的蓝色垃圾箱，消失在了里面。每隔一周，我们就会潜进去，在里面找到《花花公子》杂志、旧口香糖，有时还会发现一些糖果棒。我们很乐于参加这个课外活动。

许多人觉得利罗伊和我是兄弟，因为我们总是厮混在一起。但我长得像意大利人和其他民族的怪异混血，而利罗伊的肤色比漂白的床单还要白。和我们一起的德里克是个矮小的希腊男孩，住在爷爷奶奶家的街对面，是附近皮肤最黑的孩子，甚至约什也比不上他。我认为自己看起来有点像德里克和他爸爸。

“中奖！”利罗伊叫道，他将一本色情杂志举到垃圾箱边上。德里克和我欢呼起来。

“还有什么别的？”德里克问道。

我听到了盒子被挪动以及袋子被撕开的声音，接着利罗伊大喊道：“这回发了！”他丢出一盒满是灰尘的士力架，然后爬了出来。

“检查一下保质期。”我边说边翻了翻盒子，找到一个标签：1984 年 3 月。

“肯定是后厨之类的地方丢的。”德里克一边看着标签，一边打开盒子。他很快撕开包装，把士力架塞进嘴里。他试着张嘴咀嚼，棕色的士力架外壳裂开了。

“这东西都放了三年了，”我说，“别把牙齿咬坏了。”

利罗伊站在垃圾桶边上，目不转睛地看着那本色情杂志。他把它反过来，给我们看了一张照片，上面是一个躺在沙漠中的裸体女人。这个女人身旁散落着羽毛和鹿皮，衣服在身上随意地披散着。

他笑着对我说：“和你一个民族的人。”我不知道如何接话，捡起一根士力架，想要掰成两截，看看能不能吃。那根士力架没有弯曲分毫，我便放弃了吃它的念头。

德里克笑了出来，凑近看了看，说道：“我哥哥和我讲过印第安人的故事。”他嘴里塞满了巧克力，然后看了看我，把包装纸丢在地上。

“他说他们都死光了。”

利罗伊举起杂志，笑着说：“她可没死。”在另一张照片里，这个女人不着寸缕，站在一匹花马边上，手里拿着一把长矛。

“铁娘子乐队[①]有首歌就是讲这个的。”德里克说，“《跑上山去》[②]，我哥老放这首歌。”

“没错，”利罗伊补充说，“我姐也老放这歌，我喜欢这首歌！”

他们两人唱起这首歌，德里克摆出重金属手势[③]，利罗伊则不停甩头。我可以听出，这首歌讲的是白人杀戮印第安人，把威士忌卖给他们，并摧毁他们的信条。我只能听清楚副歌部分，副歌的歌词和歌名一模一样，我猜它的意思是印第安人必须逃跑。

---

① 铁娘子乐队（Iron Maiden）：成立于1975年的英国重金属乐队，主要活跃于20世纪80年代。

② 《跑上山去》（*Run to the Hills*）：铁娘子乐队于1982年创作的歌曲，主要内容讲述白人屠杀克里人的故事。

③ 重金属手势：原是地中海沿岸地区居民使用的粗俗手势，即将食指与小指伸直，并用大拇指压住弯曲的中指和无名指。20世纪60年代后该手势被用来代表魔鬼撒旦，在重金属音乐中被称为“魔鬼之角”。

我想象着德里克的哥哥摩西在他们家门口用破烂的音响放那首歌的样子。我从歌词中听到了“克里”一词，摩西向我解释说，这首歌讲的是英国军队在西部的平原上杀死了一群克里族印第安人，然后把土地给了白人的故事。

“你来自西部。”摩西说，“你是克里人？”我不知道该说什么。有那么一瞬间，我想知道妈妈是不是克里人。

“不！”我脱口而出，“我们是意大利人。”我也不知道自己怎么会撒这个谎的，但觉得它或许能让我安全，或以某种方式让我成为白人的一分子。“我们是有些地方像印第安人。”我继续说道，“但我的皮肤很黑，因为我们有意大利人的血统，看！”我把自己的胳膊伸向他。

“约什可不是这么说的。”他怀疑地看着我。

我想起了自己的父母，想起了成长过程中困扰我的所有问题，以及已经生根发芽的怨恨。我讨厌他们、讨厌自己，讨厌向其他孩子解释自己的父母在哪里，为什么我的肤色比他们黑。我在想要成为印第安人和躲藏在谎言的躯壳中之间犹豫徘徊——就像我站在这里，是听着他们两个在垃圾箱旁唱歌，还是看着杂志上穿得像个印第安人的裸体女人一样，犹豫不决。

我决定告诉人们自己是意大利人，因为这样能让我的日子好过得多。

第二部分

支离破碎

（1988—1996）

我虚假的面具

他们告诉我："纵情狂欢，逍遥自在。"
不论给我什么，我都来者不拒

将所有的神灵汇于吾身
吉米·亨德里克斯
吉姆·莫里森①
野蛮人柯南②
《年轻枪手》③里的土著盗马贼查韦斯
然后——瞧——在那么一瞬间，我化身为武士

我喝得比他们更多
跳得更高
跑得更快

---

① 吉姆·莫里森（Jim Morrison）：美国著名摇滚乐创作歌手，1971 年因吸食海洛因过量而亡，享年 27 岁。

② 《野蛮人柯南》（*Conan the Barbarian*）：1982 年上映的魔幻电影，由施瓦辛格主演，全球狂收超过 1 亿美元票房。

③ 《年轻枪手》（*Young Guns*）：1988 年上映的西部传记片，讲述 1877—1878 年林肯县（位于新墨西哥州）战争期间，著名亡命徒比利小子的故事。

但没人告诉我
印第安人不是好莱坞制造的
我们在电影里也从来不是好人

怪异的动作

我不识字，而且口吃，所以从不在众人面前大声朗读。我不明白自己为什么五年级毕业了还是不会认字和写作。但我还是去了一所新学校，和一群新的孩子待在一起。

利罗伊读七年级，每天和我一起走路上学。正因如此，我比一些六年级学生更有优势，因为我觉得他们不认识什么高年级的人。上学路上，我们经常捡起烟头，佯装抽烟。几年前，商店里的约翰发现我帮米奇他们买烟后，就不再向我们这群男生销售任何和烟有关的东西了，所以，我们既没有打火机，也没有火柴。

然而，利罗伊的姐姐西尔维娅和她那群玩摇滚的朋友一起抽烟，这里面就有米奇。他们都留着蓬松的长发——西尔维娅喷了发胶的波浪形刘海足有3英寸[①]，鼻子也不再像之前那样硕大了。她的身体发育了，有了曲线，脸上的妆容似乎在闪闪发光，好似奶奶看的肥皂剧中的女人。每每看到她吸烟的样子，我的视线都会变得模糊，而话语——算了吧。在她身边，我的思维都不敏捷了。

利罗伊第一次看到我在西尔维娅身边表现得像个痴汉一样时，他说："如果你再这样看她，我一定揍扁你。"

我还是忍不住对她和那些香烟魂牵梦萦。

① 3英寸：约合7.62厘米。

约什和西尔维娅在同一所学校上学，读八年级。杰瑞读七年级，并在除了约什、我以及我们的街头部族之外新认识了一批好孩子。这些人来自我不认识的街区，是一群看漫画书的怪胎，不抽烟、不喝酒、不惹我所知道的任何麻烦。但哥哥们仍保护着我们的部族。有他们和利罗伊在，我感觉很安全。

我可以自由地探索世界——特别是女孩子。

十月的一天，在等待载我们去皇家安大略博物馆参加学校实地考察的公共汽车时，一个女生引起了我的注意。她当时正站在学校边上的体育馆前面的小山上。

她有一头火红的头发，穿着一双黑白相间的英国骑士[①]跑鞋。我知道她叫露西，因为一位老师曾在迎新大会上喊过她的名字。听同学说，她是一名很优秀的游泳运动员，在游泳俱乐部上课，所有同龄的精英游泳运动员都在那儿上课。她和那些很酷的孩子混在一起，包括我的朋友布莱恩和一些富家子弟。

但我不像他们。

我在山脚下走来走去，背着书包，忐忑不安。我想和她说话，大脑却出现了在西尔维娅身边一样的情形，无法正常运转。我知道露西根本没注意到我。我满头大汗，努力组织着打招呼的语言。她正和另外两个漂亮女孩闲聊，我对她们也产生了奇怪的感觉。其中一个女生叫凯莉，她有着一头飘逸的长发，让我心跳加速。凯莉在学校里还有两个姐妹，她们三个都很喜欢足球。

利罗伊说："她们一家都是运动女神啊。"

另一个有金红色头发的女生叫莎拉。按利罗伊所说，她很"成

---

① 英国骑士：1983 年创立于美国的品牌，主要销售休闲服饰和鞋类。

熟”。莎拉让所有男生为之疯狂。在每个季度举办的音乐舞会上，所有人都想和她跳舞。当音乐响起时，她就像一只蜂后，被刚长了胡须的青春期男生团团围绕。有一次我想和她跳舞，但差点被拥挤的人群踩扁。于是，那一个晚上，我一直在角落里独舞，远离荷尔蒙与混乱喧嚣。

我走上半山腰，离她们只有几十米远时，终于从嘴里挤出个“嘿”，可她们没有听见。于是，我提高音量，又从嘴里挤出个“嘿”，声音也开始变得嘶哑。我想要逃，却忍不住继续前进。可仍然没有得到回答。我觉得她们在无视我。

但莎拉转过身来，翻了个白眼：“看，那个就是和布莱恩混在一起的呆子。他想干什么？”

凯莉笑了起来，上下打量着我。

露西沉默不语，皱着眉，看着莎拉。

“你们好，我叫杰西。”我伸出手，“这里是全班同学集体乘坐公交车去参加学校实地考察的地方吗？”她们笑了起来。我的手还静止在那里，一脸的尴尬。

“你看这里像公交站吗？”莎拉反问道，并推开我的手。她穿着碎花洋裙，看起来气势汹汹。

我已无话可说，无动作可做，无勇气可鼓。

凯莉转过身去，对露西低语着，还捏了捏自己的鼻子，就好像我有体臭一样。露西没有反应。我对她露出一个微笑，她也回以笑颜。但我无法忍受再待在那里了，于是就走开了。

“等等，”露西说，她伸手握住我的手，“我叫露西，很高兴认识你。”

凯莉和莎拉都傻眼了。

就像其他人一样

“我们去商场吧。”我说。

任何事情都比学校的午餐时段有趣得多，哪怕是走上两公里路。我们会去一个叫弗兰克的人开的汉堡摊，那里有卖全市最好吃的薯条和肉汁。饱餐一顿后，我们可以去便利店，在街机上玩《双截龙》[①]或《时间领主》[②]，利罗伊玩得很好，而我玩得很烂。理查德和我们在一起。他是一个德国男生，个子很小，头很大，和我与利罗伊一样调皮。前一年，他同我一起读六年级。他和我做了件之前我和利罗伊从未做过的事——逃学。

在商场里，利罗伊从口袋里掏出五块钱，理查德掏出二十块，我则像往常一样身无分文。我们走到弗兰克的汉堡摊前，他们两个把钱放在柜台上，点了“飞翔宝贝”，然后大笑起来。

弗兰克把薯条肉汁的订单称为“飞翔宝贝”，并让妻子开始制作。弗兰克的妻子站在收银台后面的油炸区。我们听他说过这个词好几次，也觉得这个叫法很有意思，自己也开始这么说了。弗兰克通常一言不发地给我们点菜，等我们走远后，他就会转过身去，用

---

① 《双截龙》（*Double Dragon*）：一款日本格斗电子游戏，于 20 世纪 80 年代末期及 90 年代初期风靡一时。

② 《时间领主》（*Time Lord*）：一款美国格斗电子游戏，发行于 1990 年。

韩语跟自己的妻子说话。

当我在课堂上嘲讽家政老师 N 夫人的日本口音时，她也会做出同样的反应——沉默不语。当没完成作业时（这种情况时有发生），我就用这招让她闭嘴。全班都很喜欢我每次故意发错音的样子，爆发哄堂大笑，鼓励我下次继续这么做。

从记事时起，人们就嘲笑我是一个混血“印第安人”。我很讨厌这样，但当我以同样的方式对待别人时，就没人关注我是谁了。N 夫人不应遭受这样的嘲讽。她在成绩单上给我的简评是“经常没准备好上课”，这一点也不奇怪。

弗兰克递过来两份薯条，理查德吃了一口他的那份。他没有和我分享哪怕一根薯条，我倍感羞辱。毕竟是我邀请他来的，我希望他至少能给我几根薯条当作回报。令我震惊的是，利罗伊也做了同样的事情，他之前从没这么干过。更火上浇油的是，在利罗伊快要吃完前，理查德抓起一根薯条，蘸满肉汁，然后塞进了利罗伊嘴里。他朝我笑了笑，然后转过来对利罗伊说：“这些东西真好吃，你说是吧，伙计？”他们两个张嘴大笑起来，我可以清楚地看到他们舌头上的薯条残渣。我怒火中烧，约理查德放学后去街对面的公园里打一架，那里没有老师干扰。他接受了。我跺着脚离开，留他们两个在那里嚼那些垃圾薯条。

那天下午放学铃一响，我便冲进公园里。消息很快传开了，“疯狂的印第安人”要剥掉某个德国可怜鬼的头皮。一群学生跟着我们穿过街道，在我和理查德周围围了一个大圈子。他们把我们越推越近，空气里弥漫着“打，打，打”的呐喊声。我先挥拳击中了理查德的嘴。他惊呆了，站了一会儿，然后把书包丢向我，却偏离我的头很远。我接着伸腿踹向他腹部。

我赢了。

然后他说："我明白了。"然后咳嗽着，捂着自己的肋骨，"你就是个肮脏的家伙，和其他那些令人讨厌的印第安人一样。"

每个人都爆发出笑声，接着发出了响亮的呼喊声，这让我充满斗志的怒火一下就被扑灭了。我陷入沉默之中。

"你可能会像他们一样死于酗酒。"

人群从我这边倒向他那边。我看到自己的街头伙伴们指着我，放声大笑。

他们也信了。他们都信了。

最重要的东西

那是一个星期六。夏日阳光明媚，割草机嗡嗡作响，煎炸培根的味道香气扑鼻，让我闻不到其他味道了。我听见爷爷穿着人字拖在厨房里破旧的油地毡上走动的声音。爷爷太小气了，总不愿换掉那张地毯。他老是在黎明时分喊我们起床做家务，或是在出去打球之前让我们擦干净他的高尔夫球杆，所以很奇怪，今天他竟然让我睡了个懒觉。如今我们都已步入了能够工作的年龄——13岁，爷爷告诉我们，他在这个年纪的时候已经离开家，去爱德华王子岛[①]摘土豆了。

我听见杰瑞在离卧室一墙之隔的地方啜泣，哭声不似他通常那样令人厌烦。他的声音就像一条温柔的鲸鱼，在太平洋某片未知的深海中探索，呼唤着远方的鱼群。我坐起来，听他哭了很久，心知肯定有坏事发生。我想要隔着墙抱抱他，却不敢离开自己的房间。我生怕惹上麻烦，或听到他人的死讯。

我听到约克用爪子挠门，于是打开门，它低着头，好像做了什么坏事，连尾巴也不摇了。

“怎么了，小子？”我问它，“发生了什么？”我摸了摸它的头，它的尾巴举了起来，来回摇晃。

---

① 爱德华王子岛：加拿大东部的一个岛屿省份。

“上帝啊！”爷爷说道。听上去他好像弄掉了一个盘子。约克跑了，杰瑞还在啜泣着。我决定下楼去看看发生了什么事。我没听到奶奶的任何声音，不知道她在哪儿。

我走进厨房时，看到爷爷在一个抽屉里翻刀叉，嘴里骂骂咧咧。

“你想吃点鸡蛋吗？”他叫道。

“当然。”我一边等着鸡蛋，一边盯着他看。

他抓起一把叉子，想要叉起几片培根，但笨手笨脚的，叉子从平底锅边上掉到了地上。一片培根挂在炉子旁边的抽屉上，摇摇欲坠。

“妈的，”他嘟囔着，用纸巾擦拭着炉子，“坐下吧，孩子。”

他把我的早餐盘扔在桌上，并拉起椅子。爷爷看起来很虚弱，我从来没见过他这个样子。对我来说，他毛茸茸的手臂健壮无比，膀阔腰圆，没有人可以匹敌。但现在他变成了自己真正的样子：一个年岁渐长、头发灰白的男人。

“我已经告诉了你的两个哥哥，我不喜欢拐弯抹角，所以听着。”他伸手揉了揉我的胳膊，他以前从没这样碰过我。

“你爸从来没有进过医院，”他说，“他在打劫商店时惹上了麻烦，被送进了监狱。警察找到你们时，你们都饥肠辘辘，浑身脏兮兮的。”他用手敲打着桌子，就像一把小锤子，想要敲回过去的时光，“一听说发生了什么，我和你奶奶就去把你们接了回来。桑尼出狱了，本该回家的，但……”爷爷停顿了一会儿，“我猜他更喜欢毒品和酒精，真是个混账东西。”他一拳砸向盘子，盘子里的豆子被弹到空中，“家才是最重要的东西，杰西，如果我发现你吸毒，那你就滚出这个家。”

他的脸看起来比我以前见过的都要冰冷，就像冰山一样。我颤抖起来，泪水从脸颊滑落，就像古老的大坝决堤了一样。

他把自己的手从我手臂上拿开。

“别这么做，”他说，“你现在是个男人了，男人是不能哭的。”

爷爷在一块褐色的吐司上涂上人造黄油，然后吞了下去。空气里弥漫着人造黄油的味道。我试着止住眼泪，却听见了隔壁房间里奶奶的摇椅来回晃动的声音，还有她的哭声。

加拿大雁

“打字机边上有一个。”利罗伊一边说，一边捡起一个剩了不少烟丝的烟屁股。他那件黑白相间的克鲁小丑[①]演唱会T恤是姐姐给的，穿起来很紧身。当他弯腰捡烟头的时候，那件衣服似乎都要裂开了。更紧的是他那条酸洗牛仔裤[②]，裤脚被卷了起来，用线固定住，露出了脚上穿的那双球鞋，鞋舌像长长的狗耳朵一样伸在外面。他看起来就像西尔维娅那些玩摇滚的朋友，可是一点风格也没有。

我没有他那样时髦的穿搭。我们三兄弟穿的都是奶奶从哈罗德零售店[③]的打折区买来的过时衣服。我最时髦的一件衣服是黑色高领毛衣，而我现在穿上身的这件衣服上沾满了食堂的芥末。

“天哪！”我边说边试着把芥末污渍擦去。“这根烟甚至都没被抽过！”利罗伊把香烟举到阳光下，烟体近乎完美，只是有点歪，沾上了一点黄色的水渍，但品牌标志完好无损。

利罗伊从牛仔裤口袋里掏出一盒火柴，晃了晃。“看看我搞到

---

① 克鲁小丑（Mötley Crüe）：1981年成立的美国重金属乐团。

② 酸洗牛仔裤：酸洗指的是用氯漂白剂和浮石让牛仔裤部分漂白，在20世纪80年代十分盛行。

③ 哈罗德零售店：1970年诞生于渥太华的零售连锁店，于20世纪80年代达到顶峰，90年代初期破产。

了什么东西。”他低声说，来回搜寻 W 夫人和 G 先生的踪影。这两个老师总在附近巡逻，让任何被他们抓到的孩子吃尽苦头。如果被抓住，我们清楚自己可能会被关进校长办公室。

“这是我今早从西尔维娅那里偷来的。”利罗伊咧嘴一笑。他打开火柴盒，露出里面满满三排火柴。他把烟叼在嘴里，准备点火。我紧贴着利罗伊，帮他挡风。他划动火柴，火柴上冒出樱桃红色的火光。他用火柴点燃烟头，然后深吸了一口。他努力把烟憋进肺里，脸色变得铁青，然后把烟吐出，大声咳嗽起来，听起来就像是一群加拿大雁从他的肺里冲了出来。

“来，你也来一口。”他说道，身子仍在抖动着。

我抓过烟，想象着爷爷奶奶对我大吼大叫的样子。我吸了一大口，假装自己正在把烟向爷爷奶奶吹去。但我没有像利罗伊那样咳嗽，我喘着粗气，丢掉香烟，一屁股向后坐在地上。我摩挲着草地，感觉天旋地转。我看到黑色的斑点在蓝天上飞舞着。利罗伊笑了，他的声音把我拉回了现实世界。

“你可真差劲。”他伸手捡起我扔在碎石上的香烟，又吸了一口，然后递给我，“慢点抽，杰西，像我一样。”他把烟吐出来，没有咳嗽，然后交叉着双臂，看起来很潮。

我想像他一样酷。

奶酪片

“到底又是谁动了冰箱？”奶奶喊道，“我们并不富有，你们这几个孩子知道的，对吧？你们会把整个家吃空的！”

我当时正坐在沙发上看电视节目。我望向厨房的方向，听见奶奶关上冰箱的门，还有大量东西砸在地板上的声音。我只能看到她的头发在晨光中摇曳，约克跃上楼梯。他从来不会错过被打翻的食物。

“我不知道，”我耸了耸肩说，“我发誓，奶奶，不是我。”

“蔓越莓汁也都快被喝完了。我告诉过你们，那是爷爷痛风时喝的。”她举起一堆空了的奶酪包装纸，一盒快被吃光了的热狗，还有只剩下四分之一蔓越莓汁的瓶子，剩余的红色液体在瓶子里晃动着。奶奶很生气。

她是怎么关上冰箱的？我想。用脚吗？

“我不知道该怎么对付你们几个了。”她放下手中的东西，吸了一口烟，烟雾弥漫在她慌乱的脸上。我看得出她在努力保持镇定。“叫你的哥哥们进来，杰西。”

“好的，奶奶。”我说，心里却怀着恐惧的感觉，尽管她的声音听起来很挫败，不再带有怒气，有点像家里所有人知道爸爸的真相后的反应。她点了点头，开始捡地上的东西。

两个哥哥在后院里摔跤，像往常一样，约什把杰瑞揍得落花流水。约什用了一个双肩下握颈[①]的动作，把杰瑞的头往他的胸膛折去，几乎让他窒息了。这是约什的招牌动作，根据经验，我知道杰瑞是无法逃脱的。

“奶奶生气了。”我说道，想要喘口气。约什放开杰瑞，杰瑞捂着脖子倒在地上，脸上窒息的青紫色渐渐消失了，取而代之的是幼嫩的粉红色。

“她现在在说些什么？”约什问道。

“这有什么关系？”杰瑞一边反问，一边站起来，往房子走去，“那条狗可能在房子里拉了屎，因为我们没去遛它。这是你的错，早上该是你去遛狗的。”

我咬着指甲：“比那更严重。”

奶奶坐在客厅里爷爷的椅子边上。茶几上放着一叠空了的奶酪包装纸，大约有二十张。小小的价格标签就贴在那堆纸边上的茶几上。

“看。”当我们三人走进来时，奶奶开始发话，沾满尼古丁的食指摁着一张价格标签。她摁得很用力，让整个指尖都发白了。“这些香肠要两块钱，我给你们爷爷买的是用上等牛肉制作的那种，这是他应得的。”她弹了弹烟屁股，烟灰滚落到一个黄色的烟灰缸里。“奶酪，”她指了指那堆包装纸，“要差不多三块五，是黑钻牌[②]的切达奶酪。还是那句话，我只给你们爷爷买最好的。”她又吸了一口烟，烟头发出呲呲声，然后指着最后一件东西。“还有这个，蔓

---

① 双肩下握颈：格斗动作，一方站在另一方背后，用两条胳膊分别穿过对方腋下，然后箍紧。

② 黑钻牌（Black Diamond）：加拿大家喻户晓的食品品牌，诞生于 1933 年。

越莓汁。这是真正的蔓越莓汁。医生叫我买这个来治你们爷爷的痛风。他的膝盖和大脚趾都有痛风，不喝这个就没法工作。这瓶要五块钱。这里一共是十块五毛钱，我昨天才买的。它们本来可以用到下周五我再去买菜的时候。”

我把双臂环绕在胸前。杰瑞的手掌在自己的牛仔裤前面摩擦着。

“现在这些东西都没了，我该给你们爷爷喝什么、吃什么？”

“不是我。”约什脱口而出，他把瓶子推给杰瑞时，身子像一只得了低温症的吉娃娃一样颤抖着。

“也不是我，奶奶，”杰瑞说，“我发誓！”他努力保持镇定，但看起来很愧疚，然后把瓶子推给我。他不知道我已经被审问过了。

“杰西已经说过不是他干的了。”奶奶边说边敲打着瓶子。轻微的回声在我的耳朵里轰鸣。“所以，我猜你们全都又撒谎了。”长长的叹息声仿佛要耗尽她的所有生命，“你们这几个孩子一直在偷食物和撒谎。这次和过去发生的无数次没有任何不同。你们就这样敷衍我们，我的心都碎了。但是，现在，就这一次，我想要一个直截了当的答案。请告诉我真相：谁干的？”

我们面面相觑，耸了耸肩，像白痴一样做着鬼脸。奶奶不为所动。沉默笼罩着客厅，静止在奶奶的涤纶长裤和我们中某一个人肠胃中被消化的奶酪上。我们正等待着有人站出来认错。一丝雨雾覆盖在推拉门上，风越来越大，雨声也越来越大。我看到一只乌鸦栖息在栅栏上看着我们。

“我再也受不了了。”奶奶最终开口，声音在香烟的烟雾中听起来稀薄而单调，“你们各回各的房间，各自打包一袋衣服，拿到楼下来。我会带你们去儿童援助中心。爷爷和我已经讨论过这个问题了，我们尽力了……”

约什大张着嘴巴，杰瑞的眼睛睁得比约什的嘴还大。我什么感觉也没有，或者说，那种感觉只能被描述为巨大的仇恨——这是我第一次有这种感觉。

“一定要带上靴子和冬帽，你们会需要它们的。你们的年纪已经够大了，可以自己生存了。去吧，去做好准备。”她把我们赶走了，“我们没那么多时间。”

一道黑色的闪光吸引了我的目光——乌鸦飞走了。我回到房间，开始收拾东西。我忍不住想起小时候和爸爸在一起的时光，那种饥饿感，那种每天困扰着我的痛苦，让我总感觉我们随时都处在饥饿的边缘，哪怕是住在不缺吃喝的爷爷奶奶家里也是如此。

我知道杰瑞对这种饥饿感体会最深。他告诉我，哪怕是吃饱了肚子，他也觉得自己永远没吃够。这是一种驱使我们偷窃和撒谎的力量，让我们在爷爷奶奶带我们参加的每个家庭活动里，都把所有的开胃菜吃个精光。表亲们经常拿这个嘲笑我们，说我们把面前的一切都吃光了，还说我们是猪。但我们无法控制自己暴食的习惯。

当我从抽屉里拿出最喜欢的红色毛衣、蝙蝠侠 T 恤、蓝鸟队[①]棒球帽，以及最喜欢的四条牛仔裤时，我一直在想着那种饥饿感。我把它们小心翼翼地塞进自己的阿迪达斯小包里，然后确保爷爷奶奶的照片塞在衣服之间。我一直希望自己能有张爸爸的照片，这样我就能记住他的样子，但无论我走到哪里，我都不想忘记爷爷奶奶。我还从梳妆台上拿起妈妈的那张破旧的宝丽来照片，照片上她

---

① 蓝鸟队：全名为多伦多蓝鸟队，是参加美国职业棒球大联盟（MLB）的唯一一支加拿大队伍。

戴着一顶俄罗斯风格的狐狸皮帽子。我把它放到后口袋里妥善保管，然后走到前门。

约什和杰瑞已经在那里了，带着收拾好的行李，面色凝重。约克也在那里，呜呜地转着圈，尾巴摇得比平时还快。奶奶已经上楼了。我们猜她在找钱付出租车费，还在摔东西。我们没有等她带我们出去，而是直接关上门离开了。黄铜门环在我们身后发出粗暴的声音。终于解脱了，我们想。

在走到停车道尽头之前，我们手挽着手，决定继续往前走，越远越好，去找一家能够让我们想吃什么就吃什么的人家。在那里，我们不必再害怕饥饿。杰瑞从行李里拿出一个黄油蛋挞——我们仿佛已经有足够的食物，够去自己想要去的地方了。

我们走到了奶奶去购物的商场的另一边，走了大约 5 公里远。我们坐在灌木丛边上，吃着仅有的一个蛋挞。夜幕降临，我们又冷又饿，于是决定回家。杰瑞和我带着行李在家门外等着，而约什走进屋里，为失踪的食物和离家出走的行为接受惩罚。

兜风

有一天，我问罗恩叔叔，爸爸去了哪里。“我很抱歉，杰西。”他说，“我也很想他，但我们也不知道。”

据家里人说，罗恩叔叔是叔伯里最强壮的那个。他就像个职业摔跤手，身材粗壮，鼻梁很宽，还镶了一颗金牙，金牙在每次说话时都会闪闪发光。他的身体看起来被野兽袭击过，有许多伤痕，烧伤和刀痕。最深的一道疤痕在膝盖上，据他所说，那是“在 20 世纪 70 年代被鲨鱼袭击留下的”。奶奶说，那些疤痕是他工作时摔断腿，以及被朋友用车撞到留下的。

他和我讲过爸爸的故事，讲他们在高尔夫球场当球童时惹上的麻烦，讲他们和邻居的男孩打架，讲他们去追女生并用鞭炮恐吓她们的男朋友的故事。他说：“我甚至用汽油把你爷爷的车库炸了。”还补充说爷爷狠狠地揍了他一顿，以至于他在接下来几周里都眼冒金星。爷爷和罗恩叔叔的关系很奇怪。爷爷曾想把他逐出家门，却一直允许他回来，我觉得这是因为爷爷爱他。罗恩叔叔进过几次监狱，每次一待就是几个月。每当他出狱回家时，奶奶总会给他一个拥抱，做一顿丰盛的大餐，大家都很高兴，互开着玩笑。但当爷爷回到家，见到罗恩叔叔时，就会给他摆一副臭脸。大家都会保持沉默。罗恩叔叔只是笑笑，什么也不说。我觉得很奇怪，罗恩叔叔竟然愿意自己被这样冷脸以对，但我也理解他为什么从来不对爷爷开玩笑：在我们家，尊重是很重要的。

当我们三兄弟刚到爷爷奶奶家时，是罗恩叔叔迎接的我们，让我们有了家的感觉。他身上有一种特质，狗和小孩子都很喜欢他，但其他人都很怕他。我的表哥们非常怕他。每当他出现时，表哥们就会给他拿啤酒和香烟——他只需要稍做示意，表示自己需要冰啤酒或者一包烟，他们就会立刻跑去拿。但我爱他。叔叔就住在我们附近，他会过来，把我扛在肩膀上，带我去公园荡秋千，搞得我晕头转向。在许多方面，罗恩叔叔在我面前扮演了爸爸的角色。

"来吧，杰西。"罗恩叔叔说。坚硬的拳头打在我的肩膀，让我回过神来。"你今晚想去市中心送货吗？我要去央街（Yonge Street）见几个人。会很好玩的。"他是个送花工人，也很擅长自己的工作——他负责收钱，从来没有人拖欠过他钱。他一停车，就会有人跑进商店，然后拿着一叠钱走出来。他张嘴露出闪闪发光的金牙，邀请我加入他。

"我想……"我像在踩灭烟头一样在地上扭着脚，想要决定是继续在房间里自怨自艾，还是出去振作自己。

"你不必看起来这么垂头丧气，你明白的。"他又捶了我胳膊一下，我在疼痛中努力露出微笑，"我 4 点钟到，做好准备，否则……"他眨了眨眼。

那天下午，我在阳台上等着他，看着他开着一辆红色敞篷野马[①]驶进停车道。我不知道他从哪里搞来的新座驾，但要比他平时开的那辆破旧工作车要好得多。我穿着一件白色紧身衬衫，外面套着一件扯掉了袖子的牛仔外套。我觉得，肩膀上那些扯掉袖子后露

① 野马：福特集团的轿车。

出的磨损线头让自己看起来像个硬汉，就像《局外人》[①] 中的角色一样，也能让我更像罗恩叔叔。我戴着的山寨雷朋眼镜让自己看起来更像个硬汉了。

“看看你这两根‘管子’。”罗恩叔叔说。我知道他不是在取笑我的胳膊，而是想让我感到自信。我在过去几个月里长高了快 1 英尺 [②]，脸上长满青春痘，胳膊和腿看起来像是被拉长了的热狗。我摆出最棒的健美姿势，尽力把拳头和二头肌向内蜷缩，自我感觉良好。

“你会变壮的。”他边说边从驾驶座上站起来，双手摆出手枪的姿势，举向空中，回应我秀肌肉的举动，“但你得开始练举重了。”罗恩叔叔的手臂看起来就像是绿巨人的手臂。他转动自己的头，亲了亲每只手臂的二头肌。每次从监狱出来，他的两只胳膊都会粗上许多。

“现在出发吧。”他坐下来，按了两下喇叭，梳了一下头发，看着后视镜，就好像自己是 20 世纪 50 年代的小流氓一样。“我们可没那么多时间，‘施瓦辛格’。”我从距离地面 10 英尺 [③] 的阳台上跳下，跳进副驾驶座，然后我们就出发了。

开车时，车载音响里响起了弗搁特乐队、深紫乐队和荒原狼乐队的歌曲，昭告天下有两个恶汉出没。风吹过我的头发，罗恩叔叔敲打着方向盘，让我想起了爸爸。进市区后，人们盯着我们驾车驶过。我很兴奋有女人在看我们，但她们并没有在看我。我明白罗恩

---

① 《局外人》（*The Outsiders*）：1983 年美国电影，讲述两帮学生械斗的故事。

② 1 英尺：约合 30.5 厘米。

③ 10 英尺：约合 3.05 米。

叔叔吸引了所有的目光。

“你看到了吗，杰西？”他边说边回头对一个从商店出来的金发女郎微笑，“这完全在于你有多自信。”他曲起左臂，旋转着叼在门牙上的牙签，然后把它竖直地举在阳光下。

我揉了揉眼睛。

“试试吧，”他说，“当公鸡。”然后随着音乐的节拍来回晃动自己的头。

“这到底是什么意思？”我问道，调整了一下背心。

“你知道公鸡走路的样子吧。试试看！感受音乐，就像这样。”他咧咧嘴，露出金牙，就好像是蹲监狱版的猫王。

我试着按他说的去做，摇头晃脑，对人行道上的女士们微笑。但我知道自己更像一只营养不良的鸡，每一个我喜欢的女孩的视线都越过了我，盯向罗恩叔叔和他的肌肉。

他笑了。“慢慢来！很快就会易如反掌的，我保证。”

我也笑了起来。我很高兴能和最喜欢的叔叔一起玩，也让他感到高兴。阳光照在我的脸上。

我们只在阴凉的地方停车收钱，吃冰淇淋和薯条，看街头艺人的表演。不过，那些和我们交谈的人和表哥们一样，都十分害怕罗恩叔叔。当我们驾车离开时，我可以从后视镜中看到这些人如释重负的表情。我听说爸爸和罗恩叔叔几年前一起做生意，不知道是不是干送花的活儿。

罗恩叔叔还把我介绍给他的朋友们，说我是桑尼的儿子。他们都像罗恩叔叔一样，肌肉发达，身体强壮，见到我都十分兴奋。他们身上有伤疤，文着文身，嘴里叼着牙签。他们把爸爸奉为传奇，和我讲了很多故事，也没人像爷爷那样说爸爸的坏话。我很高兴听到这些故事。在这之前，我从来没有为自己是爸爸的儿子而自豪过。

离开央街的一家商店时，我们遇到了一个在山姆唱片行[①]门前讨钱的人。他很瘦，一头油腻腻的长发，灰褐色的胡子，看起来要比罗恩叔叔年长许多。他面前放着一条毛毯、几个塑料袋和一个纸咖啡杯。没有多少人敢靠近他，而是转过身紧靠店面而行。我也不得不这样做。

然而，罗恩叔叔却径直走向他，在纸杯里放了二十块钱。那个流浪汉露齿一笑，说了句谢谢，但罗恩叔叔只是盯着他看。流浪汉看看他，又看看我。我看得出来，他想要搞清楚这是什么情况。但罗恩叔叔说："算了，兄弟。"在我们转过街角，去到停车的地方之前，罗恩叔叔转过头看去，但那个流浪汉已经走了。

"我老是觉得，"他说，"那有可能是桑尼。"

---

① 山姆唱片行：由商人山姆·斯尼德曼于1937年创立的连锁唱片行，现已破产。

鸟鸣

法语老师R夫人走到我的桌子前，递给我成绩单，上面还有家长的签名。她戴着眼镜看了看成绩单和我，然后说："下课后我们得谈谈。"

我可以发誓，在她转身走回教室前方时，她的小腿肌和及膝长裙周围笼罩着一片黑云。她严厉、强大、控制力强，高跟鞋踩在地上的咯噔声在我大脑里如雷鸣一般响起。

同学们的窃窃私语从四面八方传来。经常在我遇到不会的内容时提供帮助的朋友芮妮转过身来，说道："你死定了，杰西。"

我咽了咽口水。R夫人可不是好惹的，若我们做错了事，她会当着我们的面大吼。在最坏的情况下，她会气到边哭边吼，并让你连续留堂几个星期。

我低头看了眼自己的成绩：35分，一个硕大的F[①]。这成绩可比F还要糟，更像个K。旁边的评定写道："杰西经常没有准备好上课，他需要更加努力地去学习。"这个残酷又黯淡的学年，已经过去了三分之二的时间，按这种情况继续下去，我肯定会留级的。

除了没收我们来之不易的游戏机和卡丁车，并把我禁足外，我

---

① F：加拿大中学用A、B、C、D、F进行学生的成绩等级评定，其中F（Failure）代表不及格。

知道爷爷还会用鞭子用力抽我，让我痛得坐不直，就像他用红色的棍子（一根无比坚固的、直径半英寸[①]的玻璃纤维高尔夫旗杆）抽打约什一样。有一次，约什在公园里扔石头，石头弹在栅栏上，打碎了那个锡克教徒[②]的窗户玻璃。这并不是约什的错，我当时就在那儿——那块石头只是弹了起来，在栅栏柱子上重新改变了方向，然后打碎了窗户玻璃。但这并不重要，一扇窗户的玻璃被打碎了，爷爷花了两百块才把它修好。约什必须受到惩罚。爷爷在约什背上留下了紫色、浮肿的条状伤痕。约什不得不在伤口愈合前侧躺着，但它们仍留下了条状的疤痕，看起来就像一匹斑马的条纹。

爷爷那天的愤怒并不寻常，可以和他告诉我爸爸失踪了，并警告我不许吸毒的那天表现出的愤怒相提并论。我非常害怕。当约什被爷爷暴打时，我躲在房间里大哭起来。我躺在床上，用枕头捂住耳朵，想要逃避棍子在空中挥舞的声音。在脑海里，我祈求约什哭出来，但不知为何他保持了沉默。我知道，这是他为了以爷爷喜欢的方式展示自己的男子气概，但这只会火上浇油。在听起来又被抽打了三十下之后，约什终于痛苦地哭了出来。这哭声如此悲伤，穿透了房子的混凝土，传进了我躲藏的地方。

奶奶曾告诉我，爷爷对待犯错的态度就是“那样的”，因为他的爷爷就是用“那样的”态度对他的，他挨的打比我们重得多。1938 年，在爷爷五岁那年，他爸爸就死于心脏病。他不得不搬到 200 公里外的布雷顿角岛，同他的爷爷住在一起。在那里，他像个成年人一样拖木头、捡石头，在独木舟上捕鱼——他从未像我们一

① 半英寸：约合 1.27 厘米。

② 锡克教徒：即印度北部信仰锡克教的旁遮普人，有包头蓄须的传统。

样拥有过童年。我一直在想，这是否就是爷爷收留我们的原因，因为他知道失去家庭、孤身一人是什么感觉。

不管爷爷是出于什么原因，约什那天发出的尖叫声听起来就像他要被杀了一样。我很怀疑，爷爷童年挨的打怎么可能比这还要惨。

R 夫人用教杆敲着黑板，眼睛注视着我。“有些学生，”——她清了清嗓子——“没有带家长签字的成绩单来。我已经和你们大多数人谈过了。接着我将在课后见那些成绩单没签字的学生。”

课后！

我咬起了大拇指指甲，然后吐出一点碎指甲，落在了前面女生的头发上，但她并没有发现。时钟的指针似乎在以不可思议的速度向前跳动。每一个嘀嗒声都像爆炸声一样。

嘀嗒！

距离下课只剩四分钟了，我必须为自己所做的事情做出回应。

嘀嗒！

我盯着装饰在教室里的法语词汇标志，想找个法子。那只愚蠢的法国青蛙，头上写着再见一词；一个令人讨厌的小女孩向所有人挥手道别的图片；那张巨大的图片上面有一些明亮又惹人生厌的黄色水仙花在高喊着“春天”。

嘀嗒！

分针又往前走了一步——只剩下两分钟了——提醒着我进退维谷的局面。

完了！

我知道为什么 R 夫人要单独找我了！就是她那低头看了奶奶的签名，然后把成绩单还给我以后看我的眼神！签名的字迹摇摇晃晃，笔顺也不对。

在圣诞节前收到成绩单，并看到F时，我慌了。我不能让爷爷奶奶看到自己的成绩有多差，爷爷最近很容易生气，我不想像约什那样挨打。在回家的路上，我把这件事告诉了利罗伊。他告诉我，他班上有一个人在成绩单上伪造了家长的签名，蒙混过关了。

这个办法听起来很合理——甚至有点天才——于是我回到家，把奶奶写在我另一堂课上的实地考察许可单上的签名描了一遍。签名练习得很好。可正式签的时候却被我搞砸了。我只有一张成绩单，机会只有一次，而我却惨遭失败。把成绩单交上去时，我动作很快，把它扔在R夫人的桌子上，压在其他人的成绩单下面，寄望于她会偷懒，就这样把成绩单交上去。但她没有这样做，而是仔细检查了每一张成绩单，发现了我的罪行。现在，我要为此付出代价了。

丁零零！铃声响了。

时间怎么那么快?

在走向R夫人时，我整理了一下羊毛衫，眼睛一直向下看。我想，如果我不看她，那么自己还是可以躲起来，万事大吉。她让全班同学出去，示意我坐在她的桌子旁边的座位上。它被称为热座。

“我教过你的哥哥们，”她说，“他们都是好学生，特别是约什。”她拿过我手里的成绩单，指了指伪造的签名，“这些年来，我见过许多伪造的签名，但这个一定是最烂的。”她的声音就像铁锚一样把我拖进海底。

“你知道我必须向校长报告这件事，他会联系你的爷爷奶奶。”

我以为她会像往常一样大吼——甚至是边哭边吼——但她没有这么做。她只是盯着我看，我开始颤抖起来。

“这是一个非常糟糕的人生开端，欺诈是一种真正的犯罪。”她继续说，“你为什么这么做？”

我想起了约什和我们受到的惩罚。我不能呼吸了。

“你不知道这意味着什么。”我说，“你不知道这对我意味着什么。”我啜泣起来。

“意味着什么？”

我坐在凳子上颤动着。

“我不能带着这样一张成绩单回家，你根本不知道会发生什么。”我已经感知不到自己的脸了，但知道我正在哭泣，“这不是他的错，他就是那样长大的。”

R 夫人一声不吭，只是坐在那里，揉着我的背。

我再也听不到钟声了，只有 R 夫人柔和的呼吸声和外面知更鸟的鸣叫声。

抢劫

"去他的《亲情纽带》[1]。"我皱着眉头，换了个频道。我无法忍受看到迈克尔・J. 福克斯[2]在为超速行为道歉并赎罪后，和他那长相蠢笨、满脸胡须的父亲拥抱。如果我被抓到，哪怕是被抓到抽一根烟，我也会被施以焦油羽毛[3]的酷刑，挨一顿暴揍，然后被禁足一年。

"兄弟，"利罗伊哭了，"现在我们永远不知道剧情了，切回去！"

"这剧简直是胡扯，该死的亚历克斯・基顿[4]。"我往回切了几个台，然后把遥控器往房间一丢，它摔在混凝土地上，掉下几块褐色和绿色的碎片。利罗伊爆发出一阵傻瓜似的笑声，这是我们中的一人惹上事后，另一个人会发出的声音。

我不在意爷爷奶奶会不会生气。去他们的，我心想，干脆让杰

---

① 《亲情纽带》（*Family Times*）：20 世纪 80 年代的美国情景喜剧。

② 迈克尔・J. 福克斯（Michael J. Fox）：加拿大裔美国演员，曾五获艾美奖，四获金球奖。《亲情纽带》的主演。

③ 焦油羽毛：起源于中世纪英国，直至四十年前仍被使用的一种酷刑。指将松木焦油倒在犯人身上，然后将许多羽毛黏附在焦油上，羽毛和焦油因而都黏附在了犯人身上，借此给犯人造成身体伤害。

④ 亚历克斯・基顿（Alex P. Keaton）：《亲情纽带》剧中的男主人公，由迈克尔・J. 福克斯饰演。

瑞背黑锅吧。让哥哥背黑锅是一种能够转移注意力的策略，大多数时候都十分有效。杰瑞很不擅长撒谎，非常不擅长。事实上，当其他人惹上麻烦时，尽管和杰瑞毫不相干，但他在向爷爷奶奶解释事情经过时，说话方式就好像是自己犯了错一样。那个可怜人替我挨了数不清的打。

“我们可以喝点啤酒吗？”我一半是询问，一半是提议。我走过去，打开冰箱，里面却空空如也。利罗伊在空了的冰箱里寻找，也一无所获。电视机上的黑白雪花像一窝愤怒的蜜蜂一样滚动着，嗡嗡作响。我拿出小折刀，把它插在屏幕左边的坏掉的旋转拨盘上，然后晃动它。我们常用的老虎钳不见了，肯定是约什拿去后院做他的小工程去了。我的瑞士军刀也不够牢固。我哼了一声，拔掉电视的插头。

“我想要回家了。”利罗伊一边说，一边摸着枫叶队球衣下的肚子。晚饭时间已经过了几个小时，我们俩却都没吃东西。奶奶早些时候做了点鱼饼，但我们都不喜欢吃，所以拒绝了这个食物。这也是我唯一会拒绝的一种食物。我讨厌放在馅饼里的巨大生洋葱。在约莫五岁时的一餐晚饭上，我嘴里塞满鱼饼，脸颊像迪吉·葛拉斯彼[①]一样鼓鼓囊囊，然后不停地找理由上厕所，把食物全部吐进马桶里。爷爷奶奶发现了我的所作所为。爷爷夸我很聪明，说我是他的小花栗鼠，奶奶则不以为然。多年来，他们想要强迫我吃下鱼饼，但从未成功。

“好吧，我送你出去。”我穿上鞋子。离开时，家里鱼和油的香

---

① 迪吉·葛拉斯彼（Dizzy Gillespie）：美国著名爵士乐小号手，在吹小号时脸颊会鼓得非常大。

气溢到了街上。九月夜晚的空气很凉爽，公园里的路灯闪烁着，周围一片漆黑。我踢了一脚汽水罐，它翻过一个雨棚，站在路边一动不动。利罗伊也跟上来了一脚，汽水罐飞过林荫大道，落在人行道上。

转过街角时，我们看到伊万正坐在自己家门前的草坪上玩。他是一个波兰人，一头金发，大概比我们小四岁，住在离利罗伊家十户人家的地方。我觉得很奇怪，他能在这个点一个人在外面玩。我们觉得，伊万被溺爱的程度难以想象。他有许多玩具，我也经常看到他爸爸带他在便利店买薯片和口香糖，以及任何“爸爸的小心肝”想要的东西，找剩的零钱一般也归他所有。有时在我和朋友闲逛时，他也会把好吃的分享给我。看到他和他爸爸在一起，喜笑颜开地吃着糖果，手拉着手，每周六在家门口一起打曲棍球的样子，我很难受。爷爷从未和我做过这样的事。

“你在和我想一样的事吗？”我一边问，一边转身看向利罗伊。

“什么？没有！”利罗伊脸上的表情告诉我，他完全知道我在想什么，“这即便对我们来说也太过分了。”

我在马路中间停下，抓住他的手。“那个小孩很有钱，我们可以抢他的钱然后跑掉。天很黑，他都不会知道被什么人打劫了。”我的瑞士军刀在后口袋里燃烧着，祈求我控制局势，一意孤行地打劫他，这样我就能搞到一些午餐钱，可以自己买薯条了。

“别发疯了。”利罗伊扯出自己的手臂，“我就住在这条街上。我不能这样做。”他坚持自己的立场，不会越界，现在不会，今晚不会，在这条街上也不会。就在这时，伊万从草坪上站了起来，向我们招手。

利罗伊是对的，我肯定会被抓的，就像警察节目中被抓的所有人一样。没人能逃脱法网。

“看吧，”利罗伊知道我在打退堂鼓，于是带着欣慰的表情说，“这才是我认识的杰西，冷静一下。”他对伊万笑了笑。

我们曾经惹过很多麻烦，利罗伊从来没有动摇过。但这次他退缩了，还告诉我该怎么做。我觉得自己被羞辱了。瑞士军刀压在牛仔裤后口袋里，我用手捂住，这样就没人能在夜晚看见它了。利罗伊向自己家的方向走去，告诉我明早上学见，然后便进了屋。

就剩下拿着刀的我和伊万了。

我想都没想就走到他身旁，把刀架在他脸上，抢劫了他。伊万哭喊着找爸爸，然后在我放他走后跑进了屋子。我逃进黑暗之中，手里拿着从他口袋里抢来的零钱。我对自己的行为感到震惊，想知道爷爷是否会像电视剧里的爸爸原谅儿子一样原谅我。

新的家庭

平安夜的前一个晚上，奶奶给了我们一个惊喜。

“你们的妈妈从萨斯卡通搬到了渥太华，”她说，“她明天会来看你们。”

爷爷“哼”了一声，大口吃起鸡肉和土豆来，几乎谁也不看。约什、杰瑞和我找了个理由离开了餐桌，回到自己的房间。这是我们头一次没吃光晚餐。

我不知道妈妈是否还像上次我们见她时那样美丽。那天晚上，我辗转反侧，等待她的到来。我盯着窗外的星星，想着见到她时该说些什么，脑子里却如同一团乱麻。我看着皎洁的月亮，想象着那是妈妈的笑颜，月亮的光芒随着云彩的飘过忽明忽暗。我想要咽口水，却咽不下去。

最终，我从床上爬起来，从衣柜里拿出我最好的 T 恤、最漂亮的黑色休闲裤，还有便士鞋。我把它们都放在窗前的地板上，有条不紊地把衣服和裤子上的绒毛剃掉，然后在鞋子上涂上鞋油，让它们像镜子一样闪闪发亮。我想决定该梳怎样的发型——中分、飞机头，还是边分？我难以抉择。我想让自己看起来很帅，让妈妈看看我已经长大了多少。

大厅对面传来爷爷的隆隆鼾声，接着是奶奶的窃窃私语，为的是唤醒他，防止他因睡眠呼吸暂停窒息而死。我很高兴他们终于不是在讨论我的话题了。尽管他们压低了声音，我还是会经常在晚上听到他们在谈论我，仿佛我惹上了与平时不一样的麻烦。

也许他们知道了我的所作所为，我很担心他们终究会送我去儿童援助中心。

天终于亮了，约克的喊声宣告了妈妈的到来。我以最快的速度跑下楼，把头发梳到一边，用力推开门，门把手撞在木墙上，砸出了一个洞。约克在我身后绕着圈子跑着。

“嘿，杰西！”妈妈带着灿烂的笑容喊道，伸出双臂。

她还戴着我照片中的那顶俄罗斯风格的狐狸皮帽子，帽子歪在一边。12 月的冷风把她呼出的空气冻住了，看起来就像是夹在狐狸皮中的烟雾。她的头发剪短了，染成了棕色，不再是我记忆中的黑色长直发了。但在我看来她和过去并没有什么不同。妈妈身边放着两个运动包，还站着一个深黑色头发的小男孩，大概有六岁了。妈妈朝街对面一个在灰色汽车里翻找东西的人望了望，那人向我们挥了挥手。然后她转过身来，望向我，等待着拥抱。我突然有一种想要躲进鞋柜里的冲动。那个小男孩拽着妈妈的腿。

“抱抱她，你个白痴。”约什的话从我身后传来，让我从茫然中惊醒过来。他把我推到一边，拥抱了妈妈。我倒在木墙上，手嵌在新撞开的洞里。妈妈和约什的声音里充满了深深的喜悦，让我感到了些许温暖。约什抚摸着那个男孩的头，介绍自己。那个男孩说他叫丹尼尔。

妈妈说：“他是你们的小弟弟。”

一股嫉妒之情涌上心头。

杰瑞沿着通往大门的走廊走着，每一步都很慢，就像是周日早上奶奶强迫他去遛狗时一样。他脸上带着冷笑，双臂交叉。

“我找不到钱包了，”车上的那人向妈妈喊道，“我想应该是把它落在了金斯顿附近的加油站里。”

“它在我的手袋里，乔治，”妈妈说，“现在过来，看看我的孩子们！”那人点点头，快速向我们走来。丹尼尔伸出手想和我握手，但我却把他的手打开，并对他吐了吐舌头。妈妈没有看到这一幕，她正看着乔治。

“这可不好，”那人边说边拎起行李，放在我脚边的位置，“他是你的小弟弟，我的儿子，叫丹尼尔。我叫乔治，很高兴见到你。”他也伸出了他的手，我把自己的手贴在身旁。

“可能需要点儿时间。”妈妈对他说道。她让丹尼尔和我靠得更近了。我们最终还是抱在了一起，但这整件事对我来说都无法接受。我想用力抱他，让他无法呼吸。

杰瑞叹了口气，没有打招呼就上楼去了。我想，他和我一样，都对丹尼尔的出现感到不满。然而，约什和约克却像傻瓜一样对他们的新朋友摇头晃脑。

该死的叛徒，我心想。我强迫自己对妈妈和乔治好一点，帮他们拿东西。

上次见到妈妈的时候是1985年，那时我只有十岁。她是从萨斯喀彻温省坐灰狗巴士[1]来的，花了三天时间才到多伦多。当她到家时，我站在门口，手里拿着我在学校给她做的捕梦网[2]，张着嘴。

---

① 灰狗巴士：美国和加拿大的跨城市长途巴士。

② 捕梦网：是印第安人文化的一部分，他们相信捕梦网能过滤梦，只有好梦才能通过网中间的圆洞，顺着羽毛留下来，而噩梦会被困在网中，并随着阳光的出现灰飞烟灭。

她的样子和我那张褪色的宝丽来照片中的一模一样。照片四角已经泛黄，向里面卷曲着，却丝毫不影响照片中间妈妈的样子。在照片里，她看起来就像是来自电影中的印第安人，而不像流着鼻涕的我和哥哥们。

那时，我跑过去躲在鞋柜里。这是一个爷爷在楼下门边做的巨大木柜。爷爷把我从鞋柜中拉出来，让我和妈妈打招呼。我不敢出声，只是把捕梦网递给她。她手里拿着我的礼物，笑着抱紧了我，自己也说不出话来。

在妈妈待在家里的那段时间里，奶奶只让我们离开她自己的视线几次：一次是妈妈带我们去看《丛林奇谈》[①] 的日场。我以为奶奶在我们坐出租车离开时哭了，但很难透过后窗看清楚。另一次是有天晚上，奶奶在吃完饭后早早就睡了，我们偷偷溜到地下室和妈妈一起看电视。爷爷看到我们蹑手蹑脚地从他的扶手椅边经过，于是便挥手示意我们下楼，就像是指引一架飞机着陆一样。

“快去，快去。”爷爷笑着说。他对妈妈很有好感，还告诉她，她是个好人，发生的一切事都不是她的错，等我们长大、离开家了，就会回到她身边。

妈妈盘腿坐在沙发上看漫画。她带了一叠漫画书来。约什和我跪在她身前，杰瑞坐在我们对面窗下的火炉旁，一如既往地一声不吭。

“约什，我明早就要回家了，这些就给你了。”她朝着漫画书挥

---

① 《丛林奇谈》：英国作家吉卜林的著作，被改编为多部影视作品。

了挥手，“柯南[①]是像你一样的战士。”

1985 年，妈妈第一次来爷爷奶奶家看望我们。我在左边，约什在右边

“酷！”约什喊道，他眼睛发亮，翻阅着自己新获得的宝藏。

我努力想象着哥哥挥舞一柄巨大的阔剑，斩下恶魔的头颅，就像母亲手中漫画封面上的柯南一样。柯南拥有着壮硕的肌肉，一头闪亮的黑发让他看起来像个印第安人。他像罗恩叔叔，但肯定不像约什。

约什把漫画摊开在地板上，沉浸其中，飞快地翻着页。

“还有你，杰瑞，”妈妈说，继续坐在沙发上，尊重杰瑞和她保持的距离，“我会一直留着你为我画的画，我永远不会把它折起来，也不会把它弄丢或什么的，我保证。你也会这样保管我给你的画吗？”在妈妈等待答复的时候，热水器的轰鸣声充斥着整个地下室。杰瑞只是在炉子上挪了挪屁股，然后一边点头，一边看着约什

① 柯南：美国漫威漫画旗下超级英雄，首次登场于《野蛮人柯南》第 1 期（1970 年 10 月 23 日）。

发呆。

妈妈笑了，然后转向我，我挪到她身边。

“至于你，我的小南瓜头，我有一些特别的东西给你。”她把手伸到烟灰缸下面，给了我一张光亮的照片。那是她的照片。她披散着湿漉漉的头发，躺在床上，怀里抱着一个婴儿。

“这是你的弟弟，丹尼尔。”她说。

“什么？”我们三个异口同声问道。

“你们有一个弟弟，”她边说边吸了口烟，凑近照片指着婴儿说，“我想让你拿着这张我们的照片，杰西。”她看起来很高兴，“几年前，我遇到了一个善良的人，这是我和他的儿子。我想找个合适的时机，在离开之前告诉你们。”

我向后倒去，感觉无法呼吸了，但还是设法挤出了一句话：“我希望我们有个妹妹，而不是个弟弟。”

妈妈看起来很受伤，也很困惑。我知道她在等我说更多的话，但约什率先开口。

“我觉得这很好，现在我有三个弟弟可以揍了。”

妈妈没有笑，杰瑞也没有笑，我只是呆呆地盯着照片，想知道妈妈怎能在没有我们的情况下重新开始，爸爸对此又会怎么想？

妈妈离开后，奶奶带我们去了一家药店，注册“儿童身份识别系统”。这是因为，城里出现了陌生人谋杀我们这个年龄的儿童的案件。我们必须保持警惕，确保自己不会在父母的眼皮底下被偷走。

在录指纹和拍摄照片的过程中，工作人员向我们介绍了儿童性虐待、陌生人的危险、防御街头的危险以及报警的方法，并告诉我们应该在地图上记住自己的家在哪里。奶奶给了他们我们的牙科和健康记录、血型和已知的过敏症。我并不太理解他们讲的内容，也不明白为什么我必须保证对那些想要置我于死地的麻烦保持警惕。在此之前，我从未想过死亡或失踪这样的事，这两种情况都吓得我够呛。

后来，爷爷告诉我们，这是因为奶奶非常爱我们，想要保护我们。

保护我们免受什么危险呢？我想。

我不知道自己对妈妈给的那张照片做了些什么。当她、乔治和丹尼尔在平安夜前出现在家门口时，那张照片早就消失无踪了。我对它的记忆已经没有了。

我难以习惯将自己视作几兄弟中处于中间的那个——这意味着我突然就像呆瓜杰瑞一样，既不是老大也不是老幺，而是处于中间的位置。我们不需要像约什那样，肩负着身为大哥的特殊的责任，需要多做一些事，教几个弟弟关于生活的一切或保护我们。杰瑞没法像我一样不用做很多事，因为我是年纪最小的那个，什么也不懂。我现在则和他一样，都是几兄弟中处于中间位置的隐形人。

爷爷奶奶在布雷顿角岛圣劳伦斯湾的小屋。那年夏天我们都抽了雪茄

在妈妈和丹尼尔、乔治来访的那段时间里，我竭力想恢复自己身为“宝贝儿子”的地位，让自己的行为显得幼稚，故意弄乱语法，并要求妈妈在晚餐时给我切肉，就像她对丹尼尔做的那样。可她没有理会我。奶奶担起了妈妈的职责，为我切肉，这把我的计划都打乱了。我给妈妈看了一张自己五岁时和爷爷在新斯科舍省的小屋前抽雪茄的照片，其他所有人都喜欢我们这张照片，可她几乎没看一眼。我试着提醒她，我才是西斯尔家年纪最小的孩子，而不是丹尼尔这个后来者，结果却发现，不知为何，丹尼尔也有我们爸爸的姓氏。但丹尼尔显然不是他的儿子，而是乔治的儿子。

显然一切努力都无济于事。丹尼尔是她感情的中心，是她新的“宝贝儿子”。在所有人面前，她让他像婴儿一样躺在她腿上，每天早上给他穿衣服，还让他总是和我们待在一起。只要丹尼尔在身边，我就想吐。

不过，在来访的这段时间里，爷爷对他们很好。他不遗余力地让他们有宾至如归的感觉，甚至为乔治和丹尼尔做了两次烤豆子和班诺克馅饼。这简直是破了纪录！在过去十年里，他只不过为我们做过三次这些布雷顿角岛的美食。他还给他们做了“特别的”糖渍苹果。“当我还是个孩子的时候，这样的苹果就像是最好的糖果，”他说，“得到苹果时，每个人都会失去理智。”

它们要真这么特别，当爷爷、丹尼尔和乔治在厨房里当着我的面吞下苹果时，我满脸讥讽，你为什么不把它们塞进你的屁股里？

爷爷和乔治甚至在客厅里边看枫叶队[①]比赛边谈心，我在楼梯上的有利位置观察到，爷爷正在对这个人做出评估。他在观察乔治

① 枫叶队：全名加拿大枫叶队，是国家冰球联盟（NHL）的一支队伍。

喝啤酒的方式，喝得快还是慢，喝完一瓶后会不会要求再来一瓶。爷爷说，你可以从一个人喝酒的速度、谈话时的举止、提出要求的方式以及握手的力度看出很多东西。我确定，乔治并不知道爷爷在观察他。

奶奶几乎不和乔治、妈妈以及丹尼尔说话。妈妈以前来家里的时候她也这样。她只会问一些简短、快速、探究性的问题，比如，发生了什么事？你要去哪里？你为什么在这儿？你想要的是什么？她就像一架巡逻直升机搜索着银行劫匪的下落一样。约什告诉我，这是因为她害怕。可我不知道她在怕什么。无论我们和妈妈在哪里，奶奶都会出现在旁边，踱步，沉默，发出沉重的呼吸，甚至连禾林出版社的小说都不看了，这其实很奇怪，因为她在其他任何时候都会如痴如醉地读这些小说。有一次，约什甚至发现她把耳朵贴在墙上，偷听我们和妈妈的谈话。

她说："我在注意老鼠的行踪。"

我们知道奶奶在胡说八道，因为她把房子打扫得一尘不染。

新年前的一天，妈妈做了我最爱吃的午餐。她仍然记得我的喜好——意大利面和肉丸子。

"我当然记得了，"她把盘子放在我面前时说，"你可是我的小南瓜头啊。"我很高兴自己在她心中仍占据一个特殊的位置。

约什和杰瑞去外面打冰球了，奶奶在客厅里看《综合医院》[①]。丹尼尔和乔治坐在我对面看着妈妈给我们上菜。

---

① 《综合医院》（*General Hospital*）：美国 ABC 电视台播出的日间医学电视剧，1963 年开始播出，至今仍在播出，现已播放超过 14 000 集。

外面似乎有雪塌了下来。爷爷开始骂骂咧咧，他从五金店买了木框回来，我想也许自己应该去外面帮他的忙。

我插起一个肉丸，乔治说话了。

“看这儿。”

他从钱包里拿出一张陌生男子的黑白照片。那个男子穿着一件黑色长袍，肩上挂着一个巨大的十字架，长得就像《火箭罗宾汉》动画片中的塔克修士：秃头，留着不修边幅的胡须。他的表情很严肃。我把面条绕着叉子转了一圈，试图忽略乔治和那张照片。

“这是格里高利十七世[①]。”乔治说着，从皮夹另一边抽出一张类似的照片。妈妈把午餐放在他面前，我想她是想让他保持安静。

“他才是真正的教宗。”乔治接着说道。

我瞥了一眼照片，觉得他长得不像教宗若望·保禄二世[②]。

“很久以前，”乔治说，“天主教会迷失了方向，变得颓废，不再遵循真正的道路。”妈妈的左眼皮抽搐了一下。

“就在那时，教宗克莱门特十五世[③]—— 我们教会的首任教宗——决定脱离罗马教会，在魁北克建立了无限之爱使徒会，离我们住的渥太华大约两小时车程。”

丹尼尔听到父亲的话后坐直了身体。

---

① 格里高利十七世（Gregory XVII）：原名让·加斯顿·特伦布莱，是传统主义天主教（不同于罗马天主教，为部分教徒不满罗马天主教而独立）的宗教领袖，于 1968 年自立为教宗格里高利十七世，是无限之爱使徒会（见后文）第二任领袖。

② 若望·保禄二世（John Paul II）：原名若瑟·沃伊蒂瓦，波兰人，罗马天主教第 264 任教宗，在位时间为 1978—2005 年，是罗马天主教历史上最伟大的教宗之一。

③ 克莱门特十五世（Clement XV）：原名米歇尔·科林，是传统主义天主教的宗教领袖，法国人，自封为克莱门特十五世。他是无限之爱使徒会创始人，后传位给特伦布莱。

“那是个好地方，”丹尼尔说，嘴里挂着一根面条，“我和教会的兄弟们在那里住了几个月。”他笑了笑。

奶奶冲进房间，身后传来一阵浓烈的烟草味。我感觉很奇怪，因为她的烟已经抽完了。她皱着眉头看着乔治和妈妈，就像熊妈妈保护自己的孩子一样。乔治把照片收了起来。妈妈笑了。

“这座房子里不许谈宗教！”奶奶一边咆哮着，一边把一些盘子摔进水槽。我再次感受到她身上那股强大的力量，就像几年前她接我们回家时那样。

我不知道该如何看待乔治和他的照片，但这令人毛骨悚然。

妈妈、乔治和丹尼尔在那周晚些时候离开了。我问爷爷奶奶，妈妈是否还好，可他们似乎不太在意。但妈妈和丹尼尔在那之后就消失了，再也没给我们打过一个电话。

传统

“这件看起来不错，试穿一下。”奶奶递给我一件学院风的白色纽扣衬衫，配上她从哈得孙湾百货公司[①]男装部靠近Polo衫的货品区拿来的黑色长裤。衬衫很合身，但当奶奶扣上纽扣时，我的脖子感觉很紧。她舔了舔手指，捋了捋我的眉毛，然后让我转过身去看镜子。

好帅。

“嗯，看看你！我的宝贝孙子长大了，准备好去工作了！”

我整了整衣领，微微抬起下巴。我知道今天是个特殊的日子，因为奶奶通常会带我去哈罗德零售店或泽勒商店[②]，然后去快餐店吃装在篮子里的热狗。不过，今天完全不同。

我在欣赏自己的时候想到了那些热狗，并说：“但是，奶奶，这些裤子和衬衫要将近两百元，我们买不起。”

她摇了摇头，嘲弄地说道：“你最好相信我们买得起。事关工作，你必须得给他们留下好印象。”

除了买爷爷的工作靴和工作服外，我从未见过她如此兴奋，

---

① 哈得孙湾百货公司（Hudson’s Bay）：网络上多称为 The Bay，是加拿大奢侈品百货连锁店，其母公司哈得孙湾公司是北美最长寿的公司，成立于 1670 年。

② 泽勒商店（Zellers）：加拿大连锁廉价商店，成立于 1931 年，已于 2013 年停业。

也没见过她如此慷慨大方。爷爷总能用上最好的东西，甚至他的午餐盒和热水瓶也是最好的。对西斯尔家来说，工作是很重要的事。奶奶要确保爷爷在为家里赚钱时看起来很有形象，并且吃好喝好。

爷爷也是如此，自从一个月前他去街对面和邻居Q先生谈话后，他的表现也有点不一样了。他吹着口哨回来，约克跟在身边，那条狗看起来和他一样兴高采烈。

“好消息，杰西，”他大笑着说，“你有了一份工作。”Q先生是食杂店的蔬果部经理，在城里最大的商场里上班。爷爷告诉我几周后就可以开始上班。“你将成为一名蔬果部店员，每小时赚三块七毛五。”

他从我身边走过，进屋向正在看肥皂剧的奶奶宣布了这个好消息。她高兴得都快喘不上气了。我站在停车道上，隔着纱门都能听到声音。当我拉出除草机时，她站在阳台上向我挥手，就像那些老照片一样：男人们坐上战舰或火车去打仗，女人们为他们送行。我感觉自己脸红了，冲她笑了一下。我知道这看起来很奇怪。爷爷那天没有喝酒，后来我发现他在车库里一边整理着周一上班要用的零碎物件，一边自顾自地唱着歌。

我端详着镜子中的自己。我现在正享受着与爷爷相同的待遇，我笑了。奶奶把我的裤子往上提了提，露出袜子，让裤子紧紧勒着我的胯。“它们很合身，”她说，“但是要把它提到你的腰部位置。我可不想看到你把这条裤子拉得很低，挂在屁股上，就像你的那些牛仔裤一样。那种嘻哈风格真可怕。”

我感觉自己就像《凡人琐事》[1]里的厄凯尔[2]一样，我做了个鬼脸，但不知何故还是设法保持了微笑。

奶奶转过身去，从我身旁的架子上拿起一条佩斯利领带[3]和一条条纹领带。我偷偷把裤子拉了下来，感觉舒服了。

奶奶手中的领带不是爷爷参加每年一次的电梯工颁奖时戴的宽底领带。那些领带是最难看的棕绿配色，是20世纪60年代的落后玩意儿，和楼上浴室瓷砖上的嬉皮士花朵一个颜色，但他拒绝换掉它们。奶奶手上的领带是皇家蓝和黑色的，底部比较窄，实际上是很时尚的。

“卡尔文·克莱恩[4]。”她边说边把领带翻过来，给我看标签，然后把其中一条套在我的脖子上，在我开口之前就把它系好了。我在镜子前瞪大双眼。她拍了拍我的屁股说：“你是个万人迷，高大、黝黑、帅气。”

我充满疑惑地看着镜子里的自己。我个子很高，却瘦得像只长腿蜘蛛，还满脸痘痘。

当时，我刚开始上九年级，利罗伊和我去上戏剧课，让我们惊讶的是，课上满是漂亮的女孩子，她们觉得我们很有意思。而在我上的摄影课上，一个叫希瑟的女孩要求给我拍照。听同学说，她很喜欢我。

“当然，”我说，“只要你给我一张照片。”

---

① 《凡人琐事》（*Family Matters*）：讲述生活在芝加哥的美国中产阶级黑人家庭的情景喜剧。首播于1989年，共九季。

② 厄凯尔：全名史蒂夫·厄凯尔（Steve Urkel），是《凡人琐事》中的主角，喜欢把裤子拉得很高。

③ 佩斯利领带：指拥有细腻、繁复、华丽花形花纹的领带。

④ 卡尔文·克莱恩：即Calvin Klein，诞生于1968年的美国时装品牌。

她印了一堆我的照片，贴在体育馆附近的墙上，我路过时看到了它们。那天放学时，学校里的女孩子把那些照片都偷走了。我知道这件事，因为她们一直在课堂上向我挥手。我不生气，更多的是受宠若惊。

“不过，你还没长胡子。”奶奶说。她用手背蹭了蹭我的脸颊，然后用力捏了一下。我抽出手来，用手指揉搓着被捏的地方。

“坚强点儿，小伙子！”她摆了摆手，好像什么都没发生一样，“原住民的毛发和其他人不一样，”她补充说，“也许你会很幸运地一辈子不用刮胡子，就像我一样，永远不需要刮毛。”她撩起红紫色的休闲裤，露出腿，“腿毛就是长不长，这就是我体内阿尔冈昆人的血统导致的。”

一想到一辈子不用刮胡子，我就心烦意乱。我想象着爷爷每天早上上班前把剃须刀放在水槽里的样子。在小时候，我很喜欢看他刮胡子。有时候，他也给我的脸上涂上泡沫，然后一起刮胡子。刮胡子是件很严肃的事情，我们会一直保持沉默，直到在他拍打爽肤水并因刺痛而尖叫时才会被我们的大笑声打破。

“你爷爷像苏格兰麝香牛一样毛发旺盛。”奶奶说道，就好像她能感觉到我的想法一样，“他讨厌每天刮胡子。”她边说边从收银台那边拿了一条黑色皮带，系在我的腰上。皮带非常合适，铬扣将光线反射到镜子里。我感觉自己像个百万富翁。

“就是这样，”奶奶说，“这就是你的制服。”

我们站在一起，欣赏着这套衣服，奶奶扶着我的肩膀。在那一刻，我非常爱她——我知道她是个很好的奶奶。我俯下身，给了她一个大大的拥抱。我确实看起来很不错，穿着很成熟。新工作代表着我向成年迈出了真正的一步。我的大多数朋友，比如街上的德里克，只能干干送报纸的活儿。但在这里，我有了一套真正的衣服，而且很快就会拥有一张真正的工资单。我突然觉得自己充满自信，英俊帅气。

当我们走到前台付款时，奶奶转向我。

“克拉拉·金奶奶，我的奶奶，你去年见过的。她已经超过一百岁了，她的爷爷是一百五十年前毛皮贸易期间哈得孙湾公司在蒂米斯卡明湖[①]的首席负责人。他管理着那座堡垒。我们的家族建立了这个国家，杰西。”

柜员扫描了商品，收银机上跳出了374.87的数字。我的心猛然一跳。奶奶打开古旧的钱包，递给柜员信用卡。

“这就是我们在哈得孙湾百货公司购物的原因。传统很重要——记住这一点。”

爷爷就在百货公司门口开着面包车。上车时，车里的收音机正播放着马蒂·罗宾斯[②]的那首《埃尔帕索》。当我们扣上安全带时，尾气在车中弥漫。奶奶迅速点燃一支杜穆里埃香烟，吸了一大口。我咳嗽着，用手在脸上挥了挥，但还是把能吸到的烟都吸进肺里。爷爷俯身探进奶奶的烟雾中，窥视着袋子里的东西。

“你买了什么，小姑娘？”他问。

“你别管，西里尔！”奶奶呵斥道。她把爷爷毛茸茸的手推开，抢过收据，把它折进自己钱包里的一叠其他收据中。他发出一声响亮的叫声，他们都笑出声来。“这孩子看起来像个百万富翁。”

---

① 蒂米斯卡明湖：加拿大的一座大淡水湖，位于安大略省和魁北克省之间。

② 马蒂·罗宾斯（Marty Robbins）：美国20世纪40年代晚期到80年代早期大受欢迎的乡村音乐和西部音乐歌手。

惹祸精

当我在食杂店有一份稳定工作的消息传出后，我在学校的地位进一步提高了。

我有钱了，可以在午餐时段去街对面的商店买比萨和香烟。很快我就和学校里的高年级学生以及整个地区其他高中的学生交上了朋友。我仍和原来的街头伙伴厮混——也会和我的新朋友们喝酒，去参加所有最好的派对。他们中的有些人根本不去学校。他们有自己的公寓、车子和工作。我们组成了一个帮派，自称“百威男孩”，这是因为我们喝百威啤酒，还在自己的棒球帽上叠戴着百威啤酒帽。当我们在派对上或在学校停车场打架时，这些帽子能帮助我们识别身份。

到了十年级中期，我的成绩一落千丈，靠着五六十分的成绩勉强过关，阅读和写作仍然很差。数学是我唯一能保持稳定成绩的科目，但在我开始经常逃课后，连数学成绩也开始下滑了。

在一个星期五的晚上，我闯入戏剧教室，偷走了音响。学校当局因此把我称为“粗鲁的惹祸精”。利罗伊的长臂毫不费力地伸到教室的窗户上，我像爬梯子一样爬上他的长臂，把音响扔出来。我们把它拿给了一个在附近的联排别墅里候着的越南孩子。他的表哥花了二百元买下了它。利罗伊和我平分了这笔钱，每人得到一百元。警察、老师和校长对我进行了盘问，却没有足够的证据提出任何指控。

学校当局威胁说，若不改邪归正，就要开除我。但我一点也不在乎，爷爷也似乎对我不抱希望了。当然，在我周末上班的早上6点，他还是会开车送我去工作。我期望他会在得知我偷了音响一事后揍我一顿，但他却没有这么做。

相反，他说："你就像你爸一样。"

在学年结束前的一个午餐时段里，我漫步到停车场另一侧的中国市场去，那里白天停放着校车。我发现车后头有群孩子挤在一个垃圾箱后面，所以决定去看看。

那群人里，有一个强壮的锡克小孩巴尔普利特，我们都叫他"圆头"，因为他打起人来就像个圆头锤。我从三年级就认识他。他站在人群中间，手里拿着一个满是烟雾的瓶子，瓶底还倒插着一支香烟。他喊我过去，大家都挪开身子，为我腾出空间。

"印第安人，"巴尔普利特说道，"你抽过大麻吗？"他的瓶子举到我的方向。

"没有，"我说，"从没抽过。"

我走近一看，看到瓶子里的香烟末端有一块棕色的小石头在燃烧。烟雾在里面转了一圈又一圈，在透明的塑料瓶身上留下乳白色的污渍。这让我想起了爱尔兰咖啡[①]。

巴尔普利特打开盖子，把香烟抽出来，然后把装满烟的瓶子推到我面前，说道："吸这个烟。"一缕烟从他的蓝鸟队棒球帽下飘起

① 爱尔兰咖啡：鸡尾酒名。由热咖啡、爱尔兰威士忌、糖混合搅拌而成，最后在顶端加上一层奶油。

来，闻起来像烧焦的泥土。

我把打开的喷嘴放在嘴边，按照指示吸起烟来。浓烟直冲我的肺。

我差点把烟咳出来，但把烟在肺里憋了大约一分钟，直到肋骨抽搐起来。我丢下香烟，然后把一缕灰色的空气喷向天空——这股空气太薄了，甚至不能称之为烟雾，我还是没有咳嗽。一股兴奋的感觉袭来，我摇摇晃晃地靠在垃圾箱边上。

巴尔普利特用旁遮普语说了些什么，然后笑了起来。我发现垃圾箱旁散落着一排小小的大麻球。他咧开嘴笑了笑，轻敲了下香烟，吸了一口，然后把它塞进瓶子里。

这是我与毒品的首次邂逅。

下一周，我在学校对面的比萨饼店后面向一个朋友买了一克大麻。警车随后开了过来。我的朋友腿上打着石膏，用拐杖的一端把毒品压在地上，让毒品粘在拐杖橡胶尖的下面。警察在屋顶上、垃圾桶里、我们的嘴里到处搜查，却找不出毒品被藏在了哪儿。

“我们知道你们有一些毒品，”一个警察喊道，“我们看到了交易过程。”

我们仅仅被警告了一次，而我的声名也得到了巩固。大一点的孩子，不仅仅是那些已经和我厮混在一起的孩子，都开始对我表示尊重。

几个月后，我开始买装在吸水纸里的LSD[①]，在每天上学前都要在厕所里快速地吸上一口。

---

① LSD：全称麦角酸二乙基酰胺，一种新型毒品，是强烈的半人工致幻剂。

最强大的哥哥

杰瑞用鸡骨头和彩色木珠做了一串项链。他很有创造力，能画龙和精灵一类的东西，还在新的高中里和他那群呆子朋友一起玩《龙与地下城》[1]。那所新学校位于乡下，是一所艺术学校。从我记事起，他就一直为自己是所谓的“原住民”而感到自豪，并找到了创造性的方法来表达这一情感。我取笑杰瑞和他的朋友们，但也会偷偷和他们一起玩《龙与地下城》，并总能乐在其中。他们都很真诚，而我那些很酷的朋友却并非如此。

“看，”他大笑着说，“这不美吗？”

骨头项链的样子一般般。我觉得，它让杰瑞看起来很强大，也很自豪。

“这是昨晚的晚餐。”我面无表情地说道。

“你为什么总是这样，杰西？你为什么要侮辱我们的遗产？”

我知道杰瑞是真诚的，他对萨斯喀彻温省的记忆比我更深，最近还在雷吉纳[2]附近参加了一次学校旅行，了解了关于妈妈的族人的故事。他开始用皂石做烟斗，燃烧草药，在公共场合佩戴珠子。在那之后，他开始举重，关注自己的健康，有时我甚至能听到从他

---

① 《龙与地下城》（*Dungeons&Dragons*）：一款以奇幻为背景的桌游。

② 雷吉纳（Regina）：加拿大萨斯喀彻温省首府。

房间里传来轻柔的敲鼓声。他说他在唱印第安歌曲，而我却一点也不在乎。我偷了他从西部搞来的烟草，并不关心这些烟草在他的印第安仪式上的用途是什么。

去他的遗产，我只想抽口烟。我看了看他和那条项链。

“因为它很难看。你和约什为什么要扮演印第安人？我们来自布兰普顿[①]，从来没练习过那玩意儿，让人很尴尬。”

杰瑞悄悄地请我离开他的卧室，并在我离开时关上了门。那晚，我听到了鼓声。第二天，他戴着项链去了学校。

在孩提时，我很嫉妒约什，而现在，我很嫉妒杰瑞。

① 布兰普顿（Brampton）：加拿大安大略省城市，居住了大量印第安居民。

选择

T 先生的水杯上有一个蓝色的警徽。他喝了一口，然后把它放在厨房的桌子上，问我想喝格雷伯爵茶[①]还是橙黄白毫[②]。

“都行。”我答道，好奇他为什么把我叫到他家来聊天。他以前从没这么做过——给爷爷奶奶家打电话，并让我过去。我想也许是布莱恩生病了。更糟的一种可能是，T 先生在警察总部听说了我最近参与的一些坏事。他是一所警察局的副局长。

他在我的杯子里放了一袋锡兰红茶，倒了些开水，然后把它递给我。袋子在水中漂来漂去，化开一种更像棕色而不是橙色的污渍。他在我对面坐下，把一个装着糖的陶瓷容器递给我。

我自己来加糖。

“杰西，”他开始说，“我知道你是个好孩子。”

我往茶里又加了一块糖，心想，又来了。我努力控制住自己不翻白眼。

“自从你偷了我们家知更鸟的蛋以后，我就知道你过得很艰难——孤儿，没有妈妈和爸爸。”他喝了一口茶，继续说道，“我从小就没

① 格雷伯爵茶：以祁门红茶或正山小种为基底，搭配锡兰红茶，并添加香柠檬精油的一种调味茶。

② 橙黄白毫：锡兰红茶分级中的一种，通常指叶片较长且完整的茶叶，相对等级较高。

有爸爸，妈妈一个人扛下了所有。”他从旁边的柜子里拿出一本比泥土还要老旧的皮相册，把它打开，“看这儿，这就是我。”他指着一张与我年龄相仿的人的照片，说他那时候十分热爱打篮球。那张照片是黑白的，照片中的T先生像个运动员，眉清目秀，瘦削，双腿毛茸茸的，袜子和裤子都提得很高，一点儿也不时尚。相册里还有其他有关他打篮球的照片，还有一张他和他妈妈的合影。在照片里，T先生和他穿着长风衣的妈妈站在一个廉租公寓外。他告诉我，他的妈妈正是用这件风衣把他偷偷运进了公寓里，那时候，人们看不起单身母亲。

“我找到了篮球作为自己的爱好，然后加入了警队，”他边说边合上相册，“这拯救了我的人生。”

我往杯子里倒了一点牛奶，然后轻轻晃动杯子，茶水变成了灰色。

“我可怜的妈妈，”他继续说道，“她只是无法教会我如何成为一个男人。”

听到T先生这样说，我深感不安。几个月来，没有任何成年人对我说过更多的话。我开始做出回应，但他把双手从桌上轻轻抬起，说：“请听我说。”然后手肘支在面前。

我转了转手中的茶杯，还没准备好听他的人生哲理。

布莱恩用他的之宝（Zippo）打火机点燃我手里的烟，让我弹烟灰时注意点儿，他生怕烧坏自己新车的内饰。那是一辆二手雷诺轿车，是父母给他的十七岁生日礼物。

“给你看些很酷的东西。”他边说边把车开进当地公园的停车场。他关掉大灯，跳下车，从后备厢里拿出几瓶啤酒。我下了车，和他一起坐在长椅上。

“看见这个了吗？”布莱恩伸出一只手，把手掌打开，露出那个银色之宝打火机。

“看见了，然后呢？”

“然后这只手，”他举起另一只手，“这里有车钥匙，我想让你来选。”

我伸手拿来一瓶啤酒。“我想要的是啤酒。去你的打火机和车钥匙。”我大笑着，拉开瓶盖，啤酒发出“嗞嗞”的响声。我喝了一口，打了个嗝。

“不，认真的，兄弟，选一个。这是我在兰德马克学到的一个经验。”

兰德马克是布莱恩的叔叔前年圣诞节送给他的一系列赋能讲习班。在上了几节课后，布莱恩开始和我们大谈特谈如何面对自己、如何过上最好的生活，以及由于每个人的真理都是真实的，所以真理是主观的……这一类的屁话。我们根本没认真听。

“放轻松，‘苏格拉底’，”我说，“我们就不能在没有你的那些哲学屁话的情况下喝酒吗？”我真希望这句话能阻止他传授人生经验，但他坚持了下来。

“选打火机或车钥匙，只有一个正确答案。”

“如果必须要选的话，车钥匙。”

“为什么？解释一下。”

“你到底是什么意思，解释？”

“告诉我你为什么选车钥匙而不是打火机。”

“我不知道，因为这样我就可以开车离开了。”我又喝了一口酒，啤酒在喉咙里冒着泡。

“错了！”他大喊的样子就像一个游戏节目的主持人，“再选一次。”

我很困惑，但还是又选了一次。

“好吧，这次我选打火机。”

“解释理由。”布莱恩弹了下打火机盖，用指关节把盖子转来转去，就像一个小妖精在转金币一样。我把打火机从他手里夺了过来。

“因为你说选车钥匙是错的，而我需要打火机来点这个。”我自以为这次答对了。

“不，又错了。”

“去他的鬼游戏。”他想让我继续猜，我又连续猜了大概十次，直到彻底无法忍受这个白痴游戏为止。

“我让你选打火机或车钥匙，而你理所当然地按照我的要求从里面选了一个。”他把车钥匙和打火机放在我们中间的椅子上，然后打开一瓶啤酒，“而当我让你解释做出选择的理由时，你讲的是它们的用处和外观——你可以如何驾驶它，点燃它，它的颜色是什么之类的话。这些都是错误的。”

我开始上头了，对他所说的话开始有了兴趣。“然后呢？正确的答案是什么？”

“正确的答案是，你是为了选择而选择，就是这样。你为自己的选择所做的一切解释，都不过是你的脑袋在做出选择后编造的借口。”

我感觉脑子嗡嗡作响。我分不清这是上头抑或是他蹩脚的哲学力量导致的。

“所以答案就是这样吗？”我说，“我是为了选择而选择？”

“是的，但其实你知道，你可以选择做任何自己想做的事情。”

“滚蛋。”我说，然后又拿起一瓶啤酒，把烟灰弹在草地上，抬头盯着星星。

我最近听了太多的人生哲理。这些哲理根本说服不了我。但似乎 T 先生决心再给我上一节哲理课。

“爱是一件很重要的事，”他说，“但我在你的生命中似乎并没有看到太多爱。”

他的话在天花板的顶灯周围徘徊，然后顺着墙壁传进我的大脑。他怎么敢这么说？我的拳头紧紧握住茶杯，几乎被烫伤了。

“我带布莱恩去打篮球，踢足球，去阿尔冈昆公园划船，还帮他送报纸。我这样做，是因为我爱他，他是我的儿子。”

这句话像一块冰冷的石头砸在我的身上。我重拾了 T 先生邀我参加布莱恩的足球和篮球赛，星期天还和他们一起出去送报纸的记忆。多年来，他从不把我当外人，当我们站在场边为布莱恩加油时，他会给我买零食；当他教布莱恩打篮球时，也会教我如何跳投；他还教会我如何坚持每天学习一小时，并告诉我，正是通过这样的日积月累，布莱恩的阅读水平才变得大有不同。

我在脑海中搜寻爷爷为我腾出时间做同样事情的记忆，但除了工作之外，我想不起任何其他的事。我和两个哥哥从未参加过冰球或篮球训练，没有上过游泳课，没有在森林里划过独木舟，没有去送过报纸，没有学习时间，没有养成任何兴趣。在十岁时，我们的确去学过几个月的柔道，但那是因为我们在学校被别人揍得很惨，但爷爷也很少留下来看我们练习。还有每年的布雷顿角岛假期，主要内容永远都是爷爷、他的龙虾和啤酒，而不是我们三兄弟。

然后，我想起了爸爸，想要逃跑。

T 先生又往自己的茶里放了一块糖，慢慢搅拌。

“对我来说，”他最后说，“当我意识到自己能够做出选择时，一切都不一样了。选择是人类拥有的能力，你可以选择一个方向，抑或是另一个。”他再次打开相册，这次的照片差不多是我刚认识他时的样子。在照片里，他三十多岁，穿着警服，妻子站在身边，小布莱恩站在前面。他停了一下，然后翻动相册，停留在一张老照片上。这张照片上的他似乎二十岁出头，在台球桌上打台球。

他的手指用力敲在照片上，我被他的力量吓了一跳。“我那时是个骗子，杰西，也很精于此道。我自认为那是自己的全部价值所在。”他把相册竖起来，推向我，撞到了我的茶杯。那张照片拍得很好看，他的头发向后梳着，牛仔裤的裤脚卷起，露出脚踝的袜子和休闲鞋，看起来很酷。

“我必须做出选择，”他说，“是要这样生活，”——然后他翻到那张身着警服的照片——“还是要这样。”——他又翻到了那张当骗子时拍的照片。

“所以，你是怎么做到的？”我满怀好奇地问道。

“我意识到自己只能自救，没人能拯救我——我妈不行，其他任何人都不行。我必须选择让自己变得更好的工作，就像我之前选择整天在台球厅里打台球一样。就这么简单。”T 先生挠了挠下巴，欣赏着那张在台球厅里拍的照片。

我以为他会给我提供更多智慧，但他只给了我更多的茶。

预感

“看啊，约什插着羽毛，手里拿着那个不断燃烧、到处飞舞的破烂玩意儿。”我在高中经常抽烟的据点里对利罗伊和其他朋友说。我们藏在一排排的校车后面，不让老师看到。这些老师经常在停车场搜寻吸毒的学生。我们抽了大约三根大麻，一如既往地逍遥法外。

“那是啥？”利罗伊边问，边把抽剩下的大麻烟头和当天抽剩下的其他大麻烟头一起放进烟盒里。

“印第安草药之类的东西，鼠尾草。”我弹了弹烟灰，看着它在地上弹起，然后飞到空中。我咂了咂嘴，廉价香烟的味道与阿富汗大麻顺滑、昂贵的味道混合在一起。“谁知道呢？只要那个汤头[①]不向我挥舞那东西就行。他已经变成了一个印第安人，和我另一个哥哥一样。”我翻了个白眼，掀起牛仔夹克领子，尽管我也想知道，那到底是啥？

利罗伊笑了笑，同意约什看起来很可笑。

那周晚些时候，我惊讶地看到约什从学校侧门走了出来。我经常逃学，可约什是个好孩子。为什么他没有像往常一样去上课？

---

① 汤头：是美国电视剧《独行侠》及其衍生电影里主角的印第安伙伴。

“嘿，约什，”我在经常抽烟的据点里大喊道，“快去上课，你个白痴！”

我和我的那群瘾君子朋友们咯咯笑着。吸完后，我抬头看了看约什，但他没有回应我。

“他看起来在哭，”其中一个女孩莎拉说，“为什么？”

“啥？约什从来不哭，他可是个野兽。”利罗伊回答道。他满眼血丝，快睁不开了。

利罗伊说得没错，我哥哥是个野兽。他在十一年级时有240磅[①]重，打破了学校长期保持的卧推和腿举纪录。他还是这个区里最高大、速度最快的橄榄球运动员之一，让许多对手心生恐惧。如果真的被惹怒了，学校里没有人能打过他，但他性格温和，只有被惹怒了才会打架。

“不，说真的，杰西，他在哭。”

莎拉话音刚落，我就看到老师M夫人从侧门冲了出来。她想从后面抓住约什，但还没够到，约什就倒在了地上。我丢下自己的空书包，跑到他身边。

“你怎么了？约什，怎么了？”

他抬起头，我看到他的眼睛瞪得又大又红。

“我……”他想要集中精神，却无法喘息，“你……”

“退后，”M夫人声如洪钟，“课堂上发生了一些事情，他需要透透气。”

我很困惑。有人死了吗？是有人对他说了伤人的话，还是做了伤害他的事？

---

① 240磅：约109公斤。

“我看到……我看到你，”他说，“我看到了一个幻象……很恐怖……”

一群老师不知从哪里冒了出来，在他说完话之前就把我推到一边。他们让他坐起来，不让任何人和他说话。不一会儿救护车来了。我转过身去，向抽烟据点里的朋友们走去。

“到底发生了什么？”利罗伊问。

“我不知道，他说了一些关于幻象的事情，就好像他是个神秘的印第安人什么的。”

利罗伊和那帮人窃窃私语，讨论着之前看到的约什身上的羽毛。“不过，你还算正常，杰西。”利罗伊补充说。

“是的，你不喜欢印第安人的那些破玩意儿。我记得在公立学校时，你曾自称是意大利人。”另一个人说道，然后笑了几声。

我也跟着笑了。

蓝莓

在一次很快乐的室内派对上，一个女生拿着一个特百惠收纳盒走了进来。

“有人想吃松饼吗？”她问道，嘴里戴着牙套。

我坐在壁炉旁抽着烟，看着帮派里的人取笑她。但她没有放弃，热情友好地在房间里走来走去。她给了我一个松饼，我接过来，盯着她看。尽管戴着牙套，她的笑容仍然好似天使。

这是我这辈子尝到过的最美味的蓝莓松饼。我对这个味道、对我们的相遇、对所有的一切都不知所措。这个派对上有许多女生，但只有这个拿着松饼的奇怪女生让我着迷。我的意思是，谁会这样做？谁会把烘焙食品带到一个堆满可卡因、大麻和兴奋剂的派对上？她在一堆垃圾里显得鹤立鸡群。这种纯粹的美好吸引了我，我跟着她走进厨房，做了自我介绍，然后又要了一个松饼。

“当然可以。”她说，然后递给我一块最大的，里面塞满了蓝莓。屋里的音乐比摇滚演唱会还要震耳欲聋。当她递给我松饼时，我几乎什么也听不见，但她眨了眨眼睛——一双湛蓝色的大眼睛。我差点把松饼掉在地上。

“谢谢你。”我说，想要弄清楚她是什么意思。

“不客气。”她回答。

我心中的冰山融化了。

一个月后，我们确定了稳定的关系，坠入爱河。她叫凯伦，对于她 18 岁的年纪来说，戴牙套似乎有点太晚了些。

我很害怕告诉凯伦我是原住民混血儿，但她说：“我认为这很好啊，你应该为自己的身份感到骄傲。”

我差点哭出来。

凯伦带我回家，见了她的家人。我和她的爸爸 A 先生聊了起来，他告诉我，他们一家有苏格兰人和荷兰人的血统。1805 年，英国皇室收购了密西沙加印第安人[①]在多伦多的土地后，他们的祖先便来到这座城市附近定居。他们家得到了一片土地，此后便世世代代从事耕种工作。凯伦从小就在家庭农场里工作，她也很乐于从事体力劳动。在这一点上，我和她一样。

我告诉了 A 先生自己的苏格兰血统，他便问了各种各样的问题，尽管大多数我都回答不上来，但我可以看出他真的很感兴趣，就像凯伦一样。当我讲到自己的原住民家庭时，他的兴趣甚至更高了。他想知道我是否还与其他原住民亲戚保持联系。“我读了不少关于加拿大和大草原的历史，”他说，“我很好奇，你知道你妈妈的族人是克里人还是梅蒂斯人吗？他们真的猎杀野牛吗？你说他们来自萨斯喀彻温省，对吧？”

“是的，她是来自那里，但其他的我就不知道了，A 先生，”我回答道，“她没有和我讲很多。”

---

① 密西沙加印第安人：指居住在安大略省南部讲阿尼希纳比印第安语的一个原住民分支。密西沙加的意思是“住在大河口的人”。

有一天，A 先生父女和我决定去祈德河[①]上划独木舟。当时是三月底，冰层几乎都已解冻了。

我坐在独木舟后面，凯伦在中间，A 先生在前面。

河水在独木舟下快速流淌着，随着河道的曲折而蜿蜒着。当船头撞上冰架时，冰架就会裂开。我不擅长掌舵，无法随心所欲地让独木舟转弯。在笔直的河道上，我似乎是会掌舵的，但遇到弯道时，我就对湍流束手无策了。凯伦仍在为我欢呼，并紧紧抓着小舟的两侧，大笑着，在我面前呼出一股雾气。很难否认的是，我的独木舟驾驶水平很差。不过 A 先生却很擅长这件事，试着控制住独木舟，用长年劳作的强壮手臂划桨，带领我们向前划去。

“小心拐弯处。”当我们冲向一个急弯时，他大吼道。我把船桨插入水中，独木舟撞到岸边，开始猛晃起来。凯伦的金发在空中飘扬，冬天刺骨的河水猛烈地冲进我的胸膛。

我在水中上下起伏着，肋骨疼痛无比，胳膊和腿很快就变得沉重又绵软无力。我浮出水面喘了两口气，接着又沉了下去，吸了一大口水。我沉到了河床上，身上的棉毛冬装像是有千斤重，紧紧缠住身体。我看到一支船桨漂过，于是便大喊救命，嘴里却只发出一阵沉闷的气泡声。然后便是一片寂静。

我看到凯伦的一绺头发像海藻一样轻轻摇曳，身体在我上方的河水中扭动着，冰冷的水流把她往下游拉去。她的动作很慢，而且越来越慢。她踢了一下腿，把靴子蹬掉。

我不知道当时自己是怎么想的，也不知道是怎么挪动自己的身体的。我扯掉外套，蹬掉靴子，然后向上游去，很快就游到她身边

---

① 祈德河：加拿大安大略省南部河流，流经布兰普顿。

了。她当时已经游到了水面上，喘着气。她抓住我的胳膊，把我拉到岸边。我们倒在一起。

我们颤抖着，互相拥抱着取暖。她微笑着，然后表情凝固了。

“我爸在哪里？”她问。

“我不知道。”我说。我抬起头，立刻就看到他在岸边没多远的地方笑着。

“这下我知道你们爱着彼此了，”他喊道，并挥了挥手，“你甚至都没有想到自己亲爱的老父亲。”

凯伦和我形影不离。

“你总和那个女生待在一起，”利罗伊抱怨说，“你再也不和我们一起混了。”

这倒是真的，我们都很忙。若和利罗伊待在一起，那么我和凯伦待在一起的时间就会被干扰。我放学后上夜班，凯伦在农场帮忙。在我晚上 10 点下班后，她会开着 A 先生的一辆旧卡车来接我。那辆车闻起来有牛粪的味道，但我不介意——那是我们带轮子的爱情小屋。

我们会开车到乡下，一直聊到天明。有时，我们也会去彻夜狂欢，一直跳舞，直到双腿无力。当节拍响起时，她就在我面前跳起舞来，满脸爱意，洋溢着灿烂的笑容。我是如此自由和快乐。

敞开心扉

凯伦的卡车的车门开着，午夜凉爽的微风吹了进来。我们并排躺在座位上，头伸出来，仰望着天空。车停在我以前的小学门口，在那里，我和利罗伊曾把口香糖弹到西尔维娅的头发上。我们的朋友们像往常一样，想要喝酒，惹是生非。而我们只想安静地陪在彼此身旁。我们一句话也不说，耳边传来树叶在风中的沙沙声。

“看那儿。”我边说边指着北极星，“以前印第安人用这个星星来打猎。他们只要跟随着这颗星星，就知道自己该往哪儿去。”我的这句话充满神秘感，在夜空中回荡。

“胡说八道。”凯伦说道。她笑了，但我知道她其实是将信将疑的。

我吸了一口烟，把烟往空中吹去，看着它消散。我盯着星星的时间越长，它就越亮。

凯伦挪了挪身子。“动一动，你个胖子，我的胳膊麻了。”她笑了起来，把我推到油门前牛粪味最重的地方。我喘着粗气，捂住喉咙。我们都笑了，然后走出卡车。

我们在操场旁边草地上的一个好地方坐下来，凯伦说：“我能问你点事吗？”

“当然，问吧。”我用手揽住她的肩膀。

“你从未告诉我为什么你和爷爷奶奶一起住。”她捡起一片草叶，转动起来。

她不看我眼睛的样子很奇怪，我在思考着如何回答。凯伦和我之间从不藏着掖着，我只想告诉她真相。

“有时候，生活会把人们分开。在我还小的时候，家庭便破碎了。”我停顿了一下，坐了起来，让凯伦能看着我，她也照做了，“爸爸麻烦不断——毒品、暴力和其他事情。”

随后的沉默是如此漫长，如同度过了几千个世纪。一颗颗星星闪烁又熄灭，文明兴起又衰落，大金字塔矗立又坍塌，但她一直看着我。隔绝我与世界其他地方的那堵高墙并不存在——一砖一瓦也见不到。

约什在厕所边上尿裤子、浴缸边上的“大黄蜂”、妈妈脸上的瘀青、道路保留地中萨斯卡通莓的甜美气味，以及和外祖父母待在一起的记忆充斥着我的灵魂。我深吸一口气，把剩下的真相向凯伦娓娓道来。

“妈妈做了该做的事。”我抬起头，看到一颗流星飞过，落入地平线。我想起了宝丽来照片里，妈妈站在大山前的样子。我想知道她现在在哪里。“当她离开时，一切都支离破碎了。”

凯伦把我拉近。

“我明白。”她说，然后伸手敲掉了我的棒球帽。

我有生以来第一次远离了麻烦。我不再偷窃，不再撒谎，还攒了大约五千元钱。我也关照起自己的健康来，很少吸毒和喝酒了。

爷爷奶奶看到了我的变化，因而比他们第一次见到凯伦时更喜欢她了。我想说的是，他们对她已经不仅是喜欢，而是爱了。他们每隔一周就喊她来家里吃饭，她也从不缺席，每次都带着蓝莓松饼。爷爷几乎和我一样喜欢这些松饼，甚至有时候会因为选择它们而放弃奶奶做的黄油馅饼——奶奶不喜欢这样，但她仍然很爱凯伦。

甚至有一天下午，爷爷让我坐下来，说如果我伤了她的心，他就会找到我，把我阉了。“这样的女孩是很少有的，”他说，“她真的很特别。”

我真该听他的话。

尊严

我揉了揉惺忪的睡眼，从睡意中清醒过来。已经是早上 5 点 45 分了，爷爷载我去杂货店上早班。我感觉有东西在头里面怦怦直跳，呼吸中弥漫着浓烈的威士忌的酸味。昨晚是一个朋友的生日，这个理由足以让我重新开始酗酒了。

“爷爷，”我宣布，“我想买辆车。”

他摇下驾驶座一侧的车窗，清晨的冷空气扑面而来。

“不行！”他喊道。

“你在约什十六岁的时候就教他开车了。我现在都十九岁了，你却从没教过我。”

在转过街角时，他调低了收音机里汉克·威廉姆斯[①] 的歌曲的音量，并猛踩油门。车速看起来跟火箭一般快，然后一头撞上一堵被车灯照亮的雪墙。

“你一直都太无法无天了，酒后驾车会害死自己的。”

我听到车轮发出吱吱声。“但是……”

“我说了不行。”爷爷用力敲打着方向盘。

我以为转向轴会在爷爷的力量下断裂开来。我踢了踢脚，对着

① 汉克·威廉姆斯（Hank Williams）：美国乡村音乐和蓝调音乐歌手，活跃于 20 世纪 30 至 50 年代。

窗外喃喃自语："我努力工作，这钱是我自己的钱。"我从未在爷爷面前说过脏话，话一出口，我就退缩了。

他猛踩刹车，面包车后面装的工具也跟着晃动起来。他说："如果再让我发现你这样说话，我就拧断你的脖子。"

我走到银行自动取款机前，取出积攒的最后两千块钱。我手里拿着厚厚的一叠钱，看着取款收据上显示的 0 元。钱全部取光了。

利罗伊在车里等着我，丛林舞曲[①]轰鸣着，烟雾从车窗里飘出。我们接下来要出发去狂欢了。

自从与爷爷争吵后，我在不到两个月的时间里便花光了自己所有的积蓄，尽情放纵自己的欲望。毁掉自己的未来是我报复那个老人的方式。

"杰西，求你了，"凯伦曾恳求我，"你现在该怎么负担大学的学费？"

"大学？你在逗我玩吗？我上学期就被开除了。"

我从不认为自己能上大学，就像我的那群狐朋狗友一样，自出生时起，他们的家长就开始为教育进行储蓄了。被学校开除和被拒绝买车是压死骆驼的最后两根稻草。

"别和我谈学校的事，凯伦，"我嘶吼道，"你很有钱——这件事对你来说根本不一样！"她看起来很吃惊，但我很生气。利罗伊和其他人从没问过我大手大脚花钱的事。之后，我试着躲开她。

---

① 丛林舞曲：20 世纪 90 年代初起源于英国的一种舞曲形式，由雷鬼等多种电子音乐融合而成。

“真酷。”利罗伊边说边打开他爸爸那辆庞蒂亚克 6000 轿车[①]的车门。我像镀金时代[②]的最后一位大亨钻石吉姆[③]一样挥舞着手中的钞票。

“快进去吧，不然排队的人会越来越多。”我说道，然后走进大门。

派对开始两个小时后，我就不知道利罗伊去哪儿了。刚到的时候，我从一个毒贩那里拿了一袋迷幻药和其他药品。在派对里游荡时，我把药品和那卷钞票放在牛仔夹克前面的口袋里。迷幻药的药力很强，我很难把目光聚焦于一处几秒钟，所以找不到利罗伊是难以避免的事。每隔六个小时，我就再吸一点迷幻药，希望利罗伊能出现。

19 岁的我，毒瘾颇深

① 庞蒂亚克 6000 轿车：通用汽车旗下的一款运动型轿车。

② 镀金时代：指 19 世纪 70 年代至 20 世纪初的美国，该名称取自马克·吐温的长篇小说名。在那段时间里，美国财富突飞猛进，各大行业飞速发展，诞生了一大批富翁。

③ 钻石吉姆：全名詹姆斯·布坎南·布雷迪（James Buchanan Brady），美国富商，以对钻石的嗜好和喜欢暴饮暴食而闻名。

随着夜幕降临，丛林舞曲的节奏在我耳边响起。我在极度迷幻的状态下疯狂跳舞，汗水从脸和脖子上滚落。我的喉咙渴得发烫，我肯定已经喝了十瓶水了。我的运动鞋在光滑的地板上灵活地跳动，舞步快得就像一只蜂鸟。每一个动作都伴随着呼喊声和欢呼声，很快，就有许多人围在我身旁——穿着迷你裙、战斗服和棒球帽的女孩子；穿着阿迪达斯运动服跳霹雳舞的男男女女们；脱掉上衣在空中挥舞着拳头的男人；还有一大群参加派对的狂欢者随着节奏吹着口哨。他们看起来都和我一样嗑药嗑嗨了。我闭上眼睛，和大家一起跳得越来越快，药品已经完全控制了我的身体和思想。

一阵沉默笼罩着我的精神，紧接着传来像是一阵风的声音。狂欢的噪声暂时被我抛到脑后，我听到有东西从我内里的核心中冒了出来。我紧闭双眼，更加专注于倾听那个声音。从远处传来一阵鼓声——越来越响、越来越响、越来越响，直到我身体的每个部分都跟着震动。印第安鼓手洪亮的鼓声在四面八方、身体内外响起。我睁开双眼，发现自己正在广阔的平原上独自起舞。我穿戴着羽毛、鹿皮、胸饰、珠子、软皮鞋、拨浪鼓和流苏，广阔的田野在我面前起起伏伏。我的双腿完美协调地在草原上奔跑着，把青草压在脚下。太阳低垂着，我用脚踢起红色的尘土，让它弥漫在空中。我不停地跳舞，不停地四处奔跑着。口渴和狂欢似乎只是我曾经生活的遥远记忆。

清晨，仓库里刺眼的灯光将我从恍惚中惊醒，音乐也不再那么强劲，换成了一种类似碎拍①和浩室②混合的音乐。我的夹克、钱、

① 碎拍：起源于 20 世纪 80 年代。制作人将浩室音乐的鼓点声以破碎化的手法进行表现，并进行采样、暂停、间断等手法修饰。

② 浩室：诞生于 20 世纪 80 年代早期美国的一种电子音乐风格。

药品，以及大多数参加狂欢的人都不见了。我的白色紧身衬衫上还有饼干大小的血渍。有一个女孩还在我身旁跳舞，她的眼睛睁得很大，裤脚脏兮兮的、黑黑的，沾满了烟灰。

“我们跳了多久了？”我问道，迷迷糊糊，摇摇晃晃。

“两天。”她说。她绷紧下巴的肌肉，继续扭动着，双手握着的荧光棒已经暗淡了。

我一直没找到利罗伊。

背叛与离家

一天晚上，一个叫苏的女生出现在我上班的地方，嘴里说着“打电话给我”，然后把一根香蕉放在耳边，就好像是在打电话一样。

我当时正在装生菜的盒子边上堆橙子。她放下香蕉，指了指它，然后走向收银台付账。我走过去，看到她在香蕉侧面写上了自己的电话号码，还留了一个鲜红的口红吻印。

可真有创意，我想。

苏和一些经常同我一起开派对的人混在一起。她长得很好看，年龄与我相仿，有自己的车。我之前从未和她说过话。我把那根香蕉塞进口袋，去了里屋，继续忙剩下的工作。

我从没打给她。

在她勾搭我几周后，我的朋友杰夫的爸爸出差了，于是他在家里开了个派对。

“不许带女朋友，”他下令，“只许带药品和酒。”

“明白。”我说。

我问凯伦是否愿意让我去。“这样你就有机会和闺密一起去逛街了。”我说。她很乐意。

当我到达派对现场时，杰夫家的窗户被轰鸣的音乐声震得隆隆作响，我甚至以为它们会被节拍震碎。一个朋友正在打碟，许多人在厨房和客厅里跳舞，我看到几个人在后面的浴缸里互相按摩。这场派对上有很多学生，他们在说话时充满自信，我可以看出，他们吸可卡因和迷幻药吸嗨了。

还有一群我之前从未见过的女生，苏也在其中。她马上就走了过来。

“你为什么不给我打电话？”

我不知道该如何回答。

“没关系。”她说。她的下巴不断地痉挛，我猜想她刚刚绝对吸了迷幻药。

她走进厨房，然后拿出一瓶啤酒，在我脱鞋的时候放在我面前。“我的小店员男孩。”她拍了拍我的屁股。

我跳了起来，尴尬地笑着，然后慢悠悠地走到朋友身边。苏混进人群里。

到了凌晨 4 点，我嗑药嗑得满脸通红，在后面想要冷静下来。药力使我的皮肤起了鸡皮疙瘩，对触摸很是敏感，头发也都竖了起来。我大口大口地喝水，把水倒在头上，然后坐在花园的长椅上，等待夜晚的微风让我清醒过来。

苏从车库那边走来，坐到我身旁。很明显，她刚刚摔倒了，眼眶乌黑，像墨水一样。她靠近我，用手指顺着我的脊椎滑过，伸进湿漉漉的头发里，欢愉冲击着我的脚趾。不知不觉中，我们上了楼，睡在一起。

从卧室出来时，我很羞愧。我背叛了凯伦，她是唯一一个爱我、信任我的人，也是唯一一个我曾敞开心扉的人。我没有和任何人说话，穿上鞋子，收拾好东西，坐上出租车回到布兰普顿。

到家时，奶奶已经起床了。她递给我一张凯伦的纸条，让我打给她，约她一起吃早餐和午餐。奶奶问我："怎么了，杰西？你看起来不太好。"

我不敢直视她的眼睛，只是回了一句"没事"，然后离开她，扔下帽衫，去给凯伦打电话。

凯伦接起了电话，"嘿，宝贝。"她的声音如此甜美，我如痴如醉。

我立刻回答说："凯伦，结束了。我们分手吧。"

起初，电话里一片寂静，然后传来一声可怕的"不"，她喊了一遍又一遍，然后问我："为什么？为什么？为什么？"

我可以听到她的哭声，我之前从未听过有人这样哭泣，我发誓自己听到了她心碎的声音。我是如此羞愧，都不敢告诉她为什么要分手。

我挂了电话，想要喘口气。奶奶敲开门，穿着柔软的皮鞋走进我的卧室。

"你犯了个大错，"她说，"凯伦是一个很好的女生。"她摇了摇头，然后把我的帽衫放在梳妆台上。一小袋可卡因滚落到她脚边的地毯上，我低头看了一眼。她喘了口气，立刻就明白那是什么东西。

"西里尔，"她叫道，声音里满是惊慌，"快点上来。"

爷爷冲了上来。

他看到了那一袋可卡因，向我大吼道："你就和桑尼一个样，是一个该死的浑蛋，竟然那样糟蹋爱情。"

我退到角落里。

"马上收拾东西，你不能再待在家里了。"

我知道，老人被深深地伤害了。我想要说些什么。

“但是——”

“没有但是，你知道规矩的。”

我意识到，他说的是他一直谈及的关于药品的规矩。

我还记得那晚，我把自己的东西装在四个黑色垃圾袋里，离开了家，对未来感到惶惶不安。

我还记得一周以后，我丢掉了自己在杂货店的工作。

我还记得自己和一个朋友搭车去了西部。

我还记得自己问约什，我能否和他待在一起。

其余的一切记忆都模糊了。

第三部分

堕落

（1997—2008）

寒风中凌乱的我

漫长至暗的凛冬销蚀着一切
饥寒交迫之感唯有烈酒与蔽体之物能够消解
猎网之上的果腹之肉寥寥无几
但小巷之内依旧有我追猎的身影
十指抓在玻璃之上
并将其上标签撕去

我幻想着北部冰封的湖泊下
有着不计其数的梭子鱼
可它们也逃离我而远去
饥渴之感袭来
喘息之气凝结
在那一月的寒风之中

迷失，孤独与徘徊

我将苦痛咽回腹中
灼烧暧气之感顿生

愤怒与绝望间
只留下寒风中凌乱的我
那个吞噬着自我的我

漂泊无依

利罗伊沿着黑斯廷斯街（Hastings）开着车，想找一个安全的地方停车。在我到西部几周之后，利罗伊也来了。他出现时，看起来很绝望，身无分文，只有他爸爸留下的庞蒂亚克6000轿车。约什很同情他，让他在找到工作前，睡在自己的沙发上，但好景不长，正如我和利罗伊曾待在一起时那样——一切平静仅持续了两天。

大雨倾盆而下，冲刷着挡风玻璃，雨刷来回摆动，吱吱的摩擦声让我昏昏欲睡。抬头看去，天空乌云密布。我一个月前到这里后，一直在下雨，这让我怀疑这个城市是否见过蓝天。感受过冬天的暖阳，甚至觉得环绕温哥华的山脉只是一个神话，很难相信它们真的存在。

成群结队的无家可归的瘾君子在街上游荡，他们的皮肤比云层和混凝土城市景观还要灰暗。他们如行尸走肉般，死气沉沉，跌跌撞撞，饥肠辘辘。一位流浪妇女脱下裤子，在路边撒尿。这一切似乎没有人在乎，但利罗伊笑了。

"这都发生了什么？"他说，"我们在哪儿？"

我想笑，但当那位流浪妇女突然失去平衡，然后倒在自己的尿里时，一种恐惧感向我袭来。一群人杂乱地聚集在缅因街（Main）和黑斯廷斯街的拐角处——他们四处张望，我知道他们一定在进行着某种毒品交易。其中一个男人大叫着，挥舞着他的拳头，似乎握着什么东西。他的声音如同被撕碎了般刺耳，仿佛刚喝了一瓶朗姆酒。他的衣服挂在身上，褴褛不堪。另一个男人大叫起来，一群人便疯狂挥舞着他们的胳膊和腿猛扑向先前那个男人。于是那个声音粗哑的男人便被吞噬在了暴力之中。当我摇下车窗，想看个究竟时，那群人散开了，只留下他一个人倒在人行道上。

“我们到底该在哪儿落脚？”我说，同时眯着眼睛看他是否还有呼吸。我注意到他的脸颊附近有一摊血迹在蔓延，眼神一片空白，他看起来已经死了。每个人都不太一样，但是都面如死灰，而且他们中的大多数人看起来都像是印第安人。除了小时候，我从没在一个地方见过这么多印第安人。我也从未见过如此这般的肮脏和绝望。在布兰普顿郊区，这样的地方是不存在的。

“我们必须尽快选一个地方，”利罗伊说，“我们快把所有的汽油都用完了，并且我们已经没有钱了。”他的左腿上下抖着，不停地看向后视镜并调整着它。我将我的指节紧扣在我的手掌中。约什把我们赶出来的时候并没有提醒过我们关于这里的一切。

“我应该把你们俩都抓起来。”他喊道。那是一天傍晚，他值完班早早地回了家，发现我和利罗伊在嗑药。“见鬼，我是加拿大皇家骑警！而你们却在我家干这种事，大家会怎么想？”他冲进房间，用力踢向我的脸，将我手中的东西踢飞，灰烬和火星在空中散开。他的动作就像一个练了多年跆拳道的黑带。利罗伊蜷缩在我身边的沙发上。

我从来没有真正意识到，我的哥哥是一名执法人员，我不应该在他那里嗑药，即使他的红色骑警制服也没有让我警醒。对我来说，他只是约什——我一如既往地行事，偷他的衣服，像小时候一样不尊重他。我甚至偶尔会偷拿他的警徽，到处告诉人们我是警察，这样我就可以免费乘坐公共交通、泡妞，并在当地餐馆吃免费的饭菜——当我向老板们保证我会亲自保护他们后。

约什发现后，他想以假扮警察的罪名逮捕我，但我设法说服了他。可愚蠢的我，一直在挑战他的极限。难怪他会如成龙般将我的大麻踢飞。

利罗伊把车停在一条河的附近，然后熄了火。发动机噼啪作响，接着是一阵咝咝声，引擎盖下冒出了一团蒸汽。我想是散热器的问题。利罗伊把手伸进手套箱，拿出一张我在加油站偷的低陆平原①地图。

“这辆车的状况不太好，”他一边说，一边在仪表盘上摊开地图，“我在爸爸有机会去检修之前就‘借’走了它。”

“上周你打电话回家时，我听到他对你大吼大叫。他听起来很不高兴，因为你‘借’走了它。”

利罗伊瞪了我一眼。我以为他会打我，但他只是皱起眉头，继续忙着看地图。

我继续追问着：“你一定是做了什么很糟糕的事情。”我等待着他的回答，但他没有理会我。他启动汽车点火器，“咔嚓”响了几下。之后车内灯光变暗，闪烁，然后变黑。我马上意识到，汽车电池没电了，我们的车抛锚了。

“搞什么！”利罗伊喊道，他的声调随之抬高。

我识趣地不再追问他所回避的问题。“我们在哪儿？”我边问

---

① 低陆平原：大温哥华地区与飞沙河谷统称低陆平原，包括温哥华市、本那比市、列治文市、西温哥华市、北温哥华市、高贵林市、高贵林港市、满地宝市、新西敏市。

边寻找路标。我可以辨认出一对夫妇，另外左边还有一座巨大的白色桥梁。我拿起地图查找，试图确定我们的位置。利罗伊凝视着窗外，点燃了最后一支烟。

“我们在这儿，”我说，“新威斯敏斯特[1]，那是弗雷泽河。我想那是帕图洛桥。”我瞥了一眼，看到利罗伊在哭。他注意到我后便撇过头去。

“啊哈，”我说着向河边望去，“至少我们找到了一个好地方。”

到了第三天，食物成了一个主要问题。我们去的每一家商店，每当我们想偷一袋拉面时，就会有铺面巡视员跟着我们。我们认为这是因为所有的瘾君子都想做同样的事——不列颠哥伦比亚省的商店比东部的治安状况好得多。我在陆军和海军警备区被抓，警察给我开了一张出庭承诺书，然后我在被释放的那一刻就把它撕了。

“我们得尽快想个办法，”我被释放出来时，利罗伊说，“我快饿死了。”

我看着他的脸。他的眼睛深陷，呼吸中飘荡着饥饿带来的腥甜味。我舌头上的味蕾告诉我，我也散发着同样的异味。

利罗伊的解决方案是打电话回家。我们躲进附近的一个电话亭，并由他先打。

“嘿，爸爸，”他说，“我需要帮助，我在温哥华无家可归也没有食物。”他听起来很可怜。

他父亲的声音十分低沉。利罗伊垂下了肩膀，挂断了电话。“他

---

① 新威斯敏斯特（New Westminster）：当地华人常称作二埠，是加拿大卑诗省大温哥华地区的历史名城，在 1859 年至 1866 年期间曾经是卑诗殖民地的首府。二埠位于菲沙河北岸，坐落于布勒半岛东南方，离温哥华市东南部约 19 公里，北连本那比市，东接高贵林市，隔菲沙河与素里市相望。

叫我自己想办法。换你打个试一试。”

我打回了家。电话铃响了几次才有人接起电话。

“你有一个杰西·西斯尔打来的对方付费电话。”自动接线员说道。

电话“咔嗒”一声，奶奶接了电话。“杰西，”她说道，“别再打电话来了。”

“奶奶，可是……”

“打住。你爷爷说得很清楚，我们不欢迎你。”

我简直不敢相信她所说的。

“但我快饿——”

“你现在得靠自己了——这里不再是你的家了。”她的声音颤抖着，就像约克死的时候，她在厨房里号啕大哭一样。

我听到了爷爷在后面发出如石破般的吼声：“是那个浑蛋吗？”

一阵低沉的声音之后，他的声音在我耳边炸响。

“永远别再打到这儿来，也永远不要回到这儿，想都别想。约什告诉我发生了什么——你不再是这个家庭的一员。”他把听筒“砰”的一声摔在听筒架上。我沿着电话亭一侧瘫软而下，把脸埋在膝盖里。利罗伊沉默了。

又是一周，依然睡在车里，没有食物，我开始感到恐惧。对我而言，“家”现在只是一个名词，永远不会像以前那样，凯伦也不在身边了，我仍然爱着凯伦，这种爱无法用语言表达。同时失去家和凯伦，感觉就像是在毫无警告的情况下，方向舵突然断掉了。我像是独自漂流在大海中央的某个地方，也没有搜救队来找我。

睡着是不可能的。即使在零摄氏度的冬天，把车窗关上，脱掉衣服，我依然感觉很热。不只是我，利罗伊也抱怨过这种很热的感觉。

当地一个流浪的孩子告诉我们，这种感官上的热是因为我们处于酮症酸中毒状态——我们的身体太酸，正在消化自己的肌肉和所有的一切。

他接着说“你可能因此死掉”。接着又补充道，因为我们看起来像“饿坏了的瘾君子，就跟所有流浪街头的人一样”，所以不能在温哥华偷东西。他还说，我是印第安人也没有什么用。

这个小孩名字叫作特洛伊。利罗伊立马和特洛伊打成一片，并且邀请他一起和我们在车上待着。让我难受的是，本来后座空间就很狭窄，特洛伊却选择和我一起睡后面。而且他身上有一股下水道的味道，当我吐槽这一点时，他说我身上的味道更加可怕，我不接受这个说法。

比起我们，特洛伊更加了解这条街道。他和利罗伊一样，从不谈论自己的过往，我心知不能过问。他来之后，还有一个好处就是，他知道哪里可以卖东西，主要是以衣服为主。

他在当地一家当铺有关系。我之前在杂货店蔬果部打工，赚钱后买了一些时髦的衣物，我们一件件卖掉了这些衣服，然后买了食物——这样大概持续了三个星期，直到我只剩身上的 T 恤、一条裤子、一双运动鞋和一件加拿大足球衫。

特洛伊给我们介绍了职业介绍所和兑现支票的地方，之前我都不知道有这两个地方。从此，和其他移民和新移民一起，我们总是在早上 5 点第一个到职业介绍所的柜台，为了找到一般的体力活。我们干过的活有：挖沟渠、打包集装箱、搬家具，以及其他任何大多数加拿大人不愿意做的脏活累活。干这些活的报酬是，工作八到十小时，每人二十五元，当我们拿到支票后，会兑换成现金。

“像奴隶一样干活，工资却被临时工中介拿走一半。”利罗伊一边数着自己的工钱，一边抱怨道，嘴里吃着我们常吃的快餐，“这之后，兑支票的地方又从中拿走大头。这世界上有什么能给人安全感的地方吗？”

“在加拿大，没有受过教育的年轻人，只能这样了，”特洛伊说道，“是我们贪婪的父母，造成的这种情况。接下来，所有的工作都只会是临时的。”

很快，我们知道一个更好的工作点，在那有人接我们，而且报酬更高。不过，这个工作更加危险：要搬运沉重的柜子，每个柜子重达1 000磅[①]，需要四个人一起搬。当特洛伊不小心失控，一整个柜子在楼梯上向我砸来时，我当场就辞职了。干这个活儿，我们一分钱都没赚到。

接下来，我们又找了拆除旧房屋的活儿，但是我们没有口罩、呼吸器或任何其他的保护装备。我们在不同的地方拆毁石膏墙。几周后的一天，在干完活后，我突然胸口很疼并开始咳嗽起来，我用纸巾捂着嘴，发现上面有血迹和一些黄色的东西，看起来像是鼻涕虫玉米片。那些和我们一起工作的人说，他们也是这样，这是由于工作中经常接触石棉造成的。

“什么是石棉？”我问道，但没人回答我。

三周后，我们完成了工作，但是雇主没有出现。我们白干了。

太难了。我们一直在拼尽全力工作，但却被骗了，在车里几乎没睡着过，没有得到过休息，更不用提舒适，我们日渐消瘦。很快，我们就放弃了起床工作，只是坐在车里。

---

① 1 000磅：约合453.6公斤。

利罗伊开始在晚上咳嗽，特洛伊也是如此。他们咳出来的痰是灰色的，闻起来像是肮脏的蜂蜜，而且他们都得了皮疹，红色的疹子遍布脖子、嘴唇和脸上，凹凸不平，还掉鳞屑。利罗伊看起来不太对劲。他一脸憔悴，而且脸上的皮肤开始变得半透明，原来绿色的血管变成了蓝紫色，眼睛向后凹，深陷在骨头里，看起来就像是紧贴在大脑前。当他笑的时候，酒窝折叠成一百个小褶皱，就像他已经活了几百年，而且一生都生活在沙漠中。

特洛伊对我咳嗽了几次。我从来都没像他们那样病过，但几周后，我的头发开始成团脱落，他们也是，就像春天里脱毛的猫咪。我门牙上的牙帽断了，带走了我鼻子下面的一块脆骨，从此，当我笑起来时门牙那块黑黑的，牙齿像锯齿。那时，我才意识到笑容有多重要——失去笑容，似乎让我失去了和人交往的乐趣，这比挨饿还可怕。对我而言，整张脸已经扭曲了，一笑就让我感到害怕。

从那以后，我完全不笑了。

友谊终止

我和利罗伊开始外出乞讨，特洛伊在一周前就逃到了东区，因为那里有食品银行、教堂。而且收容所里有床位。但是那里同样有很多丧尸、瘾君子，以及流浪的人。所以我们决定再也不去那里了——在原地生存已经很困难了。我们已经四个多月无家可归了，行尸走肉地活着。

我们非常丧气地回到车上，身无分文，结果发现后车窗也被打碎了，后座上到处是碎玻璃。夜幕一点点降临，而五月的时候，天气还特别寒冷，酮症酸中毒所产生的过热感，也抵不过这强烈的寒意。清扫掉座位上的玻璃后，我试图睡觉。我只能努力蜷缩，弓起腰和屁股，感觉像是要碎裂掉，像湖岸上砸起一层层冰。我在漫漫长夜里等啊等，祈求天快点亮，阳光可以温暖我。当第一束阳光出现在地平线时，我起身坐着，望向弗雷泽河。一堆木头从河上漂过，跟着河水的节奏无声地漂向目的地。

我低头看了看利罗伊，他上身蜷缩在方向盘下，双腿交叉搭在前座上。当时我就知道，自己不应该再继续这样待在车里，这种感觉不知缘何而起，但我对自己的判断非常肯定。或许是对死亡的思考让我想远离这一切，又或许是除了抛弃我什么都没学会——毕竟这是我从小就从爸爸那里受到过的教训之一。

当太阳爬到山顶之上时，我脑海中都是与利罗伊在一起的童年回忆，这些回忆似乎在呼吁我放弃和利罗伊之间的友谊。此时，我已经有了想要的阳光，它是我的，而且是我一个人的。我蹑手蹑脚地下了车，轻轻地关上车门，小心翼翼，怕吵醒他。

当我绕过停车场的拐角来到街上时，回头看了看车，看到利罗伊的头，他转了转头环顾了一下四周，然后又回到原位。或许他以为我去上厕所了。我在心里说了声再见，并祝愿他一切安好，然后走向横贯加拿大的高速公路，准备沿途搭车回安大略省的家。

狼人

早春的时候，我便搭上便车回家。目之所及首先是群山，紧接着是大草原、丰沛的湖泊、茂密的森林——一切都很平静。

在横贯加拿大的高速公路上，在草原以东的某个地方，我搭乘上了一些和我年龄相仿的农场男孩的便车。

他们说我看起来很糟糕，愿意分给我一些吃的，还给我腾出了一个休息的地方。

于是我便乘上他们的车出发了。我们沿着主干道驾驶了一段距离，顺着一条偏僻的土路驶向一幢偏远的废弃房子前。

我下车时闻到了烟味，远处有一只潜鸟在鸣叫。司机很热情，让我在一棵树上刻下我的名字，上面还刻着其他人的名字。

“是其他搭便车的人的名字，”他们说，“其他人在跑，想狂奔回家。”

当我的刻刀刺进树干时，我感觉到一个拳头猛击在我的后脑勺上。我眼冒金星，没想到会这样。

一个男孩抓住了我，想把我打倒在地。但我厚实的头骨和顽强的精神支撑着我。

我踉踉跄跄、跌跌撞撞，伸出胳膊，试图恢复理智。

我晕头转向地跑入森林，向着我感觉有高速公路的方向跑去。温热的血液从我的脑后流出。

我猜，他们不是用拳头打我，一定是用一块石头或一把锤子。

他们紧跟着我穿过灌木丛。我竭尽所能地狂奔。

几个月来都没吃饱，我很虚弱，感到胸部在燃烧，双腿几乎无法支撑。

我几乎要放弃了。但我的亲人——周围的树，目睹了我的遭遇。

“小侄子，藏在我们这里面。”树们仿佛在沙沙地说，“树叶会遮住他们追赶你的路。”

大树将枝干弯曲，遮挡住我逃跑的道路，并弯下腰来救我。

我逃进了杨树、雪松和橡树的深处，足足有 3 英里[①] 远。

攻击我的人的脚步声逐渐消失了，声音也渐渐消失了。后来，我不经意间发现了古老的一号高速公路。

它看起来很安全，仿佛一条汹涌的柏油河，会涌现一股水流带我回家。

我一晚上都在路边站着，伸出我的大拇指[②] 对着马路，乞求有人能够将我捎走。

我向每辆路过的车挥舞着手，但没有人停下来，甚至没有人减速。

---

① 3 英里：约合 4.83 公里。

② 大拇指：国外打车时常用的手势。

世事无常

“蹦迪池附近跳舞的那个女孩不错。”雷克斯（Rex）一边说，一边把他的朗姆可乐[①]倾斜，指向夜总会的舞台。

历经长途搭车到多伦多，再加上营养不良，我的腿几乎难以站立。当我回到家时，朋友们说我看起来仿佛快要饿死了。而有些人则害怕和我说话。也许他们只是不愿去想我是如何被毒瘾摧残的，抑或他们也正在经历着这些。

“她是挺不错的。”我表示赞同。但我更感兴趣的是雷克斯的酒，而不是那个女孩，酒的冰块随着每一个闪光灯的闪烁而闪闪发光。浩室音乐震动着散落在吧台上的空杯，这是一个女酒保留在那里的，我知道她正忙着收拾成堆的朗姆可乐空杯，根本没时间为顾客服务。雷克斯大喊了四五次才引起女酒保的注意，费了好大的劲才喝上一杯。我的肚子咕咕地叫着，混合着饥饿与进食的渴望。对威士忌滋味的记忆涌上心头，提醒着我，我既没钱，也没资格去夜总会。

“我喜欢这首歌。”雷克斯说着，高高地挥舞着他的手。DJ 主持人加入了来自芝加哥的最新曲目，芝加哥是浩室音乐的圣地。此时处在兴奋之中的雷克斯，把他的酒洒在了我们前面的人的身上。但

① 朗姆可乐：一种非常受欢迎的鸡尾酒。

他和那人都没有注意到。我一边环视着四周，一边等着我刚吃的摇头丸起作用。我为芝加哥的音乐而活，那是一种混合了粗犷的 4/4 拍子、老派放克舞和福音歌词的音乐。没有任何音乐能比它做得更好，绝无仅有。

“我在等我的摇头丸起作用。”我向雷克斯喊道，试图在跳动的人群外围被听到，“你能请我喝一杯吗？”节拍终于停了，人群变得疯狂起来，他们的屁股随处扭动着。“你能请我喝一杯吗？”我又叫了一声。雷克斯没有听到，继续将他的酒泼向空中，浇向他面前的人群。我又尝试了一次，“兄弟！”我大叫着抓住他的胳膊，“我他妈快死在这了——我需要喝一杯！”

雷克斯转身对我说：“你应该早点说。”他的下巴在打战，瞳孔扩大。显然，他的摇头丸起作用了。

真是个走运的浑蛋，我想着。我想知道为什么自己的摇头丸没起作用。

“嘿！”雷克斯朝酒保尖叫道，“给我两杯朗姆可乐。”她马上听到了雷克斯的呼喊，朝吧台甩出了两个大玻璃杯。

雷克斯把一张二十块的钞票扔在吧台上，她一把抓过收了起来没有找零。雷克斯把酒递给了我。

“干杯。”他说，我们碰了碰杯，并看向人群中的美女们。我再次注意到那个靠近蹦迪池的女人——她很漂亮。随着朗姆酒顺着我的肋骨而下，我的肚子暖和了起来，一阵嗨劲涌上我的脊背。剧烈的针刺感在我的头顶爆发。我的眼皮直跳，同时我靠在吧台上，等待着那汹涌而来的嗨劲。我的膝盖酥了。

“嘿，他来了。”雷克斯说。他的眼睛看起来就像鲨鱼猎杀前的眼神——乌黑一片。我试图对他回以微笑，但我的下巴仿佛有了自己的生命，不停地上下颤动着。这是很好的摇头丸——最好的那种——如同一大群迁徙的帝王蝶猛地撞入并遍布在你的肠子里，使你的肠子不断颤动着，进而带来一股无法控制的快感。

我们早些时候从认识的药贩子那里得到了这种摇头丸，他是一个值得信赖的人，名叫岛哥。他主要把药品卖给教堂街的地下俱乐部，那里总是有最好的药品和最新的音乐。我的朋友们很早就发现了，所以我们认识了岛哥，也因此我们仅花了 40 块钱就嗑嗨了。其他大多数药贩子以 10 块钱或 20 块钱的价格出售各种摇头丸，但它们并不是真正的亚甲基二氧甲基苯丙胺（摇头丸主要成分），只是一种廉价冰毒、咖啡因的混合物，也许还有一点海洛因以产生兴奋效果。但岛哥总是给我们最好的。

“这些摇头丸可真是好玩意。”雷克斯说。他把空杯子放在吧台上，然后在口袋里翻了翻。我以为他要再给我一颗药，但他掏出一沓钞票，抽出 40 块钱，递给了我。“我知道你已经破产了。我只是很高兴你在这儿，安全地到这儿。而不是搭便车穿越大陆，饿得一塌糊涂。”

我拿着钱，不知道该说什么好。我几乎看不清雷克斯的脸，视觉的恍惚令人不适。“我爱你，兄弟。”这句话在一阵兴奋中从我的喉咙里涌了出来。我听到了自己说的话，但我并不想说出来。汗水顺着我脸颊淌下来，从我的下巴滴落。

“我知道，伙计，”雷克斯一边擦拭我的脸一边说，“我们是兄弟，彼此唯一的挚爱。”

当浩室音乐的跳动声响起时，他拍了拍我的手。

我们确实彼此相爱，这是一种志同道合、亲密无间、肝胆相照的情感。就像宇宙间的某种链接，这很难解释，但却能发生在吃了摇头丸之后——如同世间不再有纷扰，一切尽在掌握之中。这种联系你永远不会忘记，在你清醒后依然会向往，且当你把它与性混合在一起时，感受会更加强烈。

“听着，”雷克斯一边说一边抓住我的手，把我从嗨劲中拉了回来，“有人传呼我，我得去士巴丹拿，凌晨 4 点在那儿见。”他拍了拍我的脸颊以引起我的注意。我重新把目光投向他的脸，但很难集中。他正在融化、模糊，逐渐消失在另一个空间。一堵彩色的墙充斥着我的视野——一个万花筒般的迪斯科球所折射出的墙。他就在那里面的某个地方。

“好的，明白了，那里见。”我拼命地抓住吧台不放。他的轮廓渐渐清晰起来，但还没有完全成形。

“我又给你点了一杯，”雷克斯在离开前说，“应该很快就来了。”他向酒保眨了眨眼，于是她又往吧台上甩出了一杯朗姆可乐。它落在我面前，在它被甩来的方向留下了水渍。此刻我需要用牙签撑住我的双眼，当酒水飞溅并旋转而下时，我的胃也随之翻腾。

这些摇头丸有什么不寻常之处吗，还是说问题出在我神志不清时留下的酒水里？这很难说。雷克斯离开后的 20 分钟里，我的双脚就像两个同时轻于空气又重于压缩的恒星地核的热气球，高高飘浮在巴黎的露天广场上空，想在地面上找到支撑点几乎是不可能的。当我跌跌撞撞地走上舞池时，黑色的闪光使我睁不开眼睛。我哀声求助，其他的聚会者却纷纷退后并投来厌恶的表情。我绊了一下，摔了一跤，酒洒落一地，大玻璃杯也摔得粉碎。我的头脑一片混乱，昏昏沉沉，一片漆黑。我想如果能找到一些可卡因或兴奋剂也许能振作起来，摆脱这里发生的一切。我觉得我看到了靠近舞台的岛哥，然后朝他走去。我踉踉跄跄歪歪扭扭地走着，一直走到那个漂亮女孩正在跳舞的蹦迪池，然后倒在了地上。

当我醒来时，我已经在夜总会的另一边，靠近洗手间，大约12米远。舞池里仍然挤满了人，音乐更响了，人们跳得更快了。吧台歇业了，但吧台里到处都是喝醉的女孩在表演脱衣舞，每个人都醉得更厉害了。我仍然处于迷茫之中。

当我将自己从地上拖拽着靠上墙时，我注意到我的皮带被解开了，我的裤子敞开着，挂在腰间。我的内裤也不见了，我知道我在夜总会期间一直穿着内裤。

我的肠道中感受到了一阵深切的疼痛，这种痛从直肠放射而出。我惊慌失措，一瘸一拐地走进洗手间里的一个隔间。我卷起一张卫生纸，擦了擦肛门，上面出现了一片深色的血迹。

我简直不敢相信自己所看到的。我用手指摸了摸屁股，发现我好像得了痔疮。我试着把它们推进去，但这比我经历过的任何东西都疼——我再次轻轻地摸了摸它们。我以前从未得过痔疮或者类似的病。我试图弄明白到底发生了什么事，在我昏迷之前谁在我身边，为什么我在洗手间附近醒来，为什么我的肠子几乎快挂在了我的屁股外面。

我不记得自己是怎么回的家，甚至不记得我到底去了哪儿——在我的记忆里除了一团浓密的黑雾什么都没有。我只看到一片黑暗和混沌。

一种深深的羞耻感笼罩着我的灵魂。

一阵风吹过的分子

突然响起的电话铃声打破了夜晚的平静。我从沙发上滚下来，奔去厨房接电话。

是拉尔夫伯伯打来的，“杰西，让罗恩接电话。”伯伯急迫的语气让人不安。

放下电话，我跑去罗恩叔叔房间，叔叔的宠物罗得西亚猎犬（名叫所罗门）看到我这样，在我身后跑来跑去，似乎想知道究竟发生了什么。“拉尔夫打电话找你，”我边说边推了推罗恩叔叔的脚，“快醒醒、快醒醒。”

罗恩叔叔晃了晃脑袋，眯着眼睛看了看闹钟——凌晨 3 点 40 分——然后从床上跳了下来，去了厨房。

“发生什么了？”他对着听筒吼道。他揉了揉眼睛，试图让自己清醒一些，挥手示意让我离开。“一切都还好吗？”

我躲在阳光房里面偷听，但是只能听到拉尔夫的声音和罗恩叔叔回复的“嗯、嗯……”此时，我只能盯着窗外，看着被夜风吹弯的树梢，打心里希望这个电话跟爷爷或者奶奶无关。

罗恩叔叔说了一声：“我马上到。”然后挂断了电话，什么也没说就跑向了车那边。看着汽车的尾灯消失在黑暗中，我在窗边放了一把椅子，所罗门坐在我身边，此刻身体分泌的肾上腺素让我保持清醒。

自从罗恩叔叔的女儿在多伦多遇到麻烦，罗恩叔叔和她就开始都住在霍普港（Port Hope），他女儿现在刚满 16 岁。叔叔认为，只要住在乡下，就能远离那些麻烦。叔叔这样做非常明智。

我和他们已经同住了 5 个月，之前罗恩叔叔听说我睡在机场，和朋友们一起睡沙发，还慢慢染上了毒瘾。

自从我来到霍普港，和罗恩叔叔待在一起时，就开始努力让自己保持清醒，但我依然嗑药，试图厘清所发生的一切。尽管无法告诉叔叔发生了什么，但是他对我而言，代表着安全感。

第二天早上 7 点半，罗恩叔叔把车开回了车道。一晚上，我接连喝了好几壶咖啡，抽了一根又一根烟，一直盯着窗外。此时，我的牙齿嗡嗡作响，好像是吃了一窝蜜蜂。罗恩叔叔将脑袋耷拉在方向盘上，车子还发动着，但是音响已经关了——叔叔开车的时候总是放着 20 世纪 70 年代的摇滚乐。

叔叔最终下了车，开始往家走。每一步都有碎石的摩擦声，我倒了一杯咖啡，放在桌子上。当他上了楼，坐下时，地板发出了吱吱的声音。听起来他一直在哭，这对我而言很奇怪，因为在我心中，叔叔一直很强大，男子气概很足，很有勇气——在这之前，我不知道叔叔还会哭。

我不敢问发生了什么，只能回到阳光房，坐在靠窗的椅子上。一排白桦树吸引了我的目光，树枝尖儿随着风舞动，阳光在斑驳的树叶中跳动。罗恩叔叔在喝咖啡，咖啡勺和杯子边儿碰撞的声音很清脆，就像大锤子敲击铁轨发出的声音。叔叔清了清嗓子，喊我过去一起。

“我不知道该怎么说这件事。”叔叔一边说着，眼神一边避开了我，他之前从未这样过，很奇怪的举动。我拉了张椅子到桌子旁，尽可能地保持安静。

“奶奶昨晚接到一个电话，”叔叔开始说话，“是怡陶碧谷（Etobicoke）22区打来的，警察昨晚捡到一个流浪汉，他说自己叫罗恩·西斯尔，但这是我的名字。这个流浪汉知道关于我的一切信息——我的生日、出生的医院、我的逮捕记录、有关爷爷奶奶的一切信息、我的兄弟姐妹的名字和出生日期。”叔叔从烟盒里抽出一支烟，小心翼翼地点了烟，以免烧焦头发。过了一会儿才说话。

“奶奶告诉他们，我在霍普港。”

他朝空中吐了一些烟，咳了起来，然后把烟递给我。我们之间是这样的——将烟作为一种药膏，减缓我们对尖锐世界的感知。

“老妈知道那是桑尼，你的爸爸，”叔叔说道，“这是来自母亲的直觉。”

我把烟递了回去，等着叔叔说完。

“只有桑尼知道关于我的一切。”叔叔接着说，他的眼睛现在开始红了起来。

我看到一缕白烟绕在卷烟头周围。

这让我想起了小时候罗恩叔叔带我出去玩的场景，我们在他的红色敞篷车里，摇头晃脑地唱着歌。爸爸在央街沿街乞讨的样子闪现在我的脑海中，死气沉沉的冬天让他的手和脑袋都变得迟钝，衣服松松垮垮地挂在他瘦弱的身子上。我又想到了温哥华、利罗伊的车、弗雷泽河，以及无处可去只能睡在车里的时光。

罗恩叔叔在玻璃烟灰缸的底部滚动了一下烟头，打掉了多余的烟灰，然后把烟递给了我。烟在我的食指和中指之间晃着，因为一直用这两根手指夹烟，手指有些发黄。

“妈妈给拉尔夫打电话，因为他是警察，”叔叔说道，“想要他去22区确认一下那个男人的身份，但是工作原因他不能离岗，所以拉尔夫给我打电话了。”

弹了弹烟，我看着烟的余烬发着红光。我一直低着头，害怕罗恩叔叔接下来会说什么。

叔叔伸过手来，握住了我的手。“在我赶到之前，他们就让那个流浪汉走了。”叔叔声音颤抖地说着。

我能感觉到自己的手慢慢变麻。

“警察说是因为换班——晚班警察早上5点把这些流浪汉从办公区赶走，然后白班警察再进来。而我是5点15分到达那里的，晚了15分钟。很抱歉，杰西。”

我努力听着罗恩叔叔说话，但仿佛只是他的嘴唇在慢慢移动。爸爸已经离开了，他并不想留下来，不想回到家里。

一切都无所谓了，接下来仿佛是一场原子弹爆炸。那排白桦树被吸向前方，然后又被巨大的力量吹回，它们仿佛被摧毁了。霍普港的市民被蒸发成炭印，印在了破碎的城市景观上。一个拄着拐杖的老人、一个抱着孩子的母亲、一个在公园里玩耍的小姑娘——所有这些都变成了日常生活的影子，像原子一样被烤焦了，印在了人行道上的混凝土上，而我自己现在就是这些影子中的一员。我低头盯着自己的手，除了看到罗恩叔叔握着一个融合在桌子表面的炭手印，其余什么都没有。

我想，这毫无意义，我的毁灭非常彻底。

过了一周，我离开了霍普港，又开始了漂泊。

郊区废墟

我大多数朋友已经告别了过去的生活，展开了新的生活。布莱恩去上了大学，利罗伊还在西部，德里克找到了新的团队，还有一些人去市中心找工作。当我从霍普港回来时，他们都不想让我出现在身边。我恳求获得帮助，他们却当着我的面关上了门。

我流浪了几个月，有时候待在公共汽车的候车亭里，白天睡在商场里，晚上住在公寓楼的楼梯顶上。很多次，我就像是一块破碎的旧浮木，被冲到了奥利弗的门口。奥利弗女士是一位基督教徒，深信耶稣基督的话，她是我一个高中朋友的妈妈。跟教会里那些常见的伪君子不同，她是实实在在地按照信仰行事，会收留年轻人，让他们感受到关爱，提供食物和衣服，在需要的时候提供住所。当我出现在门口时，她让我进家，然后试图把我改造成另外一种人。我不喜欢听她讲道，但她确实让《圣经》成为我可以理解的东西。

不过，我不能一直待在奥利弗家里。发现布兰普顿有紧急庇护所后，我先是去了一个男子收容所，那里之前是一个旧的消防厅，环境很恶劣，散发着脚臭和梦想破碎的味道。接待人员告诉我，我年纪太小，不能待在这里。“妇女收容所对你来说，更加安全，”他说道，“这里有几张汽车票，你坐车去那里，我会打电话告诉他们你要去。”

当我到达妇女收容所后，我拥有了自己的房间——小而私密，它带有一张床、梳妆台、浴室、设施完备的厨房，更重要的是还有一套干净的换洗衣服。我躺在床上，听着保护床垫的塑料发出的嘎吱声，这听起来比天使的声音还美妙，心想着我这是在天堂。但这天堂般的生活并没有持续太久。

“那个在烤面包机里给自己做草莓小烘饼的男人是谁？他在这儿，我感觉不安全！”一位女士向前线工作人员抱怨道。

“他无家可归。”工作人员解释道。女士继续抱怨着。很明显，大家并不欢迎我在这里，所以我离开了。

袭击事件一直在我的脑海中挥之不去。

在多伦多，每周都有一个地下夜总会或狂欢派对，总有一个地方可以去。有一个社区，都是我们这种年轻的流浪人。我喜欢和他们待在一起——他们毫不在乎我是半个印第安人，皮肤黑一些，而且不知道我是谁，也不知道我要去哪里。我浑身生疮、鼻孔发红发炎、腰越来越细。我花了好几个小时去抠那些我以为是钻进皮肤里的虫子。我醒着的时间越长，情况就越严重——有一次长达 124 小时。我看到虫子在脚上、前臂或裤裆附近蠕动，我伸手去抓它们，直到指甲抓破皮肤，血管暴露。然后坚定地认为虫子还在那里，会再去抓那些血痂。我感觉自己的胃在消化肠子。呼出的气很难闻，胃里仿佛混杂着腐烂的血液和带汁的垃圾，而且吞咽时很疼。

事情的状况让我感到害怕，于是我离开了，回到了布兰普顿。在那里我和一个朋友住了一个月，但他也有同样的问题，所以我又离开了，并敲开了杰瑞的门。杰瑞和朋友一起租了一套公寓。

“我甚至都没认出你来，”他说道，“发生了什么？”

“我戒不掉毒瘾。”我说道。

我记得杰瑞抓住我，把我堵在房间里。当没有毒品时，我浑身发抖、一直冒汗，以为自己要疯了。每次我想要逃走时，杰瑞就把我抓回来，重新把我塞回房间里，把门闩上。有时候门会开一条缝儿，会有人把三明治扔到房间，落在我脚边。吃完后我就会昏睡过去，然后做最可怕的噩梦——自己被丧尸吃掉了，农场的男孩子们打碎我的头骨，克莱夫的头在他的蓝房子里爆炸，约克仿佛被恶魔附了身，拼命向后跑，沿着墙往上跑。

当我从化学烟雾中走出来后，有几天我坐在墙边，耳朵贴在墙上，听到杰瑞在客厅里和他的朋友们争吵，他在和朋友商量在我清醒后让我睡沙发上。但没有人想让我住在那里。

当我差不多恢复清醒时，把东西收在一个垃圾袋里，然后再次离开了。

家庭婚礼

在温哥华价值村服装店，弟弟丹尼尔站在镜子旁，我低声对他说道："只拿六样东西。"我蹲下身子，转过身子，挡住收银员的视线，抓起一件运动夹克、一条黑色休闲裤、一件白色纽扣衬衫、一条腰带、一双正装鞋和一条瘦小的黑色领带，然后把它们塞进塑料杂货袋。

"她过来了，她过来了。"丹尼尔声音中带着丝丝恐惧，小声说道。我瞥了一眼镜子，看到一位身穿红色员工服的女士。她一直在为两边过道上的男鞋贴价签。我匆匆忙忙地把袋子扔到架子下面，站起来和她打招呼。她把袋子拽了出来，打开看了一下，威胁说要报警。我和丹尼尔向后躲闪，然后跑出前门，来到街上。

店员被我们骗了。我之前走到丹尼尔身后，在被发现之前，就换上了西装、领带和鞋子，然后告诉丹尼尔要留心周围。丹尼尔满脸写着"我是外行"，目不转睛地看着周围，好像自己做了什么错事，来来回回晃荡，而我则趁机把"诱饵袋"塞满了东西——这引起了店员的注意，店员会把注意力放在袋子身上，而不是我身上。这个把戏我很早之前就学会了。

"你怎么学会的这招？"丹尼尔问道。

"这没什么。"对我而言，就只是很平常的一件事。我捡起个烟头，点燃了它。事实是，我并不知道是怎么学会的，就只是像呼吸一样，自然而然学会的。

自从几年前妈妈、乔治还有小弟弟一起消失后，这是我第一次见到他。当时约什给杰瑞打电话，邀请我参加他九月的婚礼，让我们放下分歧，在他大喜之日友好相处。如果我能打起精神，把自己收拾得像个人样，他愿意付我去西部的飞机票。这将是我们所有兄弟第一次重聚——我必须到场。

我抓住了这个机会，可以见到丹尼尔，并且能见证约什和他未婚妻玛格丽特的婚礼。很幸运接到了这个电话——我当时绕回杰瑞家，只是时不时拜访一下或碰碰运气——很高兴，当时自己这样做了。我是不会错过这个婚礼的。刚刚偷的那身衣服太紧了，我弯腰用口水擦擦鞋子，很遗憾，鞋子也不合脚。但是没办法，这是必须要穿戴的。

丹尼尔从我的西装外套上拂下一团绒絮，拂过我的肩膀。我俩长得很像，但他更好看一些，也看着更健康一些。

那天早些时候，我们在教堂见面，很快就打成一片。妈妈也在，我们互相亲吻了一下，一切都很好，就像失散多年的母子团聚一样，事实也是如此，然后我就把丹尼尔拉到一边。

“伙计，我不能穿成这样去。”我指着自己的衣服说道。这身衣服也不赖，只不过很街头，在哥哥的婚礼上不够体面。然后我说，我需要一个帮手。

丹尼尔说他愿意帮忙。我猜，比起我这个人，我放荡不羁的名声早就传开了。

“当时发生了什么？”在我们回教堂的路上，我问道，同时还有点担心裤子的屁股缝会裂开，“你和妈妈就这样从地图上消失了。”

“我们必须得逃跑。”

我们当时在过马路，并且走得越来越快，可以听到他声音中的紧张。

“流言蜚语到处飞，”丹尼尔谈到乔治时愤怒地说，“有一天，妈妈受够了。她把我从学校拉出来，我们去了萨斯卡通，走的时候太匆忙了，妈妈只穿了一只鞋，而我没连外套都没带，很抱歉我们没给你打电话。”

“没关系的，丹尼尔。我的状态也是一团糟，本来也没有什么可说的。”

那晚，我抽着烟在接待大厅外面坐了很久。那里到处都是约什的同事——一群不穿制服的加拿大皇家骑警，看到他们，我感觉十分紧张。爷爷也在那里，他恶狠狠地瞥了我一眼，我确信爷爷对我施了一个恶毒的咒语。拍照时，我想和爷爷说句话，他却走开了。杰瑞告诉我，我之所以能参加这次婚礼，是因为约什之前替我打抱不平。

不过，在去洗手间的路上，我碰到了奶奶，她捏了捏我的脸蛋，说：“你看起来不错。”并把一张100块钱的钞票塞进我的口袋，“打扮一下自己！”那是我们唯一的一次接触。

妈妈的家人也在那里，有几个阿姨，还有大约7个和我同龄的表兄弟姐妹，他们来自萨斯喀彻温省。妈妈的家人坐在边上的一个区域，非常友好，他们相互聊天、大笑、喝酒、跳舞，但我并没有与他们互动。杰瑞坚持坐在我身边，当响起的音乐是他喜欢的歌曲时，他就起身进去跳舞，我们喝了一瓶又一瓶的酒，直到整个世界天旋地转。

庆祝活动进行到一半时，妈妈出来加入了我们。

“看看你。”她对我说，一只手拿着香烟，另一只手拿着红葡萄酒杯。她摇晃了一下，坐在我和杰瑞之间。杰瑞往后坐了一下。

“我听说了，你个小麻烦精。”妈妈笑着说。妈妈快喝醉了，但仍非常警觉。我想知道，她是不是只有喝醉了，才有勇气和我们说话。“没事，无论如何，我仍然爱你。”她紧紧地拥抱着我，尴尬感荡然无存。在这之前，我们已经很多年没有拥抱过了。

“给你，”塞希尔（Cecile）阿姨说道，“一份妓女早餐[①]。”说着话，她推过来一个盘子，里面只有两片阿司匹林，然后递了一杯打开的啤酒。我吞下了药片，喝了几口啤酒把药冲了下去。把空瓶子递了回去，她眨了眨眼睛，咬了咬牙。几分钟后，脑子里的狂跳停止了。宿醉的感觉消失了。

厨房里弥漫着鸡蛋和培根的味道。婚礼结束后，我们在阿姨家过了一夜。阿姨在炉子旁晃来晃去，嘴里叼着一根烟，而其他亲戚则在旁边扭来扭去，还想在餐厅地板上睡觉。我不知道他们的名字，但他们看起来都很熟悉。有一个人看起来像约什，但比约什瘦一些。我认出了伊冯娜阿姨，她正坐在沙发上看杂志。

“我的宝贝，大男子汉了。”伊冯娜阿姨对我说道，然后又说了一堆听起来像法语但又不完全是的语言。

“他听不懂你在说什么的，”塞希尔阿姨说道，“他已经离开 20 年了。”

“我的天啊！”伊冯娜阿姨吼道，“你已经忘了米其夫语了吗？”

米其夫语，我脑子里在想，那是什么？

当妈妈从卧室出来时，塞希尔阿姨说了些什么。妈妈脸上挂着灿烂的笑容，好像已经吃完了塞希尔阿姨的特制早餐。她回了一句

---

① 妓女早餐：因为妓女工作特殊，早起会头疼，所以妓女的早餐就是两片阿司匹林。

话，阿姨们就开始笑了。

“我会讲米其夫语吗？”我问道。

“是的，宝贝。”妈妈笑着说，“你在三岁之前一个字也不说，但后来变成了小话痨，我们谁也无法让你安静！”

塞希尔阿姨在厨房里号叫，妈妈开始大笑，我都担心她会笑到尿裤子。

这时候，我的一个表姐坐起来说：“是啊，你一不高兴就把所有东西都盖在大便上。脏脏的小家伙。”她的口音比伊冯娜阿姨的更重。

房间里再次热闹了起来，大家吵吵闹闹。

“别理他们，”妈妈说道，“宝贝，你以前是个爱干净的小男孩。”

“我们和你闹着玩呢，”伊冯娜阿姨嗔怪道，“见到你真好。”她边说边站起来捏了捏我，她的手臂非常有力，像熊一样。我也抱住了阿姨，她比我强壮很多。

塞希尔阿姨把一盘鸡蛋放在台子上。“这是我的，你们这些胆小鬼必须自食其力。”她笑了笑，然后开始吃东西。“那边有煮茶。”她指的是厨房的桌子，花边垫巾上有一个茶壶。

我坐了下来，给自己倒了一杯茶，妈妈拉开了我身边的椅子。要不是喝了点酒，我不敢和她眼神交流。对我而言，妈妈是一个完全陌生的人，阿姨们像蜜蜂授粉一样在周围晃悠。

“我知道你一直都在。”妈妈摆弄着大拇指，深深地吸了一口气。

茶壶旁边有一罐果酱，上面标着“萨斯卡通”，我一动不动地盯着这罐果酱，想到了外祖母库卡姆·南希和她的可乐瓶眼镜以及手杖。

“你愿意和我一起回家吗？”

伊冯娜阿姨站到我身后，将手放在我的肩头。

“妈妈，这么多年过去了……”嘀嘀嗒嗒的时钟声和塞希尔阿姨的呼吸声此刻非常清晰——听起来，阿姨像是心脏病发了。

“不是让你永远留在这里，杰西，”伊冯娜阿姨突然讲话，“试一下吧，萨斯卡通是个很棒的小城。”

“呃……对我而言不太一样，住在多伦多这么久，几乎我所有的朋友都在那里。杰瑞也在。”

塞希尔阿姨突然猛地打开后门，听起来好像有什么东西被打碎了。

“像你这样帅气的小伙子，这里有很多工作机会，还有很多梅蒂斯女孩儿等着你。”伊冯娜阿姨凑到我耳边说。

“但是我的家在多伦多。”我不得不为自己发声，“对不起。”他们好像一直在等我醒来，就是为了问我这个问题。约什和杰瑞这样做，是为了摆脱我吗？我开始生气了，怀疑他们在背后参与策划了这一切。

妈妈站了起来，给丹尼尔打了电话，抓起钥匙，向楼下走去。她和丹尼尔上了车。丹尼尔让我再想想，很明显他是想化解我和妈妈之间的紧张。妈妈的心灵受到了伤害。

我猜，她真的很想，让我接受提议，回到她身边。

沾满原住民脂肪的加拿大街道

不为人知的往事向我们诉说着它的故事
从前，一只苍狼于土地上现身
它捕获了一只正在休憩的小鹿给了它的爱人
在那儿，在那大海的尽头
它们的孩子出生了
这孩子的后代
在草原上轻快地前行
游荡于迅猛与出其不意的突袭之间
它们学会了以一无所有，去适应一切条件
并燃烧干粪以取暖
东方破晓之际，这些无家可归的浪子开始骑行
它们踏马而归
将一切化为灰烬
它们横七竖八地躺在被盗的指路牌上
身上沾满了自己的脂肪

摊上大事了

那时正值千禧年之交，2000 年要来了，但我们担忧的危机却并没有到来——我们的社会没有崩溃，没有停电，没有流血事件或街头暴力，也没有出现所谓的世界末日。唯一显得格格不入的是我身上穿的那件红色的内华达大学拉斯维加斯分校（UNLV）的篮球衫，它还是新的，衣服中间还印有校队的跟南方叛军战斗的吉祥物。

当时我住在罗恩叔叔的公寓里，喝着啤酒，这样的日子并不是很多。他女儿高中毕业后自己搬回了城里，罗恩叔叔则回来和杰瑞待在一起。我的大部分东西都在当地的收容所被偷了，走投无路，我恳求罗恩叔叔和杰瑞给个地方住，幸运的是他们同意了。罗恩和我正在看方·基默（Val Kilmer）主演的《圣徒》，小狗所罗门老是不停地放屁，臭味弥漫在本来就不新鲜的空气中，难闻死了，我再也不给它喂湿的食物了。

前一天晚上是跨年夜，我去参加了一个朋友的聚会。我们戴着那些愚蠢的“千年虫”眼镜，不停地唱歌喝酒，所有人都喝得有点意识模糊。时间接近午夜时，我们都挤在热水浴缸中，嗑起了药，然后等待即将到来的地狱之火撕裂吞噬掉我们的生活。在我旁边的女孩扯下她的上衣，向我展示着她曼妙的身姿。为了迎接千禧年的到来，我抓住那个女孩，狠狠地吻了她。我们之间其实没有什么感觉——只是两个试图忘记即将到来的灾难的年轻人，把没有感情的吻当作可以消遣和发泄情绪的工具。

接下来，音乐消失了，谈话声也消失了，大家散伙了，我也是时候离开了。当我跌跌撞撞地回家时，我想起了那个女孩，没有跟她上床让我很恼火，我感觉自己不是个男人。当我回到罗恩叔叔家时，我还是耿耿于怀。我从浴室的镜子里瞟了瞟自己，感觉自己的眼睛就像雪地上尿出来的两个孔。

我觉得今晚是睡不着了。

既然这样，我就不睡了，我爬了起来，想去看看还有没有人在奥利弗家，那位虔诚的基督徒，她不知道自己的家就是我们这帮人的老窝。我赶到时，奥利弗的儿子弗兰克正在看电视。他告诉我，那两个从隔壁街区新来的野孩子史蒂芬和麦克几个小时以前出去执行"任务"了，他们也像我一样，没有一个真正属于自己的家。

"什么样的任务？运毒、到药店偷东西还是卖药？"

"我也不知道。"弗兰克耸了耸肩。

我看得出来他想让我离开，我也不能怪他。他的家里经常来人，奥利弗信基督教，所以有时家里挤满了人，常常连吃的都没有。弗兰克虽然才 16 岁，但是他做的教会工作比许多牧师几十年来在非洲所做的还要多。弗兰克和他的妈妈一样——善良、乐于助人而且勇于接受错误——即使他不信教。他比较有教养，从来不在我们面前大嗓门，我们是很好的朋友。

"他们有毒品吗？"我一边穿鞋子一边问道。

"没有，他们在离开之前都抽完了。"弗兰克站了起来，"你不用走，"他咕哝着从我身边走过，去了洗手间，"壁橱里有营养早餐和面包，你愿意的话可以来点。"

如果要在世上找一个和耶稣很像的人，那肯定就是弗兰克了，只是少了莫霍克发型、脸上打的穿孔和破烂的朋克装束。我本来想吃点东西，但一想到甜三明治，我的胃就好像被搅动了一样，酒和可乐混合着毒品四处晃动。

“蒂姆呢？”我问道。蒂姆是弗兰克的哥哥，18 岁，看起来像年轻时吓人的 Alice Cooper①——化着黑色的眼线、穿着黑色的衣服、头两边的黑色头发都剃光了——打扮和他的弟弟正好相反。房子里不断涌现的无家可归者使他变得冷漠而坚强，仿佛是用纯金属打造的地狱使者。奥利弗的客厅里有个教堂管风琴，而蒂姆总是大声地放着玛丽莲·曼森乐队②和活结乐队③的音乐，声音完全盖过了管风琴发出的声音，以此来对妈妈的日常善意表示抗议。

我可以确定的是，福音赞美诗和残酷的现实生活混合而成的怪异环境让我很受伤，但蒂姆对这种环境的反应则有些奇怪，因为大多数在他家里逗留的人都是他的朋友——他们都是十几岁的来自教养院和少年拘留所的少年，要么被家人抛弃，要么从家庭的虐待中逃了出来，穿着摇滚风格的衣服，与周围格格不入。这不禁让我怀疑，蒂姆是不是为了抵御周围发生的一切而故意这样做。

“他不在这儿，”弗兰克说，马桶里传来了小便的声音，“几天都看不到人影了。”我听到马桶冲水的声音，然后弗兰克回来坐到

① Alice Cooper：乐队名称，该乐队在开发重金属的戏剧性和暴力色彩方面领先一步，他们把音乐搞成了恐怖电影和杂耍。

② 玛丽莲·曼森乐队：美国工业摇滚音乐团体，以主唱艺名命名。乐风是属于歌德式工业金属曲风，行为非常离经叛道。

③ 活结乐队：来自美国艾奥瓦州得梅因的重金属乐队，自从 1995 年成立之初，乐队的九名成员们就开始以面具作为他们最重要的表演工具来使用，成为他们的特色之一。

椅子上，调换着电视频道。

然后我就离开回了罗恩叔叔家，小睡了一会儿。

上午 9 点左右，我醒了过来，躺在阳光房地板中间的临时床上，所罗门在舔我的脸，这是它想出去遛一遛的信号。我听到罗恩叔叔和杰瑞在他们的房间里呻吟，一张十块钱的钞票从门缝底下塞了过来。

“把它带出去，杰西，”杰瑞说道，他的声音很沙哑，像沙漠里的蟾蜍一样，“我的脑袋疼死了。”这个破地方到处都是伏特加酒瓶和烟灰缸，还有满地爬的蟑螂。沙发上散落着锯齿形的卷纸，看起来就像一条小路，连着咖啡桌边缘堆积如山的烟头。

一定是个大热天，我抓起钱，带狗出去拉屎，不禁暗自笑了起来。

现在有点钱买毒品了，我把所罗门送回了公寓，然后又去了奥利弗家。上午 11 点，麦克和史蒂芬在厨房中间掷骰子玩。麦克穿得像个吹牛老爹，跟埃米纳姆（Eminem）还有点像。他看起来像苏格兰人，但也说不准。史蒂芬则很容易被人认为是意大利人——他有橄榄色的皮肤，鼻子像罗马人，说话时喜欢用手指来指去，还喜欢说“算了”和“Mangia cake”[①] 之类的话。他比我们当中任何人都更有棱角，穿得像个专业的大麻贩子，头上扎着马尾辫，戴着头巾，再加上一顶洋基队的帽子。他有一次告诉我，他在美国遇到了很大的麻烦，然后跑来了加拿大。他比我、麦克和奥利弗家的其他人都厉害。

他们的朋友斯坦（Stan），是个黑人小孩，站在玩骰子的人的

① Mangia cake：意大利裔加拿大人对具有盎格鲁－撒克逊血统的白人的贬称。

后面，拿着当天大家押的赌注。斯坦的脚天生就有些畸形，走起路来一瘸一拐的，他还有一些智力问题，存在认知障碍。斯坦今天的工作就是将这一轮的奖金分配给投出数字 7 或数字 11 的人。他非常值得信赖，不管他有什么东西——毒品、食物、酒——他都会拿出来和大家一起分享，这在我们年轻的街头人中是很少见的。我也很喜欢斯坦，但是他的口吃非常严重，所以我有一半时间都听不懂他在说什么。

还有几个我不认识的孩子，在冰箱里翻来覆去地找东西吃。

“哟、哟，杰、杰、杰西，”斯坦结结巴巴地说，“你、你、想、想一起玩吗？”

“我玩不了，我只有十块钱，”我说，“我想来点大麻抽抽。”

我掏出我唯一的票子，把它高高地举在半空中，希望能有个伙计站出来打开他们的大麻袋子，给我来一点抽抽。

斯坦笑了：“伙、伙计，我已经全、全部见、见底了，没货给你了。”

史蒂芬把手伸进自己的口袋，掏出一叠薄薄的钞票。“伙、伙计，我已经全、全部见、见底了，没货给你了。”他结结巴巴地模仿斯坦说话，然后蜷起手臂，就像一只小霸王龙一样抓住它，还做出扭曲的鬼脸。房间里瞬间爆发出一阵笑声。斯坦一下愣住了，结结巴巴地想说话，但一句话也说不出来。他们听起来就像是一群野性的土狼，我真想过去狠狠地揍史蒂芬的脑袋。

史蒂芬掀开他的皮夹子，数着里面的现金，就像他是电影《疤面煞星》中的 Tony Montana[①] 一样。其实他只有大约 100 块钱，但对我们这些穷孩子来说，这就像拥有一大笔财富，史蒂芬也很清楚这一点。

“今天晚上大家都玩得很尽兴，非常好。”他说道。然后他咧嘴一笑，拍了拍麦克的肩膀。

“是啊，不错的夜晚，玩得很嗨。”麦克的声音越来越小，目光散漫地看着油毡地板说道。

隔壁房间传来了奥利弗教堂管风琴的声音，所以我知道她今天没有去教堂。她唱《圣经·诗篇》的声音打破了房间里面的紧张气氛。根据以往的经验，我估计蒂姆的摇滚音乐很快就会把她的声音淹没，但显然他不在家。弗兰克从沙发上站了起来走向他的卧室，我看到他边边走还向我挥手。

“第一条规则，”史蒂芬继续说道，他的声音盖过了奥利弗对大卫（《圣经》中的人物）的歌唱，“不要告密。”房间里安静了下来，鸦雀无声。

史蒂芬说的是对的：我们都需要遵守一个法则，那就是沉默法则。你只能和你一起干事的同伙谈论你做了什么，有些事情知道得越少越好，因为你知道了一些事情或者你拥有了一个秘密，你是藏不住的，秘密总能找到自己的出路。所以，沉默法则是我们唯一的保护。

史蒂芬慢慢地重复了这句话，这一次还用他的拇指划过他的喉

---

① Tony Montana：在电影中，Tony Montana 作为来自古巴的美国移民，是一个黑帮暴发户，从“一无所有”做到了“腰缠万贯”。

咙。我以前也见过很多人警告他们的伙伴要管牢自己的嘴巴，但看到斯坦害怕的样子，还是让我起了鸡皮疙瘩。

站在冰箱附近的一个孩子走上前来，将一个玻璃杯放在桌子上，然后倒满了果汁。他喝了一大口，然后朝我这边扔了一个看起来绿色的松松垮垮的东西。那个东西在桌上反弹了一下，不偏不倚地就掉在了我的面前。大家都没人讲话，这个家伙要么不在乎史蒂芬和他的警告，要么就是傻到根本听不进去。

“谢啦。”我问房间里面的人谁要出去抽。只有史蒂芬、麦克和斯坦想一起去，我们几个走到我们常去的位置，就在大楼的一边。斯坦跟在我身后。麦克和史蒂芬则是找了两个角落，待在别人看不到的阴影里。

“我不想在这里待太久。”麦克说道，他躲在一面水泥墙的后面，正好可以挡住我们旁边的建筑物。史蒂芬也和他躲在一起，眼睛一直盯着旁边的小路。远处警车上的警报器不停地发出叫声，这个声音我们都非常熟悉。他们离我们太远了，根本没有办法抓到我们，但无论如何，我还是睁大了眼睛，小心驶得万年船。

“那、那个、男、男孩德、德姆，”斯坦盯着我的眼睛说道，“昨天、昨天晚上，这儿附近有很、很多警车巡逻车、车，他、他们甚至还有警用、警用飞机呢。”斯坦还模仿直升机的声音，假装低下头躲避侦查。然后他轻轻地推了推我的手臂。“小、小心，杰西。”

麦克和史蒂芬看着斯坦，陷入了死一般的沉默，然后憋不住了，突然咯咯大笑了起来，比之前在厨房里笑得更阴柔、更邪恶。

斯坦压低了声音，又说了一遍，声音小得只有我才能听到。“当心。”

麦克终于不笑了。“哟，哥们儿，你这个无家可归的可怜虫，我看你的衣服破破烂烂的。你喜欢我的运动球衣吗？”说着，他指着他的 UNLV 球衣，然后又拉了拉球衣的底部，这样球队的标志更显眼了。他穿的是当季的新球衣，我买不起这么好的东西。

“是的，哥们儿，你的衣服很新，”我说，“我也希望穿成你这样，但是，我只是……”

“我可以将衣服送给你，”史蒂芬打断道，“如果你能帮助我们的话。”

我故意犹豫了一下，让史蒂芬等在那里。

“可以，”我边说边吐了一口烟雾，“说吧，你想要什么？”

斯坦开始摇头，嘴唇紧闭。麦克走到他的面前。

“有两件事，”史蒂芬接着说道，“今天晚上，我们想去西部，知道你认识一些人，你能帮我们找个落脚点吗？有可能的话，让我们搭个便车？”

他的要求听起来还算合理，需要坐车，需要住的地方，没什么问题。

“另外，我们快饿死了。”史蒂芬边揉着肚子边笑着说道。

“你能再帮我们一个忙，为我们点一份比萨吗？我不太会点餐，也不喜欢给人打电话。如果你愿意的话，我们会单独给你点一个完整的比萨。”

“给你点比萨？你脑子有问题吧？”我笑了，被烟呛了一下，我咳嗽了起来，喉咙和胸部也呛得痛了起来。突然间，我发现斯坦不见了，这小子一定是从侧门溜走的。

“好的，我答应你。你现在就把球衣给我吧，我会按你说的做。”只要不需要我卖身，或者花钱买衣服或吃饭，无论他们说什么我都可以照做。

麦克接着把球衣脱了下来递给我，我立马就穿上了。

“还有一件事，”史蒂芬说道，“你需要告诉别人有人要搭便车，但是不要说我们的名字。”

“你说什么都行。”我一边欣赏我的新衣服一边说道，这件衣服还很贴合我的腰部，我穿上以后感觉很利落。

然后，我们回到了房间里面，我给我的朋友肖恩（Shawn）打了个电话，他是我高中时候搭便车一起上学的朋友。肖恩说他可以在卡尔加里给我找个地方住，但搭便车相对会比较难找一些。我知道他对我的要求感到困惑，因为我知道怎么去长途旅行，我知道怎么搭便车，而且我在卡尔加里认识很多人，随时都可以找到住的地方。我在挂断电话之前犯了一个错误——我说漏嘴了，我告诉了肖恩并不是我要去卡尔加里，但幸好我没有清楚地说出他们的名字。

“这就说通了嘛，”肖恩挂断电话时说道，“我刚才还在想你的脑子是不是在什么地方撞坏了。”

接下来，我点了三个大比萨，还挑选了我自己最喜欢吃的比萨，馅料有碎牛肉、意大利辣香肠，再额外多加点奶酪，简直太完美了。

当送比萨的老兄抵达的时候，史蒂芬和麦克告诉我多给他一些小费。我给了他二十块钱。

“谢谢你，伙计，”他说，“祝你整晚好运连连！”

接着我就回到了罗恩叔叔那里。这可能是我做过的最简单的工作了。我真得感谢一下我的新朋友，让我以充满正能量的方式开始了新的一年。

“《圣徒》是翻拍的，你知道的，”电影的演职员表放完以后，罗恩叔叔说道，“我更喜欢原版。”接着，他用拇指在啤酒中轻轻地弹了一下，啤酒“砰”的一声，就像一块石头掉进了井里。小狗所罗门又放了一个屁。“天啊，”罗恩叔叔说，“我在这里快要窒息了，简直受不了这只狗了。”小狗抬起了头，仿佛知道我们在说它。

就在那时，电视开始播放晚上 11 点的整点新闻。就在新年前夜，一名出租车司机在布兰普顿的六号门电影院附近被人杀害了。记者补充说，警方正在寻找两名嫌疑人，其中一个是黑头发扎着马尾辫的高个子男人，另外一个是金发的矮个子男人，年龄都是十几岁或二十岁出头。

“如果有人有任何信息，还请尽快与皮尔区警方取得联系。”记者说道。接着电视屏幕上闪过一张被杀害的出租车司机的照片，罗恩叔叔不想看了，他走过去要换频道。

“不要换！”我急忙说道，一下打掉了他手里的遥控器。我盯着电视上放出的出租车司机的信息：巴尔吉德尔·辛格·拉伊，48 岁，是两个孩子的父亲。

这是多伦多市 2000 年发生的第一起谋杀案。我发誓，在那一刻我脑子闪现了很多画面，仿佛听到了直升机和斯坦结结巴巴说话的声音。斯坦低着头一言不发，史蒂芬掏出一大把钞票，像个大人物一样。厨房里的每个人都在大笑。史蒂芬和麦克躲来躲去，以免引起不必要的注意，就像我们在偷窃商店或逃离警察追捕时所做的那样。

“小、小心点，杰、杰、杰西。”斯坦说道。

我站了起来，但是我的腿不停地颤抖，一下子向后仰了过去，倒在了罗恩叔叔身上。

“你搞什么？”罗恩叔叔说。我感到房间开始旋转，赶忙跑到浴室呕吐，但我没能找到马桶，一下子撞到了水槽和浴缸的侧面，吐在了我的衬衫前面。

罗恩叔叔赶紧跑了进来："杰西，你怎么了？"

我用衬衫擦了擦嘴，然后才意识到它就是那件球衣，我的新朋友麦克送给我的新礼物。我一下子坐到了地上，甚至瘫靠在毛巾架上。球衣、比萨饼、西部旅行、前一天晚上的"任务"，我想起了过去一天发生的一切。我摊上大事了。

对于刚刚发生的新年谋杀案，我甚至连不在场证明都没有，当时我正在和那个喝醉的小妞在一起。我帮他们打电话联系跑路的事情，我给送比萨的人付了现金，还和比萨店店员交谈并说出了我的名字，更糟糕的是，我还有麦克杀人时可能穿着的球衣。

想到这些，我又吐了起来。我能看到马桶边缘的黑色的小阴毛，它似乎变得很大，马桶散发的尿味充斥着我的鼻孔，让我感到更加恶心，罗恩叔叔在我身后的呼吸声听起来非常粗重，像是铁匠铺里的风箱。我看得出来，他也被吓坏了。我感到自己的血液在我耳边流淌，声音比喷气式发动机还要响亮。我瘫坐在浴缸上，抓着它的边缘。紧接着，我扯下身上的球衣，扔到了地板上。我突然想洗个澡，但我知道无论怎么做都无法洗掉麦克他们犯下的罪行或者我遇到的大麻烦。

罗恩叔叔看了看球衣，问道："怎么了？"

他有点搞不清楚状况。

"是他们干的，"我大喊道，"麦克他们杀了那个出租车司机，还把身上穿的这件球衣给了我！"眼泪从我的脸颊滚落了下来，但是我并没有哭，那是夹杂着恐惧、愤怒和困惑的泪水。我感到我被一个巨人的拇指压住了，它推着我压穿了浴室地板，想把我推向地狱，我感到身上的骨头都要被压断了。

“你一句话都不用说，”罗恩叔叔弯下腰对我说道，“只管闭上你的嘴巴就好了，如果你说的和我想的一样的话，我知道你也不想惹上麻烦。”

我靠在浴室的墙上，非常愤慨地说道。我摊上事情了，我没办法什么也不说的。

他摇了摇头，脸皱了起来，就好像有人在乱花他的钱一样。其实他就像我一样，也是在道上混的人，我们都应该坚守沉默法则，不应该乱说话。现在不能乱说，任何时候都不可以，无论事态如何严重或麻烦如何大。而且他是一个老手，非常值得信赖，一出现问题就会立即解决。

他抓住我的胳膊，把我从地上拖了起来。“振作起来，摆脱这件事情，”他喊道，“你得冷静下来想一想。”他的手紧紧地捏着我的肩膀，“我爱你，杰西。你要明白我在努力保护你。烧掉球衣吧。”他把球衣捡起来，递给了我。

我紧紧地盯着衣服，希望噩梦尽快结束。

他握着我的手，让我紧紧地抓住球衣。“不要再犹豫了，你现在非常危险。”

我突然间明白了过来。紧接着，我跑出公寓，跑到后面的垃圾箱，收集了一些纸张和木棍。然后我把球衣放在收集的引火物上，用杰瑞放在公寓里专为他的之宝打火机准备的助燃剂喷洒木棍，准备点火。但是，就在我点燃火柴之前，一个很清醒的想法突然浮现在我的脑海。我知道弗兰克在前一天晚上见过我，事实上是见过我两次。第一次是在我参见千禧年派对之前，大概晚上 9 点我去过奥利弗家；第二次是在凌晨 3 点左右，当时派对已经结束了，我又去了弗兰克家，他告诉我麦克和史蒂芬已经出去了。而且今天弗兰克也在那儿——就在我从麦克那里拿到球衣之前，所以说弗兰克应该能看到麦克在早些时候穿着这件球衣，再然后就是我吃完了比萨，穿着球衣从他家离开了。

我赶忙把火柴放回口袋里，把球衣从柴堆里扒拉了出来，然后带着它飞奔向奥利弗家。当我到达那里时，我透过玻璃门往里面看了看。天非常黑，我在窗户上敲了几下，但是没有人回应，只看到奥利弗家的两只猫用爪子抓着玻璃。

“弗兰克！”我对着夜空大喊了一声，然后又冲着猫大喊，希望弗兰克能够尽快地出现。然而结果却是，蟋蟀被我吓得停止了鸣叫，一个邻居骂我，让我闭嘴。我倚靠在门上，手里拿着球衣。当时我又考虑过将球衣烧掉。突然间，厨房亮起了灯，我看到一个戴着兜帽的人在里面走来走去。是弗兰克，这小子给自己做了一个花生酱三明治。我更加用力地敲打玻璃，并将球衣靠在玻璃上，终于他注意到我了。他走到门前，打开门，一只手还在擦自己的眼屎。

“哥们儿，你要干什么，我还在睡觉呢。你能不能不要这么躁动。”他眯着眼睛说道，“你需要进来睡觉吗，还是有其他事情？先进来吧，但是记得闭上你的臭嘴。”

“不，不，不，我有非常严重的事情。”我脱口而出，“是关于我拿着的这件球衣、麦克、史蒂芬、比萨还有……”

“哇哦，哥们儿，说慢点，我脑子还没清醒过来呢。”他边说边把一片面包塞进嘴里。

“看到我手里拿的衣服了吗？”我把球衣在他面前晃了晃，“这件球衣本来是麦克的，白天的时候我在你家帮他们打过几个电话，还帮他们点了比萨吃，他们就把球衣送给了我，因为我帮了他们一个忙，这些你都还记得吗？”

“记得啊，所以呢？”

“你昨天和今天早些时候都看到了他，对吧？”

“是啊。我还是不明白你在说什么，怎么了？”

“他们做了一件非常可怕的事。”我边说边往四周看了看，害怕会被别人听到，“听着，他们试图陷害我，把犯罪时穿的球衣送给我，还让我打电话帮助他们跑路，还帮他们叫比萨吃。这些都是事实，我需要你做我的证人。”

弗兰克瞪大了眼睛。

“我现在拿的球衣是麦克的，不是我的。我会打电话给警察，解释清楚这一切。”我把球衣交给了弗兰克，让他把它放在沙发上，或者当他再看到麦克时把它还给他。我可以看出，弗兰克一时很难理解我在做什么，也很难理解我为什么要告发麦克他们。

“听着，”我说，“他们杀了人，我绝对不会这么做的。贩卖毒品和偷窃是一回事，但谋杀又是完全不同的另一回事。”

弗兰克摇了摇头，把球衣扔到沙发上，然后关上了玻璃门。

他以前从来没有这样对我，当着我的面直接把我拒之门外，我也不确定他会不会帮助我。

告密

“我要报告一起谋杀案，”我说，“有关昨天被谋杀的出租车司机——巴尔吉德尔·辛格·拉伊。”

电话那头先是没有人接，然后我听到“咔嗒”一声，有名911接线员说：“谋杀案？在哪里？请说得清楚一些。”

“布兰普顿，就在新年前夜，具体地点是六号门电影院。”我说道，我空闲的那只手的手心里全是汗水，我边说边把汗水擦在沙发的扶手上。然后，我想点一支烟，但是我的拇指颤抖得厉害，甚至都无法转动打火机轮子打出火花。我又试了几次，但还是打不着。

“好的，先生。你在哪儿？”电话那头的女接线员的声音听起来更坚定、专注了。

我把地址告诉了她。我还在罗恩叔叔的房子里。

“你叫什么名字？”

“我吗？我叫杰西·西斯尔。那两个作案的人我都认识，一个叫史蒂芬，一个叫麦克。但我不知道他们的姓氏。”

接线员告诉我让我稍等一下，不要挂断电话。大概过了十秒钟，我四处看了一下，想看看罗恩叔叔在哪里，但是没找到他。我想，他一定是把自己锁在房间里了。他不想看到我变成出卖朋友的“犹大”。我试着再次点烟，但是，又一次失败了。

这时候，那个911接线员回复了。“我已经安排警员赶去你那儿，请你不要离开。”接着，我听到电话那头传来一阵无线电通话的声音，全是警察使用的行话，我一句也没听懂。

我还在琢磨警察说的行话，突然听到有人敲门。如果是警察的话，我不知道他们是如何绕开大厅的安保人员的。而且，他们来到我这儿才花了一分钟时间，我电话还没挂呢，好快啊。我赶忙挂断了电话，透过猫眼向外看了看，有两个穿着制服的大个子男人，他们一定是把外套忘在警车里面了。年龄大概二十出头，手扶着身上带的枪。我的心总算落了地，他们应该是真的警察。

就是现在了，行动时间。我有一点慌乱，开始下意识地寻找公寓的出口，我先是看了看所罗门的床附近，然后是杰瑞的房门，再然后是阳光房，我甚至考虑从二楼的窗户跳到楼下的地面。逃跑是我处理生活中棘手问题的方法，如果我碰到了吓人的事情，逃跑就是我的解决方案。自从我拖着我的旧阿迪达斯包和爸爸一起流浪以来，这种方法就一直陪伴着我，已经变得根深蒂固了，而且它似乎总是有效。但现在的情况不同，我在整个地球都无法找到一个地方可以摆脱这个超级麻烦的烂摊子。

“杰西·西斯尔先生，”门外一个声音响了起来，“我们知道你在里面，我们刚刚接到调度的电话就赶来了。”警察用力敲了敲门，门框在颤抖，我的脑袋嗡嗡的，我发誓，感觉头骨里面像脱开了一样。警察的无线电传来了嘈杂的声音，听不清说的什么，但是我可以确定，有更多的警察正在赶往这里。大街上还能听到警笛的声音，他们越来越近了，听起来像是从各个方向来的。竟然有这么多警察来处理这件事情，想到这里我非常害怕，但警察已经到了，现在逃跑是不可能的。我只好打开了门，这个时候罗恩叔叔从他的房间里走了出来，双手紧握。

外面有两名警察，其中一个的手臂像水泥柱子那么粗，布满了青筋，皮肤已经晒成了棕褐色；他左边的胳膊上还布满了部落式的文身，身上的蓝色小衬衫紧紧地裹着隆起的肌肉，感觉要胀开了。他的搭档相对矮一些，看起来更加的干练，身上的制服也比较合身。

第二个警察一直在讲话，而另一个则一言不发。

“你是杰西？我们是来带你去 21 区的，需要你的口供。”

这个时候，走廊上电梯的门打开了，出来了更多的警察。

“好的，我需要拿一下外套，穿上鞋子。”我说道，这时候我感觉有点头晕。

“没问题。慢慢来，我们等你。”

罗恩叔叔走到我的身后，在我口袋里塞了一包烟，告诉我要坚强一点。我脑袋晕乎乎的，甚至都不记得在警察把我带出大楼之前罗恩叔叔是否对他们说了什么，但我在去警察局的路上一直在想他。

这些警察人都很好，跟我想的完全不同，我都有点惊讶。他们不停地拿自己的工作和当天早些时候看到的一些事情开玩笑。在到达警察局之前，他们还问我要不要吃点东西或者是否需要其他什么东西。

我脱口而出：“我不饿，但我想问，现在就像电视剧《法律与秩序》的现实版一样，对不对？”然后，我看到那个大个子警察轻轻地推了一下他的搭档。他太笨了，连玩个游戏放松一下都不会，也不敢假装他是我的朋友。

接着，我们到了警察局，下了车，但在我们进入警察局之前，他们给我戴上了手铐，并向我解释这是为了我自己的安全，也是为了里面警察的安全。手铐很紧，像是要咬住我的手腕，那个大个子警察军官把我的手臂放到我的背后，一边往上抬一边推着我往前走，一个个地经过正在办公桌前忙碌的文职人员。他们和押着我的"肌肉先生"示意问好，但没有人跟我进行眼神交流，就好像我是个罪犯，或者像是他们拖回家带给妈妈炫耀的奖杯。

审讯室里只有一张桌子，两把面对面放着的椅子。房间的角落里放着一台摄像机，桌上放着两杯咖啡、一个空烟灰缸、一叠纸和一支笔。

"好了，请告诉我们你所知道的一切。"那位较聪明的警察说道。他点了一根烟，把咖啡推到我的面前。"不用害怕。"他向他的搭档示意给我打开手铐，另一名警察照办以后就离开了房间，只剩下我们两个人。我喝了一口咖啡，发现摄像机上的红灯亮了。

然后我就把自己知道的一切告诉了警察，包括那件球衣、订比萨、千禧年派对、喝醉的女孩，以及给肖恩打的电话还有可以给我当证人的弗兰克，等等，所有的事情我都和盘托出。那个警察记录了下来，他让我畅所欲言，不要有保留。但有时我觉得他没有在认真听。每隔一段时间，他就会给我一杯新咖啡，而那个大个子警察会进来拿走旧杯子，再给我一个新的。同样地，我抽完烟后，他们也总是把旧的烟灰缸拿走，再送来一个新的烟灰缸和一根香烟。

"我认为我们已经有了一些证据，"几个小时后，警察对着镜头点点头说，"但是还不够，还不能指控任何人。"这个时候，大个子警察拿着自己的椅子回到房间，坐在我的对面、他的搭档身边。"你在麦克或史蒂芬身上看到什么武器了吗？"那个聪明的警察问道。

我有点不舒服，就挪动了一下身体。我能感到钢制的椅背非常凉，当我向后靠时冰冷地贴在我的背上。"我不太清楚，但是史蒂芬有一把很长的刀子，大约有9英寸[①]那么长，手柄上还带有珍珠，真的是很好的一把刀。”两个警察转过头，对视了一下。

“请你把它画出来。”大个子警察说着，从那叠纸上把之前写的记录撕了下来，露出了一张空白页，“画得越详细越好。”

那个聪明的警察咬着食指的指甲，开始上下晃动自己的左膝。我扫了一眼房间的角落，发现摄像机上的灯还亮着，它的镜头让我觉得自己就像一只在阳光下被巨大放大镜烤焦的小蚂蚁。我擦了擦额头上的汗水，画出了那把刀，它有着长而锋利的刀片，刀柄也很有型。我画的图确实不咋样，但是刀的主要特征还是表达出来了。

“你怎么知道他有这把刀？”那个聪明的警察问道。他直勾勾地盯着我，我能感觉到，这是一个非常重要的问题。头顶灯泡发出的嗡嗡声听起来就像是路上的一团黑苍蝇。

“因为三个星期以前，我教过他如何骗取福利救济金。”

他们面面相觑，有点不是很理解。

“史蒂芬是个无家可归的家伙，整天待在奥利弗家里讨东西吃，奥利弗有点厌倦了。我觉得史蒂芬很可怜，告诉他可以去社会收容所找紧急社会救助人员，只要他有承租函和电话号码，他们就会开福利救济金支票。”

两名警察都靠了过来，认真地听着，我可以看出他们之前不知道有这种操作，对他们来说很难理解。

“如果你有我说的承租函和联系电话，他们会给你发放1000块钱作为启动资金，让你有钱买吃的、喝的、穿的，诸如此类的东西，让你先安顿下来。但是大多数人只是为了骗取这笔钱，实际上

---

① 9英寸：约合22.86厘米。

他们就住在朋友家。我一直都这么干，伪造承租文件，这样我就有钱花了。”

“但是你所说的和刀有什么关系？”聪明的警察打断道。他把我画的那幅画推到桌子中央，然后弹了一下烟屁股，把嘴里的烟吹向灯泡，烟在灯泡周围打了个旋，然后被天花板上的通风口吸走了。

“史蒂芬骗到福利救济金以后就买了这把刀和一些白色的棒球手套。我当时认为他是浪费钱，但是，他就是不听，非要这么干。我听说他和麦克现在回收容所住了，他们只有白天才去奥利弗家玩。”

警察们这才满意了，身子坐了回去。这个时候，第三个警察走了进来，他看起来年纪要大得多，说发现了他们需要的东西。然后他们把我关在了房间里，只留了一张桌子和一把椅子，其余的东西都带走了，我就在审讯室里待了几个小时。后来，我被带到了拘留室，他们把我单独关在一个房间里，里面还有一张铁制的华夫格子床——用来让喝醉的人睡觉，直到清醒为止。

我睡了一觉，醒来后发现一个穿着灰色西装的秃头警探站在拘留室栅栏的外面。他也懒得向我做自我介绍，只是打开门，让我跟着他。这次并没有给我戴手铐，但我知道在警察局最好不要乱来。我们来到了警察局的后面，那儿有很多辆黑色的SUV。我和那个警探上了其中一辆，里面是个身材魁梧的黑人警察——负责开车。他们两个一句话也没有说，既没有互相问好，也没说其他的，甚至连互相点一下头都没有。

那个黑人警察的长相把我吓坏了，他看起来像一个海豹突击队队员，但是穿着在我看来非常昂贵的西装，价格我想应该超过一千美元吧，还戴着一副黑色太阳镜。他的指关节有很多伤痕，耳朵也是变形的开花耳朵（拳击者多次挨打而变形）。我以前只在职业拳击手和橄榄球运动员身上见过这样的耳朵、伤疤以及指关节，但从来没有在警察身上看到过。我试着不去直视他，但他从后视镜里看到了我。对讲机里传来了嘈杂的喋喋不休的声音，他有点听不清，调高了音量。

在最前面带路的警车一路鸣着警笛，我们的SUV车队闯了很多红灯，这不是一个好兆头。我们的正义车队就这样马不停蹄地向目的地疾驰而去。警车上面都装有有色玻璃，早晨的阳光没有办法穿透，只有在车辆转弯的时候才可以短暂地从前面的风挡玻璃中照射进来，我们又向东开了一段时间，然后停在了一个废弃仓库的后面，另外一个车队已经抵达那里了。

警探和黑人警察告诉我先不要动，然后他们下车和之前车队的人会合，他们人数更多，都带着枪，看起来更吓人。有些人穿着突击队的黑灰色的迷彩服，系着实用多功能军用腰带，穿着装满弹药弹匣的防弹背心。在最后一辆卡车里我还听到了警犬的叫声。他们是皮尔区特警组以及K9小队。我看到他们在警探身边围成一个半圆形，警探每下一个命令都会击掌。听完命令以后，特警组以及K9小队检查了他们的装备，然后分成三人一组，上了六辆不同的车。

“去收容所，”黑人警察上车以后坐在驾驶座上对警探说道，“我们要去那里逮捕他们。”警探拍了拍仪表盘。那时我看到他身上有两把手枪，一把在他的西装外套下面，放在胳膊下面的枪套里，另一把绑在他的腿上，我甚至可以看到他裤子里面枪的痕迹。警探坐在车上，用手摩挲着自己的光头。

“抓到他们之后，”警探对我说道，“我们会带你去考特尼公园的重案组，我们需要你提供更多信息。”

“好的，我会把我知道的都告诉你。”我说道，心里有点怕怕的。

到了收容所，我看到四个无家可归的人正在吸烟点附近抽烟。SUV警察车队在收容所大楼周围绕圈，这让我想起了一群互相配合跟踪猎物的狼。车队没有发出其他声音，只能听到轮胎碾压砾石的声音。当时正是一月份的黎明时分，天气非常寒冷，吸烟点的人一边颤抖着身体一边抱怨，动静倒是不小。

接下来，我听到那个黑人警察打开了他枪上的保险装置。他向带头的警探示意，后者命令其他人要等到他们确认才可以行动。大约在50米开外，我们右边那辆SUV里的警察也在做枪支准备，他们已经就位，站在门后的位置上，门已经打开，可以给他们提供保护。我们就在那里等啊等，十分钟过去了，警察的无线电传来了一个声音说：“未发现嫌疑人，收容所的工作人员说他们昨晚没有住在这里。大家撤退吧。”黑人警察按下了枪上的保险装置，我还没明白怎么回事，SUV车队又开走了。

收容所离重案组大楼大概有30分钟车程，到了那儿以后，我被关在了一个房间里，里面有豪华的沙发和一台坏掉的电视。警察告诉我，我必须待在那里，直到他们逮捕麦克和史蒂芬。我提出要求想打个电话，但是被他们拒绝了。

在那里，我足足待了20个小时，非常的痛苦。

直到第二天晚上，他们终于来看我了。当那个秃头的警探来房间时，我把衬衫拉到头上，把胳膊塞在里面取暖，正在睡觉。他看起来似乎很高兴。

“我们在下午3点抓到了他们，杰西。”他说道，“当时他们在奥利弗家。”听到他们被捕，我松了一口气，但听到他们在奥利弗家被捕，我又高兴不起来了。因为我想到了弗兰克、蒂姆还有奥利弗，不知道那两个家伙被捕时他们在什么地方，希望他们都不在家吧。

从那之后，警察再也没有问过我任何问题。他们只是开车把我送回了家，还告诉我他们会保护我——作为告密者的身份，我会没事的。

但是，过了不到六个小时，我就听说我已经是一具行尸走肉了。

劫后余波

现在大家都知道我是一个告密者了，我的处境非常危险，也很害怕。但是，“好奇害死猫”，在好奇心的驱使下，我决定去奥利弗家看看，想知道麦克和史蒂芬被捕的时候到底发生了什么。但是，在距离房子 200 米时我就再也没办法靠近了，因为那儿被警察用封条封上了。

我看到奥利弗家到处都是人，有法医部门的，有警车、巡逻车，有西装革履的警探，还有穿制服的警察，应该有十几个人。我认识的几个街道上的朋友目瞪口呆地站在远处，看着这混乱的场面。他们并没有注意到我。警察的调查人员一箱一箱地取出证据，其中一人手里拿着蒂姆的皮夹克。眼前的画面让我想起了一排排走着坚定步伐的蚂蚁将树叶拖到它们的老窝，他们的做法专业而完美，但是有点不人道和阴险。

我看到公寓的后窗玻璃都碎掉了，碎玻璃散落在奥利弗家的门廊上，连停车场都有。我想起了就在两天前，斯坦还在停车场警告我要小心。警车顶部频闪灯发出的蓝红色的光从碎片中折射出来，照向四面八方，像是在我面前跳舞，似乎要把那时的场景刻在我的后脑勺上。

毫无疑问，警察肯定进过公寓了，而且是采用暴力的方式。

奥利弗、弗兰克和蒂姆都不见了。我想看看奥利弗的猫在不在，这个时候，秃头警探开着他的 SUV 到了。他弯腰穿过黄色的封条，然后从被毁坏的玻璃门进入了公寓。

我看到他似乎又在发号施令，手指不停地指向各处，让年轻的警察行动起来。我四处寻找那个黑大个警察，但他不在。

我向房子走近了一些，这时一个站在附近街头观看的孩子注意到了我。“这是怎么回事？”我装作什么都不知道的样子问道。那个孩子的脸上掠过一丝厌恶。

“别跟我说话，”他说，“你很快就会得到报应的，你这该死的告密的家伙。”他向地上吐了口口水，骑上自行车走了，离开时还朝我竖了中指。

旁边的一位老太太说：“这年轻人太粗鲁了。”

我违反了一条基本法则，最基本的法则——沉默法则。沉默高于一切。曾经和我一起吸毒、一起找乐子的老朋友都不想与我有任何关系。我成了最糟糕的那种人，不值得信任、卑鄙，成了“败类”。

有的人骗我说一起抽大麻，把我引诱到派对上或公园的黑暗角落，然后突然袭击我、殴打我。还有人试图在小巷里用刀刺我。有个家伙邀请我到他家喝一杯，然后用棒球棍打了我的腿。我大腿上的肌肉肿得非常厉害，紫一块黑一块的，都快向上延伸到离肚子一半的位置了，我几乎无法走路。不过，我很幸运，他最初想打我的膝盖，但一次都没有打中，要是真的打中了，我肯定会瘫痪的。

我曾在商场碰到了一个朋友，几年前我曾经和他一起卖迷幻药。“要是我，我也会这么做的。”他说。我是在一个中餐摊前碰到他的，还没到饭点，他从背包的一个容器里拿出了一碗炖菜给我，说是他妈妈做给他当午饭吃的。我吃了它，但味道很奇怪，有点苦，有点酸，还有一种怪怪的味道。当我吃完以后，他直视我的眼睛对我说："吃屎然后去死吧，浑蛋。"之后我病了几个星期。这是我碰到的最糟糕的报复，可以说是街头风格的生化攻击。

有些人会跟我聊几句，但他们这么做的目的仅仅是向我发脾气，或者告诉我我配不上这一身人皮。

周围的人这么虐待我，让我都开始怀疑自己的做法到底是不是对的，帮助伸张正义到底是不是值得的。我的意思是，也许警察不会发现我有这件球衣，也许史蒂芬和麦克会侥幸逃脱处罚，也许我应该一直保持低调，直到风头过去，也许我应该换一种做法。

当我向罗恩叔叔解释这件事情时，他向我保证我做了正确的事情。"你所做的事情需要很多勇气，杰西。不要怀疑自己。"

我很惊讶。

杰瑞和利罗伊也都支持我。在谋杀案发生之前，利罗伊刚从温哥华回来。

"什么鬼，伙计？"他第一次见到我时说，"你把我丢在那里等死。"

"对不起。当时有一个原木漂过，我看到山上有光，你我都饿坏了，所以我不得不走了。"他交叉双臂，看起来好像不相信，但我们仍然开始一起出去玩。不过，情况跟之前也不一样了。我们不像我抛弃他之前那样互相分享、互相信任了，他也不会慷慨地与我分享毒品或酒了。但是，他并没有抛弃我，仍然待在我身边保护我。

其实杰瑞和利罗伊被我摊上的事情吓坏了，那可是谋杀案，可是杀手！但他们是我的兄弟、我最好的朋友，虽然周围的人都离我而去，他们仍然愿意跟我站在一起。他们从来没有告诉过任何人我在哪里，尽管我确信人们会愿意为了得知我的下落给他们提供某些奖励。

三月份左右，几个新警探出现在罗恩叔叔的公寓里。他们说他们正在跟进调查那桩谋杀案。显然，他们一直在寻找我画的那把刀，但一无所获。那把刀是一个非常关键的证据。

“麦克和史蒂芬杀死出租车司机以后曾去过一幢大楼，我们甚至连大楼旁边的池塘里都打捞过了，”一名警探说，“我们派了一队潜水员在那里找了一个月，但还是没有找到。”

警探们随后还告诉我们，尸检表明，巴尔吉德尔·辛格·拉伊的面部和颈部有被尖锐物体刺伤的痕迹，很可能是一把9英寸或更长的刀，跟我画的一样。12月31日当天晚上10点，那名司机确实在布兰普顿市中心的公共汽车站搭载了两名男子，外貌特征与史蒂芬和麦克相符。然后，司机将他们送到了六号门电影院，就在必胜客后面，在那里司机遭到了袭击。警探们还说，在流血过多死亡之前，他坚持了很长时间，想让周围商店的工作人员报警。

警探所说的话让我感到反胃。我为司机的两个孩子感到心痛，我的成长过程中没有爸爸，对于那种可怕的痛苦感同身受。

“但麦克和史蒂芬一句话也没说，”警探说道，“如果没有那把刀作为证据，我们就无法定案。”这最后的话一直萦绕在我心中，挥之不去，就像一股毒气一样，想要灼伤我的肺，让我无法呼吸。

我感觉自己现在在两线作战，既要对付罪犯，还要对付警察，因为警察暗示了我最害怕的事情。现在回想起来，一切都是有迹可寻的，为什么警察要到我住的公寓里听取罗恩叔叔和杰瑞的口供，为什么他们开始调查我的大家庭中的成员，比如拉尔夫伯伯，他是52区的地铁警察。警察向拉尔夫伯伯询问了我的性格信息，还问他我是否有杀害别人的倾向。罗恩叔叔告诉我，警察向他询问了我在 12 月 31 日的所有活动及相关的确切时间，以及第二天晚上我们看《圣徒》时我是否有什么异常表现。杰瑞则从来没有告诉我警察问了他什么，直接回避了我所有的问题。

在我向警察报告谋杀案后，他们将我关押了二十四小时，而且在我被拘留的整个过程中，他们都不让我打电话，现在看起来这一切都是有深意的。并且，在最初的询问中，他们一个接一个地收走我的烟头和我用过的咖啡杯，这也说明了一个事实：他们在收集我的 DNA。

我突然意识到自己仍然是警察怀疑的嫌疑人，而且从谋杀案那天晚上起就是了。因为到目前为止，警察都没有找到那把刀，所以警方仍然无法排除我的嫌疑，而麦克和史蒂芬也不会互相指证。另外，我和麦克年龄上也相仿，更令人惊讶的是，利罗伊的身高和体重与史蒂芬几乎完全一样。现在警察明确掌握的证据就是，我有犯罪嫌疑人行凶时穿的那件球衣。不过，我不确定他们是否曾将利罗伊视为嫌疑人。我甚至开始怀疑我脑子里面的东西，不知道哪一个是真的。也许我面临的压力太大了，让我产生了幻觉，开始看到现实中根本没发生的事情。

“你只需要按时出庭，把你知道的都告诉法官就好了。”警探在离开前说道。

这个时候，我知道自己脸上的表情出卖了我，因为我的心都碎掉了。

“他们是被指控的人，杰西，”警探说道，好像是在安慰我，“但法院定罪完全是另一回事。我们也必须考虑所有的可能性。”

接下来的两个月，我一直抱着对正义的一丝希望，终于等到了初步庭审的开庭时间。但在此之前，我每天都在质问自己。我躲在罗恩叔叔家，喝酒、吸食可卡因，直到我开始多疑和幻想，有时候我可以在我兄弟的床下一次躲好几个小时。我甚至都不愿意带小狗所罗门出去上厕所，体重也下降了，甚至不敢在公寓楼的斜道上扔垃圾。因为我认为这是敌人伏击我、杀掉我并让我永远消失的最佳地点，就像曾经爸爸跟我玩闹时一样。

五月底，我被传唤到克拉伦斯街的旧法院向刑事律师提供证据，而那个旧法院就在我所处的老街区的中心位置。当天法庭上挤满了麦克和史蒂芬的朋友，有些就来自我们的街区，有些是我以前从未见过的。但我认识的人都没有来——利罗伊、杰瑞还有罗恩叔叔都没有出现。我也不能责怪他们。我发誓听到了坐在后排长椅的人冲我大喊“你死定了”。我尽量无视他们并坐在法庭的前面，离刑事律师只有几排的距离，我知道这样的话，如果出了什么问题我会很安全。

麦克和史蒂芬走进法庭，在法警身后的长凳上怒视着我。我也盯着他们看，以表示我并不害怕，尽管我当时害怕得要命。史蒂芬继续瞪着我，我不能把脸转过去，这样的话他就赢了。

当我到证人席做证时，刑事律师要求我把知道的细节都讲一遍。提问的时候，他会在中间停顿一下，让我思考，让我仔细地回想史蒂芬是如何拿到刀的，以及我是如何帮助他骗取福利救济金的。对于我来说，整件事都说得通——我被陷害了，史蒂芬和麦克则是陷害我的人，他们是凶手。

刑事律师问完以后，我继续昂着头，因为我觉得保持自信非常重要。我整理了一下衬衫和领带，瞥了一眼，发现法官已经做好了一些笔记——几个词语下面还有红色的下划线。

“辩方律师，”他说，声音听起来像是冰冷的花岗岩一般，充满了威严，“轮到你了。”

法官透过他的眼镜凝视着我，我挺直了腰背。我想这可能会让他更加尊重我，但他的头只是稍微转动了一下，有点超然的不为所动的感觉。他用手指推了推眼镜，示意继续。我想他可能偷偷地冲我伸出了中指。但是刑事律师在就座时冲我微笑了一下。

然而，辩方律师却不像他们一样，他非常平静地走向法官席。你很难判断出他是生气，还是高兴，还是其他什么，因为他的脸上毫无表情。辩方律师首先发难，问我 12 月 31 日在哪儿。

我也非常坦率，说道：“我无法证明那天晚上自己在哪里，几乎记不清楚我在哪里，也不记得那场派对都有谁，但我没有杀任何人。”

接下来，辩方律师把同一个问题换着花样地问了好几遍。

我摆弄着自己的大拇指，想起了奶奶，想起了小时候她抓到我偷东西时的情景。

最后，我大喊道：“是的，我是个罪犯！而且从小就是！另外，是的，我还吸毒，我现在就给你列出我吸过的毒品。”接下来我列出了一百多种不同的毒品，有液体的、药丸的、粉末的、固剂的、草药萃取的、植物状的，还有用模子做的以及仙人掌状的。我把从小到大吸过的毒品说了个遍。最后，我大声说道：“但这些并不会让我成为一个做伪证的人！”

那个刑事律师的脸色像幽灵一样苍白，显然他被吓到了。

见鬼，我也惊呆了。刚才完全就是我的诚实让我说出了所有的证词，完全就是脱口而出。我是一个瘾君子，一个该死的瘾君子，我必须面对这个事实，就是这个样子。

辩方律师靠在刑事律师的书桌前，低声说了一句话，但是声音还是大得我都能听到：“这下你有很好的证据了（指的是我吸毒）。”

他转向史蒂芬和麦克，咧嘴笑了。我迫不及待地看着他们的反应，然后再次回头看向法官。

“就是这样了，西斯尔先生，结束了。”他说，“你可以放松了。”他的声音听起来就像一个冰架坠入了大海中发出“轰隆”一声。

离开证人席走向后门时，我的双腿颤抖着。法庭上的围观者对刚刚发生的事情感到困惑不解，就连史蒂芬、麦克、律师们和法官，脸上都露出了不解的表情，因为我不仅向刑事律师提供了继续审判所需的证词，同时也为辩方律师留下了足够的弹药，他可以据此来质疑我的证词。

当我走出法庭时，一个和我年龄相仿的东印度人靠了过来。

“嘿，杰西。”他跟我打招呼。

我仍然有点激动，体内的肾上腺素让我很难集中注意力。

“我的名字叫保罗·辛格，十年级的时候我们是一个班的。”

我一时很难判断他说的是不是真的，但我随后就认出他是跟我一起上高中的那个新来的家伙，当时他非常安静，不喜欢讲话，因为对自己的英语没有信心，但是现在他一点儿口音也没有了。

“是的，我想起来了。”我说，我脑子还是有点迷糊，对于刚才所做的事情仍然不是非常清醒，也不知道我是否会在外面受到别人的攻击。

“巴尔吉德尔·辛格·拉伊是我的叔叔。”他的嘴唇颤抖着，“谢谢你报警了。我知道这对你来说并不容易。”他的眼眶噙满泪水，冲过来抱了抱我。我像盛开的蓟花一样张开双臂，将每一片叶子都包裹在他周围，同时让刺尖朝外，保证我们俩的安全。

“别客气，”我说道，“我只是做了我该做的。”

他邀请我参加他叔叔的葬礼，但我拒绝了。

几个月后，法庭与麦克最终达成了协议。警察仍然没有找到那把刀。不管发生了什么，麦克·麦克唐纳承认犯有杀人罪并被判处十年有期徒刑。史蒂芬·米塞利承认犯有二级谋杀罪，并被判处终身监禁，且十三年不得假释。

至于我，我则获得了一个伴随我一生的污名，人们都认为我是一个告密者。无所谓，因为我知道事实的真相是什么。他们试图让我上当、欺骗我，我只不过用我的方式搞定了这个事情。作为当地一个年轻的无家可归的人，我还有什么其他选择呢？通过这件事情，我也明白了所谓的街区生存法则（沉默法则）都是胡说八道。每个人都会泄密，没有任何人例外。

我一直没有机会知道弗兰克是否支持我处理那件球衣的方式，或者它是否重要。当我重新跟他联系时，我不忍心问他这件事，因为我不想让他处于与我相同的境遇。

满满一瓶药

我开始露宿街头，在公园里、在灌木丛下、在老社区的长椅上都睡过，谋杀案的事情让我的整个社交圈子都坍塌了。我会不时地去奥利弗的新公寓，但每次都待不了一会儿，因为奥利弗不允许我待在她家的沙发上，这是以前从未发生过的事情。我也能理解，她不想跟我走得太近，就是因为我之前摊上的谋杀案的事情，她必须保护家人。还有一件事情也很明显，蒂姆对我很不满，要和我算账。

“我那该死的皮夹克呢？”他有时会冲我大喊，拳头高高举起，似乎要打我，“你去问问你的朋友，还有那些警察，我的皮夹克在哪里。”我到现在也搞不明白为什么警察没收了他的皮夹克，也不知道他们到底有没有归还。

我没有什么地方可待，只好冒险去了密西沙加，住在那里的救世军避难所里。那个地方位于城镇的工业区，离我常待的让我留恋的地方很远，就算乘公共汽车都至少需要三个小时。我在那儿待了一个月，但感觉很孤单，所以又回到了布兰普顿。但是我仍然没办法回到布兰普顿的收容所，在初步庭审会以后，我把福利救济金这条财路也给堵死了。

有一天晚上，大概午夜时分，我喝高了，醉醺醺的，大着胆子去了利罗伊的父母家。温哥华那件事以后，他的父母原谅了他，让他回家住了——就像浪子回头一样。西尔维娅，现在是一名特需教师，早就结婚了，组建了自己的家庭，她真的是兜兜转转绕了一大圈，又回到了我印象里她小学时候的样子。

我敲了敲窗户，利罗伊没出来。我又去敲了敲门，大喊了一声，利罗伊还是没出来，我只能听到他的狗在叫。我突然想起以前看到过吉米在地下室打开他卧室的窗户，所以我也试着向下爬到窗井里，试着把玻璃推到左边，它竟然真的打开了。我把头探进去，喊了喊他的名字，只有那只狗冲过来，对着我狂叫。我走进房间，拍了拍小狗的头，然后走到厨房弄了点儿东西吃，吃完以后我就开始在他的卧室里看电视。这个时候，电话突然响了，吓了我一大跳。

我这才突然意识到，我闯入了最好朋友的房子，已经侵犯了他的空间、我们的友谊还有他的家人。这可比我把他留在温哥华要糟糕得多。我赶紧起身，锁上身后的门，走进他的车库，然后在一堆木头上睡着了。

当我醒来时，利罗伊正站在我面前。

“你就这样直接闯进我家？”

我靠在墙上，一条腿站在一根圆木上，有点打滑。

“你这次真的越界了！”

“对不起！我确实没地方可去了，我没有偷任何东西。”

“你这个家伙。”他愤怒地说道，但随后他脸上的表情就变了。

“如果你愿意的话，可以待在这里。”

他的怜悯伤害了我，让我觉得很自卑。我再次跟他说了抱歉以后，就匆匆离开了。然后我去了我上初中的学校下属的体育场，在那后面找了个地方睡觉，对面就是我们第一次一起抽香烟的地方。

我觉得利罗伊在逃避我，感觉就像失去了我最好的朋友。我想人们会说，我去找他就是想把他家洗劫一空。也许这就是上次我把他丢在温哥华的报应吧。不管原因是什么，我已经失去了我最好的朋友，现在是一无所有了。

所有的一切都让我心烦意乱——谋杀案的烂摊子、社会的弃儿、无家可归的状态还有绝望的感觉。然后我去了一家药店，偷了一瓶药，里面有一百片对乙酰氨基酚片，我在改变想法之前把它们都吃光了。接下来，我走到河边，坐在那里，双脚浸入水中，任冰凉的浪花拍打我的皮肤。

我将脚趾在鞋子里扭动了一下，但是它们已经完全麻掉了。这时我的耳边传来一声怒吼，就像即将来临的飓风。但是我看了下树梢，上面的树叶却纹丝不动，连微风都没有。我的视线变得越来越窄，好像能量被消耗尽了，视线两侧黑色蔓延，慢慢形成了深邃的隧道。我尝试站起来，但双腿好像不听使唤，费了很大力气才撑住我的身体。我在河边的小路上抓住树枝摇摇晃晃地向前走了几步，突然跪倒在地。我抓住垃圾桶的边缘再次奋力站起来，试图来个深呼吸，但我感觉我没办法把空气吸进肺里，因为肺里面充满了液体，还发出“汩汩”声。我感觉我的心跳比全速跑马拉松时还要快。我知道自己快要死了，开始惊慌失措，走了半英里才赶到医院。

在急诊室的门打开之前，我透过门上的玻璃瞥了一眼自己。眼睛深陷，呈炭黑色，皮肤像塑料一样，我看起来就像一个灰色的外星人。

“我吞下了一整瓶泰诺，”我对服务台上的护士说道，“一小时以前。”她听后一句话也没说，赶紧跑到后面叫了一队医护人员出来，把我放到了医院的轮床上。我把奥利弗的电话号码给了他们，然后我就什么都不记得了，整个大脑一片空白。

接下来，我的眼睛睁开了。我发现自己在一个房间里，被绑在床上，医生和护士在我周围忙碌着。我听到嘀嘀的声音，还有另外一种声音，就好像星球大战里面的黑武士站在我旁边一样。我的脸上还戴着口罩，我喊了一声“奶奶”，但什么也没听到。头顶上面的灯让我晕头转向。医生们还是不停地跑来跑去。我咳嗽了一声，感觉呼吸好像变得更加费力了。而且，我感觉头部越来越紧，嗡嗡的声音也越来越响，好像风在我身上呼啸而过，把我吹走了。

这时，一个医生出现了，扯下我的口罩，把一根管子塞进了我的喉咙。我能看到黑色的液体从管子里流下来，先是把我的肚子灌满了，然后从我的嘴里面溢出来，顺着我的脖子流下来，弄得我的蓝色长袍上到处都是。接下来，灯亮了起来，更多的医生赶了过来。接着就是一片安静，什么都听不到。

“醒醒。”有人说道。

他们的呼吸闻起来有股洋葱的味道。不知道是谁突然撑大了我的眼睛，光非常强，照得我都要失明了。我试着将视线移开。

“你好，”另一个人说道，“杰西·西斯尔先生。”

我试着回应他，但是喉咙里的管子让我很难说话。然后又是一片安静。

当我再次醒过来时，发现自己在一个有警卫的房间里。有人告诉我，这样我就没办法逃跑或伤害自己。显然，我之前曾经醒过，然后扯下了身上的管子，解开身上的带子，逃跑了。医院只好给当地的警察局打了电话，对我发出了全面警戒通告。我都记不清楚是警察把我带回来的，还是我自己跑回来的。

“放心吧，”守卫说道，“医生很快就会赶来。”

他看起来有些眼熟，接着他告诉我，我们在小学的时候就一起玩过。“我们过去常常打架，但那所学校当时也挺疯狂的。”

我笑了起来，想起了小时候他在操场上想当老大，还把我揍了一顿的事情。

当时我们不是一伙的。

“你过得很艰难，是不是？”他问我。

我瞬间崩溃了。

后来医生出现了，告诉我说我服用了大量的对乙酰氨基酚片，足以致命。“这种药物如果服用过量，是最难治疗的，因为它能以稳定的速度持续释放对乙酰氨基酚。我们尝试用液体木炭进行治疗，它可以吸附有毒物质，但你的消化道中可能仍然有很多药片，因此非常危险。如果你再迟一点到医院的话，你的肝脏就会被完全破坏掉。当时你有没有听到声音，就像风的呼啸声？”

“听到了。”

“在药物的作用下，你的血液快速地流过你的耳膜，因为流动的速度太快，所以才有那种声音。”

我不得不向精神科医生解释说，我本来打算结束我的生命的，但现在我想活下去。

“你为什么要那么做？”他问道。

“我破坏了一生的友谊，失去了最好的朋友，我也无处可去。好像我做的都是错的，我把一切都搞砸了。”

“其实这种情况很多，比你想象的多多了。”

然后，他填了一张表格，告诉我我需要休息，并决定我至少要在医院再观察一个星期。到目前为止，我已经在医院待了七十二个小时了。我把我认识的每个人的电话号码都给了医护人员——包括利罗伊、我的祖父母、奥利弗、杰瑞还有约什。后来，只有我的兄弟打电话来询问我的情况。除了奥利弗家的一个朋友，没有人来看过我，他还时不时地让我睡在他家的沙发上。他还给了我一些钱，这样我就可以乘公共汽车去杰瑞的新住处了。

心灵冲击

泰诺服用过量后，当我体力逐渐恢复时，在杰瑞家附近的一家杂货店找了一份活儿干，负责农产品这块，摆放水果、切生菜、把箱子压扁收起来等。约什寄来了 1000 块钱，想让我重新开始生活。他在电话里说："我爱你，我们都很爱你，别想不开自杀。"

但是，我没有做出改变。每次拿到工资，我就去买慰藉心灵的药品。我开始在杜弗林（Dufferin）以及皇后区（Queen），和在火车场工作的女孩们厮混。有时候，我会从店里带来一些食物，我们会听查理・帕克[①]或者地下丝绒乐队的音乐，或者其他一些瘾君子的乐队。对我而言，她们是朋友，而且是唯一的朋友。

一天早上，当我在堆放苹果时，我的老板，一个意大利老头儿，朝下瞥了一眼，看到我手臂上的瘀伤和注射痕迹，说："杰西，你知道吗？生病并不丢人。"老板很有礼貌，没有直接说什么。

我知道，自己的工作表现老板是挑不出毛病的。毕竟我工作很努力，而且按照要求完成工作，就像之前爷爷教的一样。

过了一段时间，我在工作用的提示板上看到了一个求助热线。我打了过去，但戒毒所的工作人员告诉我，"需要 3 个月或者更长时间，雇员保险才能生效"。对此，我并不惊讶，之前我已经多次

① 查理・帕克（Charlie Parker）：1920 年出生于美国堪萨斯市，中音萨克斯演奏家。

尝试去找途径戒毒，但是那些地方要么要等好久，要么需要保险，要么就是在门诊就医。总之，总有些限制条件。戒毒肯定有效果，但是之后，我无处可去，没有可以过渡的地方，会复发。我知道自己需要快速隔离来彻底戒毒，即需要持续好几个月，完全且立即执行的沉浸式治疗。

慢慢地，我的毒瘾已经变得无法控制了。一想到自己曾经和杀人犯打过交道，就令我毛骨悚然，这种恐惧使我无法逃避。我经常做噩梦，梦见那件球衣融化在我的身体里，梦见有人一刀插入我的脖子，梦见每个角落都有人在埋伏着、等待着我。

我感觉血管好像要裂开了，我跑掉了。留下杰瑞和老板在那里孤立无援。

我逃到了布兰普顿收容所，没想到，在那里我遇到了当时生命中所见过的最美的女孩儿。她坐在那里，周围是一堆塑料袋和行李箱。金色的头发向后梳起，扎了一个高高的马尾，眉毛也被拾高了，看起来她得到了很好的照顾。

我走进洗漱间，梳理了头发，拉直衬衫，然后走到她身边。

“嘿，我是杰西，”我手里拿着一支烟说道，“你抽烟吗？”

女孩笑着接过了烟，告诉我她的名字是萨曼莎。她将自己的包放在前厅附近，让工作人员帮忙看管。我们去了外面的吸烟区。

我立刻就感觉到，她是无畏的、强大的，就像一只孤独的母狼，不需要别人的帮助来保护自己。她毫不避讳地叹息自己是如何在收容所落脚的——因为她非常独立，父母把她赶走了，在健身房的工作也没了。

“他们是非常虔诚的基督徒，”她说起自己的父母，“而我不是，我喜欢去派对。”

在两个半月的时间里，我们四处游荡、吸毒、住在别人的沙发上，最后我们决定将彼此的命运捆绑在一起，离开收容所。最终我们找到了一个地方，并开始从垃圾堆里挑选东西来进行布置。她并不介意这点，甚至还带了一些东西回家——一张旧沙发、一把椅子、一个微波炉和一台电视。

罗恩叔叔看到我们在努力，给我找了一份工作，去建造台面。但我仍在发薪水的日子放飞自己，试图麻痹自己。但现在，萨曼莎就在我旁边炸开石头。我们两个就像采石场的工人一样，搬运炸药，然后把裂开的巨石砸在一起。

我经常翘班，以至于公司老板兰多夫把发薪日从星期四改为星期五，这样我就能在星期五早上上班。但我还是拼命工作，一个人干四个人的活。这完全讲得通，因为吸食可卡因的缘故，我的动作比汉城奥运会上的本·约翰逊[①]还快。

兰多夫觉得我很不靠谱，很生气，把我解雇了。但他一解雇我，就马上重新雇用我，因为没有人可以像我这样工作。就这样，解雇和重新雇用的情况，我经历了二十多次。

萨曼莎和我很快就失去了住的地方，并开始不断搬家，一边张罗家庭用品，一边在漏缴房租，而再次无家可归时，把这些像废弃的火箭燃料容器的东西抛弃。像这样的搬家大概有近三十次。在这期间，我打了各种零工，赚到的钱都用来买药品了，为了让自己不再做噩梦。而最后，我们总是出现在不同的收容所，在新的城市，或者在杰瑞家待着。杰瑞家的大门一直向我们敞开，我和萨曼莎都很感激，但我可以看出，已经逼近杰瑞的底线了。

---

① 本·约翰逊（Ben Joson）：加拿大退役短跑运动员。

来回奔波于兑换支票、去食物银行领食物以及找工作，这是最难的。我们没有食物、酒，也没有希望。我开始在唐人街的一个市场上偷碎猪肉和拉面，偷了十几次，把背包塞满东西，然后从前门溜出去。直到有一天被一个保安拦住了，我挣脱后跑了出去，但又被拦住了。保安把我带到了里屋，我大喊大叫，奋力反抗，但被按住了，被推到地上，手臂被紧紧绑在背后。我确信他们会报警，而我会因五千块钱以下的盗窃罪入狱——这是加拿大对入店行窃的标准指控。我坐在那里大哭，当我的精力耗尽时，老板进来了。

“你为什么总是从我们这里偷东西？”她接着说，“去别的地方偷去吧，坏小子。”

坏小子？我觉得这个叫法，有点贬低人，也有点奇怪。

但她是对的。我总是在她的店里偷东西，而且觉得店面够大，可以给我打掩护。显然我想错了。

她接着说：“我认识其他的店主，他们也看见过你！”她挥舞着胳膊，脖子也变红了。

“对不起，女士。我——”

“我知道你，瘾君子。”

她的声音让我感到愧疚。

“看到你偷人参和钢丝绒，就知道是为了你的烟斗。”她晃着食指，脸上露出厌恶的表情。

她怎么知道的？她的话令我很震惊，很好奇。她看见过我从当地的便利店里偷东西？她认识当地所有的商人？

她勾起我的下巴，强迫我与她进行眼神交流。“太瘦了。”她说，然后拍了拍我的脸颊，但不是出于愤怒，反而好像对我很抱歉。“看看你自己，太瘦了。”她拿起我的背包，打开看了一下。边摇头边说："你偷了我的猪肉和面条。"

我觉得自己像个傻子。

她示意保安和在场的几个员工离开小屋。只剩我俩时，她蹲在我身边。

"你知道吗，很久很久之前我也这么挨过饿，"她说，"也有人给了我吃的。"

她站了起来，走到一个售货架旁，抓了一些面条，喊了几声。一个男人拿着一个大透明杂货袋，袋里装着碎猪肉，从一个塑料活板门走了过来，把袋子递给了她，看了看我，然后离开了。老板把面条和肉都塞进了我的包里，然后把包放在了我腿上。

"你走吧，再也别回来了。"她让我站了起来，在我感谢她之前，把我赶出了后门。

我再也没去那里偷过东西。

周遭的一切都在公平地运作着，虽然我很擅长偷窃，而我和萨曼莎都依赖于此。她要什么，我就给她偷——肉、酒、烟、奇怪的衣服。我被她迷住了，想用这种自私的方式把她留在身边。

也许我应该放手，让她去做自己想做的事情。

索马里的国王

“晚安，阿卜迪，你这个肮脏的老浑蛋。”我说道，然后把头靠在枕头上。阿卜迪大约65岁，来自索马里，是我的兄弟，在收容所里总是睡在我旁边的床上。

萨曼莎不在，她去了女子区域那边。

“嘿，”我一分钟之后说道，“我一直想问，你说自己是索马里的国王，真的吗？”

如我所料，阿卜迪的脸红了，眼睛往外瞪。“我会撒谎吗？你个干农活的，我当然是索马里的国王，你怎么敢质疑我的皇家血统？”

很显然，我知道他没有索马里皇家血统。我喜欢和他开玩笑，让他兴奋地说下去，他也继续开玩笑。在这个好客而又可怕的地方，这是我们唯一的娱乐方式。

阿卜迪的生活一直不如意。20世纪90年代初，当内战爆发时，他和家人一起逃离了索马里。很快他就变成了一个酒鬼，老婆跟着另外一个男人跑了。阿卜迪会回忆起故乡，告诉我他曾经如何在肯尼亚和索马里之间牧养大量的牛群，以及每天晚上如何坐在那里看橙红色的非洲日落。他讲这些的时候，眼里有光，可以看出他一定非常想念那些时光。他被迫离开自己的家乡，来到一个似乎不需要他，也不希望出现同样情况的国度，最后在收容所里度过余生。我试着想象这对他而言，有多么艰难。

“嘿，杰西，”阿卜迪边侧身边说道，“你知道我为什么觉得，你和我一样是一个真正的流浪者吗？”

“或许是因为我喝掉最后的老英式啤酒的方式？”

他皱起眉头。“真恶心，脏兮兮的加拿大人喝着肮脏的美国啤酒。不，年轻人，是你睡觉的方式。”

“你这是什么意思？为什么在我睡觉时盯着我？”

“你睡着的时候，我总是留点神，确保没人偷你的东西。”

我想了想，他是对的，他睡觉时，我也会留意。在这里，朋友间就是这样互相照顾。

“小印第安人，你的鞋子肯定被偷了很多次，因为你睡觉的时候还穿着鞋。看到了吗？”他拉起毯子，露出他那双邋遢的、沾满泥土的黑靴子，并微笑着说，“你看到那些年轻人了吗？”他指着两个人，他们的鞋子被放在床下，“他们像是流浪小狗，只是一时不走运，如果有一天，他们待得够久，就会像我们一样：永远不脱鞋。”

没有鞋穿、无家可归，这是最糟糕的。如果幸运的话，可能一天或两天可以从捐赠箱中找到一双合适的新鞋，其他情况下，必须早上7点离开收容所，去神父办公室等到8点，才能拿到一张券。拿着券到街上的妇女收容所，这样你就能得到一双新鞋。或者得光几天脚；又或者冒着失去自由的危险，从百货公司偷一双。而当冬天没有鞋穿时，那将是最难以忍受的。

我对住在收容所的人进行了研究，那里大约只有三分之一的人穿了鞋。

这一点我之前从没注意到，但是每天晚上，我都要打三个甚至四个结，紧紧地系住鞋子——为了防止小偷直接从我的脚上偷走鞋子。即便如此，有时候还是会被偷走。

“我确实是穿着鞋睡觉的，是吧，阿卜迪？”我说着，并大笑起来。

枪下脱生

菲力哥（Flip）的那把38毫米口径手枪重重地压在我的额头上。

菲力哥是一个毒贩子，专门在市中心的核心区活动，他为人狠辣、行事隐蔽。他干这行已经有几十年了，行为令人难以捉摸，而且喜欢用枪，甚至敌对帮派碰见他也只能眼睁睁地看他肆意砍人。我不是去找他，据我所知没人喜欢找他，但是他在任何时候总是有好货，也是仅有的毒贩子之一——允许人拿东西换快克，且价格比较合理。

我刚和高中同学马尔科从一辆车上偷来一个古驰包，想换点毒品，但其他毒贩手里没有存货，无奈之下，只能寄希望于菲力哥，希望他能买下这个包。菲力哥为保护自己不受到不认识的瘾君子的伤害，制定了各种规则，而我无视了这些规则。

他最重要的一条规则是：不接受新的客人。

我以为，凭着我们长期以来的关系，可以不用顾及这些规则，马尔科一直缠着我卖包，并认为也许我们的友谊足以让他接触到菲力哥。

“你带来的这个傻子是谁？我不是告诉过你吗，不准带任何人来见我！”菲力哥狠狠地咬着牙，当扳机扣到射击位置时，唾沫和愤怒的呼吸在他齿间嗞嗞作响。

“那、那是我、我的兄、兄弟……别介，大哥，我们认识这么多、多年了。”我们只是想买点毒品，菲力哥却大发雷霆。

就在这时，一辆巡逻车驶过街角。瞬间，菲力哥将手枪穿过腰带，用手指着我，嘴里念念有词，然后沿着街道向冰雪皇后冰淇淋店逃去。我还没来得及反应刚刚发生了什么，他就走了。

“对不起，兄弟，”马尔科说道，“我从没想过那个家伙反应这么大，他是不是有什么毛病？”

我看着马尔科，从他惊讶的语气中可以判断出，他并没有真正意识到我刚刚离死亡有多近。

一周之后，我两眼之间，仍然有个粉紫色的枪口印，形状跟救生圈一样。

我再也没和马尔科一起买过毒品。

坠落

万圣节，我们在杰瑞的朋友家参加派对，一直狂欢到深夜。我的装扮是电影《勇敢的心》里的威廉·华莱士，一半脸涂成了蓝色，身上穿着假皮毛的裤子，手拿一把塑料剑。杰瑞扮成了维京人，拿着巨大的号角和一把塑料战斧，萨曼莎则是扮成电影《亚瑟王》中皮克特（Pict）女孩的模样，身穿皮甲，拿着用家用物品做的弓箭。其他参加派对的人，有些扮相五花八门，有扮成鬼魂的，也有扮成西班牙斗牛士的，但也有人只是穿着日常的衣服。

其中有个红头发女孩，穿着黑色紧身毛衣，她是小学时的那个女孩，在山上对我很好。

“嘿，”我朝她打招呼，“我是杰西，你是露西吗？”跟多年前一样，我伸出了手。

“是的。”她的回应，也和多年前一样。

“你还记得我吗？我是杰瑞的兄弟，我们上同一所中学。”我边说，边转向了杰瑞。此时，他正在厨房附近跟人聊天。

“不记得了。”她咧嘴一笑，耸了耸肩，然后转身离开，去和一个秃头的家伙说话。萨曼莎拉着弓，半醉半醒地出现了。我把她的弓收了起来，一起混到了派对的中心，问人们是否有可卡因，但我一直在回头看。我被露西迷住了，她那副毫无兴趣的模样，更加吸引我。

喝了几杯螺丝起子（由伏特加或金酒与果汁调制的鸡尾酒）后，我毒瘾犯了。跑到厕所上完大号以后，我离开了派对，也没有和萨曼莎一起，而是出去找毒品了。我花光了用来交房租的钱，买了许多毒品，还在商店里偷东西，想换取更多的现金。我彻底恢复意识已经是凌晨 4 点左右了。我晕晕乎乎地飘回了派对，但几乎所有人都离开了。最后走的一批人里，有人告诉我赶紧回家，因为萨曼莎很生气。我吸完最后一口，走回几英里外的杰瑞家。

我到了杰瑞家，用健康卡撬开了外面的锁。尽管我和萨曼莎从布兰普顿逃出来后，在杰瑞多伦多的新家已经住了几个月，但我依然没有钥匙，这是杰瑞定下的规矩。公寓的内门是锁着的，是一扇钢制的门，用螺栓锁着，我的小伎俩是弄不开的，我只能敲门。

“是我，开门！”

没有任何回应，我又敲了几下，依然没有动静。我开始踢门，走廊里回荡着轰隆隆的声音，一个邻居探出头来，说：“小点声！”

我又踢了踢门，甚至怀疑萨曼莎是否不忠。她怎么会一直忠诚呢，我这么差劲，对她也不够好。也许现在她正和杰瑞在里面睡觉。我为了吸两口毒，花光了房租，她或许在为此报复我。也可能是抽了太多可卡因的缘故，我开始变得疑神疑鬼。

突然，我注意到走廊的窗户，大约有 3 英尺宽，4 英尺高，通向街道。我走了过去，把头伸出去。右边约 10 英尺处，就是客厅的窗户，而且窗户开着，是敞开的，仿佛在求我爬过去。既然如此，我决定爬过去。毕竟，我以前曾爬过公寓楼的侧面，而这两扇晃动的窗户，距离地面只有 35 英尺。

小菜一碟。

我根据情况制订了爬窗户计划。我准备从走廊的窗台荡到两个窗户之间，那里的砖头有个缺口，是个很好的着力点，然后再荡到我们的窗户，先把脚放上去，然后把自己拉上去。

我把自己放低，荡了过去，然后抓住了缺口，然后又荡了一下，抓住了窗台。

到目前为止，完美行动！

我用一秒钟调整了一下姿势，准备把自己拉上去。这个时候，杰瑞的狗——刀疤，一只斗牛犬和罗威纳犬的串儿，把头伸出来，开始舔我的手。

“好了，好了。”我想悄声赶走它。这个家伙挡住了我的入口，它没有停下来。一定是以为我在和它玩游戏什么的。口水从它的舌头上滴了下来，掉进了我的眼睛。

“刀疤，走开！”我眨了眨眼，想让自己看得更清楚些。我逐渐没劲儿了，手指开始打滑，绝望之中，我又拼命喊了一次“走开”，刀疤终于听懂了。

我又将自己向上拉高四分之一，用脚尖抵住墙壁，然后用力一推，但是碰到什么东西打滑了。我没放弃，勉强撑着，现在我的胳膊承受着全部重量。我仔细打量了墙壁，注意到一簇黑色的电缆一排排、一根根地叠在一起，钉在砖头上。刚刚在黑暗中，我没注意到这些电缆。我使出最后一点劲儿，把自己拉到窗前，把脚趾放在比以前更高的地方，但那里还有一簇电缆。我的脚趾再次打滑了。这次我没撑住，松开了手。

人们常说，临死之际，眼前会闪过自己的一生，这就是在胡说八道。的确，这个时候，我感觉整个世界变慢了，几秒钟给人的感觉像是几小时。周围的声音变得更加清晰，颜色和光都很明亮，可以看到一切——每一只虫子和每一只爬过的东西。

在我坠入死亡的几毫秒内，一百种不同的坠落方式从我脑中闪过，我想让自己活着。我可以尝试在坠落过程中保持做“力量举”[①]时的姿势，然后直接用脚着地，但这样我的脸和头骨会被摔碎，因为我将以数千磅之力前倾跌向那面砖墙。我可以试着像突击队员一样，来一个战斗翻滚，但会撞到空调，折断脖子。或者我可以试着抓住下面窗户的窗台。我试过去抓住它，但这不是《虎胆龙威》，我也不是布鲁斯·威利斯。

我最后一个想法是，做一个护身倒法，这是我小时候在柔道中学到的东西——双脚着地，向后仰倒，手臂撑直，让身体的力量穿过我的全身骨架，穿过肩膀、肱骨、桡骨和尺骨，通过腕骨散发出去，最后穿过手和手指的小细骨头。这是不让我的脑袋像西瓜一样被砸碎的唯一方法。其他任何一种情况下，我的脑袋都会受伤。

这是我唯一的机会。

当我的脚落地时，我向后倾斜。一股压力顺着我的手臂发了出去，接着是两声“咔嚓”声，听起来像猎枪扣动的声音。我沿着脊背的弧线往后仰滚，看到脚在上面，后脑勺轻轻地撞在人行道上。

叮咣。

风把我刮倒了，我不疼，试着尖叫，但是没叫出声来。我看了看自己手，它们被反折在前臂上。我试着扭动手指，没有反应。我举起两条腿，看到右脚跟在小腿中间，右脚朝后。另一只脚和我的头骨都没事。

刀疤正看着窗外，嚎叫着。

---

① 力量举：标准动作开始前需要身体前倾，所以当后期重心不稳时可能会直接向前扑倒。

我努力吸了一口气，大喊："救我！救救我！我掉下来了。"

没人来。

我又喊了三次，却无人应答。我改变了策略。

"着火了！着火了！"

几秒钟内，各个方向都来人了。我让一个人给杰瑞打电话，告诉他我需要帮助。

一会儿，杰瑞到楼下了。

"杰瑞，我摔断腿和手腕，需要你帮忙叫辆救护车。"

杰瑞只是挠了挠头，走掉了，然后带着一副旧拐杖再次出现。"给你，"他把拐杖扔给我，"我不需要这玩意儿，明早还要上班。"他转身走掉了。

看到他这样，我很震惊。努力借助拐杖的力量站了起来，然后一瘸一拐地爬了三层楼，进了公寓。我从没像现在这样，希望这个楼里安了电梯。不知为何，我仍然没感觉到痛。萨曼莎从我们的房间出来了。

"发生什么了？"她问道，半睡半醒的样子，把手放在眼睛上方，遮住灯光。她嘟囔了几句，咒骂着，我听到了"浑蛋"一词，然后她回床上继续睡了。

我抓起电话，双手使不上劲，乱扑腾，我只能用掌心的肉拨打911。

救护人员对我还能活着这件事情感到困惑惊讶。"这可不是好莱坞拍片子，大多数情况下，从35英尺高处摔下来，肯定会摔死。"

我终于感觉到痛了，像是有人把熔化的钉子一次又一次钉进我的腿里。

医护人员让我躺在地上，告诉我不要动，因为可能有内出血。

“你应该躺在掉落的原地，可能后背或者脖子受伤了。”

杰瑞正站在浴室里看着，其中一个人转向了他，问道：“他怎么上楼的？”

杰瑞一言不发。

“用拐杖！”我大叫着。

医护人员转向看我，嘴巴没合上。他们往我腿上注射了什么东西，把我绑在一个类似木板的担架上，然后把我抬到救护车上，把我放在另一个较软的担架上。

在去医院的路上，我很累，只想睡觉，但有一个人一直跟我开着玩笑，说：“当你出院后，你应该离开那些人，他们不是好人。”

我感到脸上挨了一巴掌，看到胳膊和手上插着管子。

灯光恢复了正常，我突然感到一阵温暖——一种模糊的感觉，应该是一种阿片类药物。我感到很安全。

当医护人员跑着把我送到一个大厅时，一位医生出现在我身边。

“从楼上摔下来，还活着的人，该怎么称呼呢？”医生笑了。

“我不知道。”

“你，你称呼他为‘你’。”

我笑了，但我的后背和脖子很疼。脚和手腕一跳一跳疼得厉害，以至于我感觉，从前臂和小腿放射出的钝痛是可以控制的。有一束光在我眼前晃了一下。我能感觉到有人在剪我的衣服，然后我被翻了个身，一种冰冷、湿润的感觉猛烈地冲击着我的肛门。太疼了，一股尖锐的力量压着我，感觉像是在放锯齿状的屁，刮着我的直肠。

“这你都不给我买花吗？”我大声喊着，就像1967年娄·里德[1]一样嗨。

医生笑着说，等我康复了，要请我吃饭。

“我喜欢吃牛排。”

“精神状态不错，别泄气。”他动了动我肛门内的那个物体，然后对周围的其他人说了些什么。

之后，我感觉自己仿佛遁入云霄。医生和护士来了，来给我打点滴，说我很“幸运”，然后“用吗啡点滴镇静一下”，让我在表格上签字，在我意识到之前，我被推进了手术室。

当我在恢复室醒来时，萨曼莎和杰瑞在我身边，一直在道歉，说不知道我摔得这么严重。萨曼莎哭了，一开始我大叫着不想原谅她，后来还是选择了原谅。他们不知道，是我把自己搞得昏昏沉沉、醉醺醺的，还以为自己是蜘蛛侠，我就是个白痴。

医生们告诉我，我摔下来时候，粉碎了右脚跟，弄坏了右上踝关节，折断了左手腕，并扭伤了右手腕。他们让我把腿抬高。

医生们认为，最好让手腕露在外面，这样我就能拄着拐杖走路了。根据他们的说法，他们在我的右脚外侧切了一个 90 度的切口用于固定右脚跟和脚踝。这个切口沿着脚踝和脚跟的后侧开了 6 英寸[2]，沿着脚的侧面又开了 6 英寸。两根针从我的脚跟后面穿出，将我的脚跟和脚踝固定在一起。

三天后，他们把我送回家，这时伤口还没结痂。

---

① 娄·里德：摇滚教父，地下丝绒乐队成员。

② 6 英寸：约合 15.24 厘米。

西方极乐之门

刀疤坐在我身边，每隔几分钟就用鼻子拱一拱我。现在，主要是它和萨曼莎照顾我。我按照医嘱，躺在床上，把腿挂了起来。黑白电视上反复播放着第一次世界大战的纪录片，这是纪念日的保留节目之一。现在正在播放的是1916年的凡尔登战役，场面非常可怕，巨大的弹坑、断裂的树木、饱受战火摧残的战壕，还有遍布战场的带刺的铁丝网。

我想这一定是历史上最惨烈的战斗，解说员重点讲述了战争的死亡人数，如果按照战场的单位面积来计算的话，应该是最多的，听起来比索姆河战役还要可怕，让我不禁想知道为什么我们在小学时会如此关注后者。

我低头看了看我的脚趾尖，它们是红色的，我感觉脚上的石膏越来越紧。在过去的几天里，我的小腿上有一种奇怪的瘙痒，仿佛有什么东西在啃噬它——因为打着石膏，我又无法碰到痒的地方，即使我把铅笔插在石膏里面也是无济于事，那种痒好像在我的皮肤的里面几层，又好像在我腿部的骨髓里。一阵一阵的隐隐作痛的感觉也蔓延到了我的臀部，即使是医生给我开的泰诺四代也无法缓解。萨曼莎把我的身体翻过来擦拭时，她说我的腿后面的颜色变成了一种奇怪的灰色，几乎接近绿色了，并且开始散发出一种奇怪的甜味。

我能吃得下的东西就是鸡汤，其他东西都让我反胃得厉害。我想应该是药物作用导致的，而且我已经五天没有大便了，我非常确信，应该是肠道堵塞了。我服用了洋甘菊和番泻叶茶，医生说它们可以让我的肠道松弛下来，但是也没有什么效果。开始的时候好像只有烟草和大麻可以让大便变得有规律一些，还可以提升我的食欲，但是现在它们也没有作用了。我旁边的烟灰缸里有一堆烟头，看起来很不健康。医生之前都警告过我了，我确实不应该吸烟的，因为它会阻碍血液流动并增加感染的风险。但我就是停不下来，因为我需要一些东西来打发时间。

我在睡觉前服用了一些泰诺四代，我想好好地睡一整个晚上，哪怕只有一次。刀疤和萨曼莎陪在我的身边，我知道杰瑞每隔几个小时就会来看我一次。尽管我们之间的敌意越来越大，但有个哥哥在身边照顾的感觉很好。大约过了 30 分钟，我睡着了。

我还做梦了，就像往常一样。

在梦里，我需要去传递一条重要的战报，警告我们的人不要再前进了，我沿着战壕往前跑，这时一个炸弹在我头部附近爆炸了，爆炸造成的冲击把我撞到了水坑里，我手里的信也掉了，士兵们还在不断往前冲锋，跑去送死。我想伸手抓住他们的长筒靴，阻止他们，但没有成功，手指从他们的脚踝上滑落。有个年轻人低头看了看我，他的样子吓了我一跳，他五官的颜色很深，还有长长的辫子和古铜色的皮肤。他是一个印度人，长得像我，但也不一样，他要更老更聪明一些，而且我知道他要死了。接下来，他越过战壕，转身消失在了爆炸声中。

接下来，枪炮声逐渐被加特林机枪的声音所代替，当时正处于 19 世纪末的第一次世界大战时期，那个时候的加特林机枪的射速相对较慢，可威力更大。但笨重的枪声听起来更吓人，更真实，周围都是燃烧的房屋，儿童和妇女尖叫着，跑到灌木丛中寻找掩护。他们都是本地人，就像我一样。几个印度人躺在我旁边的浅坑里，手里拿着长长的步枪。我们不时地探出头来，趴在一个很大的草地斜坡上向河岸附近的红衣士兵开火。但是我们的敌人更强大，他们排列整齐，人数上也超过我们。我旁边的家伙用一种我从未听过的语言对我说了些什么，但我还是理解了他的意思，然后他伸手接过了我最后的子弹，接着举起步枪，对敌人进行还击。他看起来有些眼熟，就像战壕里的年轻人一样，我看得出他和我一样是混血儿。他也要死了，不知道什么原因我就是有这种预感。

我从坑里向后看了看，突然看到自己躺在杰瑞公寓的床上。我的身体受伤了，腿撑了起来，架在枕头上，萨曼莎、杰瑞和刀疤都不在了。我感觉自己在战场的上方，飘浮了起来，然后看到一个白色的教堂在平原的地平线上变得越来越小。这场战斗虽然发生在很久以前，但我知道我是其中的一部分。我在布兰普顿看到了爷爷奶奶的房子，门牌号 8 出现在教堂的上方。接下来数字侧向一边，转动了九十度，在蓝旗上变成了一个无穷大的符号。风中传来了一些声音，我听到他们告诉我说，那个符号就是我命中注定的归宿。

就在这时，一道巨大光柱从西方破云而出。已经黄昏了，天空的橙色光芒正在快速消退。枪声和大炮声逐渐消失，安静了下来。我看到面前是一片广阔的田野，远处还有台地和丘陵，夕阳最亮的地方出现了一大群马，朝我飞奔而来。我能看到它们身上的肌肉有力地跳动着，鬃毛在风中飘扬，头部随着每一步的跑动而上下跳跃，它们的蹄子于所到之处扬起一团尘土，完全笼罩了整个地面。

我感到有一股拉力，一开始力量很小，然后越来越强，拉着我和马群一起前进，它们从我身边跑过，然后又折返回来。我和它们一起驰骋，但我并没有变成像它们一样长着蹄子的动物。我回头看了看，只见床上我受伤的身体变得越来越小，几乎看不清了。一股巨大的悲伤涌上我的心头。我知道它们要把我带回家，但我还没有完成我命中注定要去做的事情。我试图挣脱它们，回到我自己，回到我的身体里，但马群的力量太强大了。我哭泣着恳求它们放开我，但它们仍然拖着我往前跑。

就在我即将跨入落日最亮的地方，跨越那道西方极乐之门时，我最后一次大喊了一声。

“我会做该做的，会做出改变，而且我会完成它。”

没有声音回应我，但马群转身释放了我。接下来，我看到它们变成了光，它们的蹄子发出雷鸣般的声音，消失在了西方极乐之门的巨大外墙的后面。

它们走了以后，我的眼睛马上就睁开了。我和萨曼莎一起躺在床上。刀疤歪了歪脑袋，这个时候杰瑞冲进了房间。

“到底发生了什么？”他问道，声音有些颤抖，“你刚才在大喊‘救命，救命’。”“我也不知道发生了什么事情，我想我发烧了。”我边说边低头看了看，发现自己的身上全是汗水。

萨曼莎整个过程都在睡觉，对此一无所知。

恐怖笼罩了我

当医生的助手拆掉我身上的橙黑色石膏时，她倒吸了一口凉气。那个味道简直太难闻了，就像多伦多在夏天发生了垃圾清理工人的罢工一样。

“对不起，西斯尔先生，我得去找一下医生。”说完她就飞奔了出去。

我的脚趾已经变成了蓝灰绿色，石膏的后部也开始渗出一片沼泽般的深红色，所以不得不把我的术后检查提前，我也很幸运，排到了一个位置。从我上次跌倒到现在已经过了好几个星期了。手术应该已经有效果了。但是，我不能听医生的，这并不是说我没有尝试听从他们的命令，我也确实按照医生说的做了。但我是个瘾君子，更重要的是，我也没有别的地方好去了。

我在杰瑞家里待过，但我的一个朋友偷了他邻居的老式自行车，从那以后，杰瑞就把我和萨曼莎赶了出去。他也没有办法，他必须这么做。如果留下我们，他也会被驱逐，我们所有人都会无家可归。但我想他的住处可能就是让我感染的地方，因为那里到处都是猫屎和狗屎，而且多年来从没有清理过，简直就是一个名副其实的粪坑。

萨曼莎和我搬进了她父母的房子。她找到了一份好工作，她想要好好地发展。而我在那里从来没有受到真正的欢迎，况且我们并没有结婚，另外还有一些其他原因，所以我就自己单独离开了。我认为，没有了我的羁绊，她可以过得更好。

当护士喊了医生然后一起回来的时候，他们都戴上了口罩。我的心情陡然沉重了起来，因为他们的手上拿了很多的工具，有一个看起来像钢丝钳的工具，还有很多纱布，一个肾脏形状的托盘以及一些医用胶带。终于，我鼓起了勇气低头看了看我裸露出来的腿，接着差点晕了过去。我的脚踝前部有一个充满黑色脓液的大水疱，看起来像一个巨大的、变形的波兰饺子（pierogi）。我的脚和小腿都肿了起来，还五颜六色的，有绿色、红色，还有灰黄色。当医生从切口中取出缝合箍时，皮肤边缘脱落了下来，露出了里面的脂肪、肌肉、骨骼还有金属固定件。

"情况一点都不好，"医生说道，"之前的手术完全失败了，你的腿已经被感染了，痈疽正在长出来。我会清理它，切掉坏死的皮肤，然后再对骨头进行修整，但如果你不好好照顾自己，就非常危险了，你可能会失去自己的腿。"

接下来，他对我的腿部进行了局部麻醉，然后开始了再一次的手术。虽然我的腿已经麻掉了，但当医生将他的全部重量压在我的腿上时，我还是有点感觉，我还听到骨剪发出尖锐的响声。我开始惨叫，眼泪开始沿着我的脸流下来。随着手术的继续，我的视野变得越来越小，逐渐缩小到了针尖那么大，我的听力也变得迟钝了，周围的声音似乎都很遥远，然后我就完全听不到了。后来我还吐了，接着就晕过去了。

当我醒来的时候，我的腿又被打上了石膏。我穿着别人的衣服，全身都麻麻的，我的手臂没有感觉，腿也有些飘浮。

这时，护士走了进来，告诉我我可以走了，但离开之前必须和医生谈一谈。护士给了我抗生素的处方，还有一个抽吸泵医疗装置，可以连接到我的腿上，改善腿部的血液循环，还给了我一个术后护理的时间表，康复护士会根据这个时间表每天给我更换两次伤口部位的敷料。接着医生进来了，问我住在哪里，当我告诉他我住在收容所时，我可以看出他的表情发生了些许变化。我知道收容所对于病人的康复是个很糟糕的地方。过去我总是能够在街道和收容所靠自己独立生存，没有什么问题，但我不得不承认事情已经不是以前的样子了。同时我心里也清楚，我不能留在医院。

医生和护士都离开了，我一个人待了一会儿，然后我抓起护士给的抽吸泵和医疗单子，一瘸一拐地走了出去，上了一辆出租车。当司机发现我其实没有钱付车费时，他就把我扔在了半路上。

收容所真的是个很糟糕的地方，在那儿的第一个晚上，我的抽吸泵装置就丢了；到了第三天和第四天的晚上，我的处方也被偷了；在那儿逗留了一周后，我的腿非但没有康复，还再次感染了。护士也从来没有来过，这一点毫不奇怪。原来我有抽吸泵装置和药物时，我至少还可以感到一点希望，至少还可以保有梦想，我不会失去我的腿，还会再次站起来自己走路。可是现在我什么都没有了。我真想忘记这一切，我想放弃。

在收容所，我每天都可以领取一点个人需求津贴（PNA），它让我每天早上起床后都可以抽点大麻，还可以减轻我腿上的疼痛。趁着大麻的快感还没有散去，腿还不疼，我会去附近的药店逛一圈，偷一些漱口水和剃须刀片——你肯定不知道一包剃须刀片和一瓶漱口水可以换多少大麻，会让你大吃一惊的。

还有一些我认识的无家可归的人也试图帮助我。当疼痛难以忍受时，有些人给我抽大麻，但并不要我的钱，有些人还会把他们的酒分给我喝。

附近认识我的外联人员顺道经过收容所时会给我一些公交车票、香烟还有干净的袜子。他们离开后，我却崩溃了，哭得不能自已，因为我甚至无法穿上两只袜子。

又过了大约一个星期的时间，我突然意识到自己好像感觉不到我的脚趾了。它们变得冰凉，颜色从灰蓝色变成了蜡黑色。我之前每天都在自怨自艾，甚至都没有注意到这一点。我的脚指甲只要轻轻一拉就开始脱落，如果用手指刮一下皮肤，它就会掉落下来。

我快要失去我的脚了，这种情况真的发生了，就像医生说的那样。

于是，我又急匆匆地赶到了医院。

之前给我看病的医生非常恼火。

“你知道你把自己弄得有多严重吗？”他冲我喊道，这时护士把体温计塞进了我的耳朵里。

我也很清楚我病了，我的大腿甚至整个身体感觉就像着火了，头晕目眩的，已经持续了一个多星期。

医生告诉我说，他甚至不必拆掉石膏，就能知道我对自己的伤害有多严重。“西斯尔先生，基于你上次看病的情况和你现在的病情，很遗憾地通知你，我们可能需要对你进行截肢手术，截掉你的腿，因为感染太严重了，如果它扩散到你的大脑或者心脏，你会没命的。”

他的话对于我来说就像是晴天霹雳，在我的脑海里轰隆作响。“去你的吧！”这些话从我内心深处的某个地方冒了出来，我是不可能接受截肢的，这些话就是我的下意识反应。后来，医生离开了房间，去查看别的病人了，我发了疯似的从床上爬起来，跌跌撞撞地撑着拐杖，在医院的走廊里挪动着，然后从后门冲出了医院。不知不觉之间，我已经跑到收容所的宿舍了。接下来，我没有浪费任何时间，把我所有的衣服塞进一个塑料袋，揣好我的个人需求津贴，然后逃跑了。

我赶到地铁站，跳上了发往城市北部的火车，这个旅程给我的感觉就像是我在朝着来世进发。一路上，我紧紧地抓着耐热玻璃做的大麻烟枪，还有我从外联工作人员那里得到的大量的公共汽车票以及 3.75 块钱的个人需求津贴。

我现在手里大概有 50 块钱。我下定决心，在自己到达布兰普顿之前绝不会再嗑药，我需要尽可能地远离那家医院，也不想自己的腿被截掉，逃往从小长大的地方似乎是一个安全又合乎逻辑的选择。

接下来，我成功地坐上了 77 路公共汽车，我过去一直这么干，这没什么难度。上车的时候，我只是告诉司机自己无家可归，需要去收容所，他们每次都会让我上车。现在我身上还打了石膏——谁又能拒绝这样的一个人呢？我靠在座位上，很快我们就上了高速公路。接着，公共汽车开始穿行在我过去常去的一些地方，这个时候我的脑海突然闪过了一个想法。公共汽车驶入了宾马利城市中心[①]，空气悬架发出了嗞嗞的声音，司机把车子停了下来，让我下车。我抓紧跳上 1A 路公交车，赶往市中心的四角图书馆。

我心里已经有了一个计划。

① 宾马利城市中心：布兰普顿的购物中心。

转折点

为什么我就得像一只受伤的动物一样在沙漠中流浪？当1A路公交车驶入终点站时，我这样问自己。

“终点站！”司机喊道。公交车停了下来，我走上月台，离解脱计划更近了一步。我点燃了大麻烟枪。刚开始，大麻发出了嗞嗞的声音，然后冒出了乳白色的烟雾，笼罩了我喉咙的后部区域。一辆消防车在我耳边呼啸而过，吓得我的心怦怦直跳。我大步走向附近的便利店，我心里非常清楚自己必须做什么。虽然我以前从未做过这样的事情，甚至想都没想过，但是这并不重要。现在我要去做的已经超出了自己想要做的事情的范畴，而且是我目前必须要去做的。

剩余的大麻碎屑就像骨头碎片一样，弄得我的手掌心上到处都是。我用指尖将它们装进烟枪，然后点着。我的腿仍然感觉非常疼，但是当我抽完最后一口，疼痛完全消失了。我想我准备好了，然后咬了咬牙，推开便利店的门走了进去。

现在如果回头就已经太迟了，因为我无处可去。

我用力吞了一下口水，在店里随便拿了些东西，第一眼看到什么就拿什么——一个用箔纸包着的潜艇三明治和一小罐猫砂。然后，我把这两样东西都拿到了柜台，等到店员打开现金出纳机，然后才开始行动。

“把你所有的钱都给我，否则杀了你！”我用手里的潜艇三明治指着店员，同时大喊道。可能是因为我用的力量太大，弄得里面的生菜和蛋黄酱溅得到处都是。

店员脸上带着似有似无的笑意，看着我说道：“你是认真的吗，伙计？”

接下来是一段漫长而尴尬的沉默，或者至少我感觉是这样。

“我当然是认真的！把现金都给我，动作快点！”

我说话的音调提高了，都有点像假声了，但我确实是认真的。

“听着，哥们儿，我只有九十块钱——这是我们店的规矩。你可以拿走这笔钱。我们都有保险的，所以我真的不在乎，我只想回家陪我的家人，懂吗？”

我懂他的意思。店员走到一边，把现金出纳机的位置让给我。我的手颤抖地穿过收银台，把零钱和钞票扔得到处都是。我的另一只手还在用力地挤潜艇三明治，里面的馅料从拳头缝里冒了出来，就像用绞肉机绞牛肉一样。我用眼角的余光看了一下店员，他正在接电话。我非常慌乱，想尽快从便利店的前门冲出去，但却忘记了推开门，一头撞在了玻璃上。

“啊！”我大叫了一声，捂着头，更多的现金从身上掉了下来。我的脑袋瞬间肿了，起了一个大包，我感觉自己疼得都快晕过去了，但是我还是继续往前跑。

“你腿上打着石膏跑不远的，”当我绕过拐角时，店员冲我大喊道，“警察已经在路上了，他们很快就会抓到你的！”

我本来的计划是这样的：我去抢劫便利店，然后被捕入狱，这样的话我就可以得到照顾，我的脚也可以得到救治，生命也就可以保住了。我很绝望，不知道还能做什么，好像无处可去，也别无选择。但是一离开店员的视线，我就跳进了便利店的垃圾箱，把自己盖在了垃圾堆里。接下来，我像雕塑一样僵硬地坐在那里，整整待了四个小时，直到外面的警车、直升机和狗的声音都消失了。我猜我的运气非常不错，一定是那些黏糊糊的垃圾的气味掩盖了我身上的味道，警察甚至都没有想到要检查垃圾箱。

我身上像纽约市的老鼠一样散发着难闻的气味，接着我数了一下自己的“收入”，一共是 37 块钱。

这一定是我一生中最糟糕的时刻。

无法撕毁的粉红色服装

我脑子里面开始想象警察无处不在，在树后、车下、门后、厕所里面、冰箱下面，甚至是我的咖啡里面。这种感觉太恐怖了，他们就这样一直盯着我，令我抓狂。药物没有什么帮助，我无法忍受脑子里面的幻想。

我不能回去找萨曼莎，也无法回到她为我们租的小公寓。有一天，我把她银行账户里面的钱都取了出来，总共四百块钱，当时她还在上班，然后我把所有的钱都买了大麻和酒。很快，大麻也抽光了，酒也喝光了，我的泰诺四代处方药用完了，我也没钱再去买了，不得不再次戒毒，我好害怕。我就这样四处游荡，为自己的处境感到悲哀，过了大约一个星期，我的健康状况又恶化了，其实这个时候我更应该担心自己给萨曼莎造成的伤害，应该担心她下个月吃什么、喝什么、怎么去上班。她和我一起经历了太多的冒险和苦难，危险的时候我们在应急服务场所待过，无家可归的时候我们在城市里到处找地方住，在肮脏的房间里、在别人家的沙发上都住过，而且在很长一段时间内不断受到暴力的威胁。

我们的关系维持了四年，就这样结束了。

后来，我开始使用假冒的名字，进入收容所，然后又被赶了出来，有时候睡在露天长椅上或者公园里。直到有一天晚上，一家桌球酒吧允许我用他们的电话，我就打给了警察，告诉他们我就是几周前在布兰普顿抢劫便利店的人。我心里非常清楚，我待在监狱里要比在外面无处可去四处游荡更加安全。我觉得我们的社会好像更关心罪犯，而不是那些无家可归的人。

警察很快就来了，把我带走了。

我被逮捕的细节其实没什么好说的。我记得警车赶到我待的车站，把我抓住，他们还嘲笑我身上难闻的味道。我知道自己要进监狱了，在那里我可以获得休息，可以把身上弄干净一些还能免费获得医疗救助，这让我松了一口气。

我记得当时我还对自己的行为做了个简短的“总结”，“我做到了，”我说道，“现在把我铐起来吧，记得把钥匙扔掉，一直关着我就好。”

我只是想找个地方躲避这个现实世界。不仅如此，我还想要一个可以爬进去然后安心死去的地方，就像一条受伤的狗爬到某个地方的门廊下一样。

接下来，我被指控犯有抢劫罪，并被送到了位于米尔顿的梅柏赫斯特惩教中心，在那儿等待着我的第一次庭审。

到了惩教中心以后，他们按照程序对我进行了脱衣搜身，给我穿上橘黄色的连体裤，然后关进了一个普通的大房间，和其他囚犯待在一起。刚被关进去我就违反了监狱里面的规矩——我对着别人吹口哨儿。四个年轻人从我身后偷袭了我，对着我的脑袋猛踹，直到我几乎失去知觉才停下来。我并不清楚他们为什么停下来，因为我没有看到守卫过来，也许他们只是没劲了。

后来，警卫终于来了，把我们分开带到各自的牢房，我告诉他说我有自杀倾向，曾经试图在厕所附近吞下一个塑料勺子。

“你的脸怎么了？”他假笑着问道，手指不停地转动着钥匙。

“我在拉屎的时候摔倒了。”我回答道，脑袋感觉一跳一跳地疼痛。

警卫随后问其他人我说的是不是真的，牢房里的人都笑了起来，告诉警卫我没有撒谎。

接着，警卫把我从普通牢房里拉了出来，关在了带有保护性措施的牢房里，过了几个小时，又把我送到了单独囚禁的房间。

我这才意识到单独囚禁的地方——里面的人也称之为“洞”——通常也不是那么难进的地方，而且可以在很短的时间内做到。有时候，囚犯如果把另外一个犯人打晕了或者他们不愿意揭发同伙的罪行时，就会被关进单独囚禁的牢房，这两种事情是监狱里面经常发生的。

有时候，那些囚犯甚至穿着橘黄色的工作服就被关进了“洞”里，守卫带着他们从每个人身边走过时，你几乎可以看到他们身上若隐若现的象征胜利的“月桂花环”。

我的状况就有点不同了。

我被单独囚禁是因为我不合群，无法和那些普通犯人关在一起，另外，我还有自杀倾向，有时候会冲着自己大喊大叫。从那时起，我在梅柏赫斯特的服刑期就被人当成一个大麻烦，而且我患有妄想症，有人可能看到我喊着麦克和史蒂芬的名字喃喃自语。为了更加羞辱我，强调我的恐怖性，他们给我穿上了一件无法撕毁的粉红色的服装，衣服没有胳膊或腿的部分——这是为有自杀倾向的犯人专门准备的标准服装，它由航天时代使用的填充聚酯纤维制成，大约有八层厚，采用菱形对角线缝合，领子大得可以穿过一个南瓜，感觉比凯夫拉防弹背心还要坚固。这种衣服你根本撕不破，所以还没法把它编成一根绳子上吊自杀，我都试过了。

它就像一条宽松的迷你短裙，再交叉配上一件紧身斗篷。当警卫把穿着这件衣服的我带到单独囚禁牢房时，所有的人都冲我吹口哨儿。

“屁股摇起来，宝贝！”一名囚犯大喊道。

“他是我的。”另一个人则喊道，还不停敲打着牢房门上的有机玻璃。

其他的人有的冲我飞吻，有的用手比心。

我还没准备好接受变成这个狗屎样的现实。

在单独囚禁的“洞”内，没有毯子，没有枕头，没有人可以接触，也没有尊重。只有我自己，我身上穿的粉红色小衣服，一本蓝色的监狱发的《圣经》，四周的混凝土墙壁，我的想法以及时间。

煤渣砖块做成的墙上到处都是一些胡写乱画的东西，能够在这样的环境下写出这些东西非常不容易。有的是用细小的干大便写的，有的是用血写的，有的则是用铅笔写的，铅笔肯定是有人把它放在屁股里面偷偷带进来的，而这些东西有的写给上帝，有的写给撒旦或其他我不熟悉的神灵。当然，这里也少不了巨大的阴茎或阴道的图画，到处都是，上面还带有旧的指甲痕迹、破损的指甲以及鼻涕，同时还有壮丽的太阳和树木图画作为背景效果。

我刚进来的几天非常痛苦。第二天，我就进入了毒品戒断状态，而且是在没有任何医疗帮助的情况下——没有利眠宁（Librium）或安定（Valium）或其他任何东西。我之前告诉了他们我的脚有问题，所以他们给了我抗生素，但我太累了，竟然忘记告诉他们我还有毒瘾。我有时在想，我怎么偏偏这么倒霉，竟然忘记了这件事情。与此同时，没有毒品的痛苦让我感觉就像冥王哈迪斯的怒气已经将我整个人吞噬淹没在冥河中。

我感觉呼吸都很费力，几乎不能呼吸。每隔四十五分钟左右，我就会呕吐和腹泻，严重到我没有一次有足够的力气可以跑到马桶旁边。我的牢房看起来像是被装了泥土、米粒和花生的霰弹猎枪打过一样。我的骨头也发出痛苦的刺耳的声音，震动着，直入骨髓，都将我的身体震碎了，变成了一堆血淋淋的滑石粉。然后，鲜活的蛆虫一堆一堆地从我的身体和大脑中钻出，在我的皮肤里面孵化成葡萄干大小的圆乎乎的苍蝇，到处飞舞，甚至掩盖了警卫从不关闭的灯发出的光芒。

我躺在牢房里，抽搐着，希望自己快点死去。就在这时，我脑仁中有一种柔软的声音在我耳边轻轻地低语着，但她的声音却无法赶走那些虫子和恶魔。她刚刚来到我身边，然后又马上走了。

我摇摆着。

我抖动着。

我颤抖着。

我感觉牢房的地板在上下晃动，幅度比地震时的地壳运动还要剧烈。

如果说酒精导致的震颤性谵妄让我出现了身体上的症状，差点要了我的命，那么毒品戒断带来的越来越严重的精神上的错乱则把我撕碎，让我变成了羞耻、怜悯和内疚的碎片，它们在我的额头下熊熊燃烧，就像用汽油浇灌过后再用喷灯点燃的凝固汽油弹一样。我记忆的锋利边缘刺入了我的意识，将我的思想撕成脆弱的悲惨的反省的碎条。过去的一张张面孔——我的祖母、我的法语老师R夫人、利罗伊、凯伦、我抢走的孩子伊凡、萨曼莎——所有我伤害过的人都像带有锋利刀刃的尖刀一样，一个接一个地涌进来，要在祭坛上把我开膛破肚。

对不起，对不起，对不起，我恳求着，我的眼睛紧紧地闭上了，眼泪早就干涸了，我的双手高高举起，试图保护自己，免受一生所犯的种种错误的惩罚。各种维度空间扭曲地折叠在一起，产生了一种力量，让我自己的身体也开始互相挤压。我试图阻止身体的爆裂，慌乱地从冰冷的牢房地板上收集我的肠子，但一切都徒劳无功，墙壁一直在挤压身体，我的内脏无法回到我曾经的躯壳中。

我的身体翻滚着、扭动着、扭曲着、摆动着，就在我一阵慌乱翻腾之际，我的脸偶然间碰到了牢房里唯一的东西——那本《圣经》。

造物主现在想给我福音！我冷笑一声，这本书出现得太不合时宜了，我被激怒了。

我一把抓起《圣经》，把它扔到了墙上。接着，它反弹了回来，落在了我颤抖的腿附近，露出了里面的《诗篇》第三十二章，但段落中的文字像黑色的蚂蚁一样向四面八方奔跑。我又把它踢开了，这次它落在我的混凝土床的底座附近，书页再次张开，好像在等待着我。

我之前从来没有读过这种该死的东西。

单独囚禁

我梦见

我踩在古城耶路撒冷的鹅卵石上

就是在那里

大卫背叛了尤赖亚

他的皇冠

被破碎的骨头和痛苦所取代

在罪孽中慢慢枯萎

也正是在那里的大理石地板上

他大声呼喊

也认清了自己

一只在豺狼之地受苦的郊狼

西拉[①]

---

① 西拉：咏唱时指明休止的用语。

爱的分享

我终于清醒了，又过了几天，脚上的感染也开始消退。庭审还没有开始，所以他们把我关押在了保护性监护区，在那里我的身体可以慢慢康复。

劳里斯顿（Lauriston）是我的狱友，大概七十岁，来自百慕大。他说自己只是违反了缓刑规定，所以才被关在这儿，但我对此表示怀疑，因为违反缓刑规定的人被关押的时间不会超过三十天，而他待在这儿显然都有两年还多一天的时间了。他是不是犯了什么滔天大罪？他所说的罪行是不是真的？真的像他说的那样吗？你永远不能相信其他囚犯。

劳里斯顿还和其他囚犯进行糖包交易，我很好奇他是怎么做到的，他有很多很多包装好的糖包。每个犯人早餐的时候发放一个糖包，放在早餐盘上，中午的时候有一个，用来泡茶，晚上还有一个，也是用来泡茶的。但是劳里斯顿却有一个装满糖包的枕套，他每顿饭至少可以吃五个糖包。糖包在监狱里面是非常有用的商品，可以用来购买食物，还可以用来和橘子皮、水和面包一起制作麦芽汁。而麦芽汁、烟草还有毒品都是监狱里面的顶级商品。

在就餐的时间，有人会将糖包分发到每个牢房。

“给你，劳里斯顿。”司务长巴基说道。巴基是负责分发和控制食物的犯人。所有的牢房共同组成了一个关押区，犯人大部分时间都需要待在这个区域，而巴基是关押区内最有权力、最受尊敬的人。

劳里斯顿把双手从发放食物的小窗口伸了出去，巴基将一只装满糖包的袜子扔在了他的手里。

“谢谢你，年轻人，我也有东西给你，拿着。”劳里斯顿从他的餐盘上拿起了土豆，递给了巴基。

巴基跟劳里斯顿碰了碰拳头，感谢劳里斯顿给他提供了碳水化合物——因为巴基每天都要强迫性地锻炼三个小时，所以土豆可以为他提供必需的能量。

“我懂你，聪明的家伙，一如既往。”

巴基笑了笑，继续往前走，他要把剩下的餐盘分发给其他牢房。

“看到了吗，印第安人，”劳里斯顿对我说道，“把你的东西分享给下一个人，让下一个人也变得好起来。”

“这个理论听起来不错，”我打断了他，说道，“但你怎么知道他们不会拿走你的东西？”

“你在想些什么？笨蛋，醒醒吧，虽然我们是犯人，但我们也是人，你知道的。我们之间也要互相分享、互相信任，就像生活在监狱外面的人一样，就像所有那些好人一样。你要知道这一点：所有跟自己的兄弟互相分享的人都会因为兄弟的帮助变得越来越好，而那些不愿意这么做的自私的家伙除了人们的严厉批评什么也得不到。”

劳里斯顿激动了起来，非常生气，身体也开始有点摇晃了。他咬了咬牙，嘴里嘟囔着什么，然后变得非常严肃。

“看到我了吗？我只是一个老人，没有家人、没有毒品、没有烟草、没有糖块——我什么都没有。但是我有很多好吃的东西，我的肚子也总是能吃得饱饱的。这些犯人可以从我这儿拿走任何东西，但即使在这个地方，我也知道分享的重要性。我相信这些人，他们也知道这一点。你要知道，他们中的一些人一生都没有被信任过。你知道信任在罪恶之都巴比伦有什么价值吗？”

“对不起，劳里斯顿，我只是……”我以为他要打我，急忙往后退，靠在墙边，准备自卫。

“不要紧张，我从来没有打过瘸子。听我说，我正在努力帮助你。你可以按照我说的试一下。把你的食物和其他人分享，但是不要索取任何东西。在这个地方，这种做法非常有用。你要相信这些人都是好人。但永远不要把它交给总是想方设法拿走它的浑蛋。如果发生这种情况，那么你就要狠狠地打他——往死里打。”

我同意听从他的建议，然后就上床睡觉了，脑子里面还是念念不忘他的那堆糖。

第二天早上，当巴基出现时，我接过我的早餐盘子，然后拿起我的麦片包和一袋牛奶，递给了巴基。

“给你，拿去吧。”我说道。

巴基只是瞥了我一眼，把它们放在了他的托盘上，然后继续往前走了。

可是巴基什么都没有给我。我等了一个小时，但是只看到他和另一位司务长普瑞斯特打牌，他压根儿都没有抬头看我。

这个浑蛋，我心里想道。停工的时候，我走到淋浴间，脱下工作服，正要进入隔间时，巴基和普瑞斯特走到我跟前，一把抓住了我。

“你要搞什么，你疯了吗，哥们儿？”他说道，“你要在我的洗澡间洗你的脏屁股吗？哥们儿，你好像从来不洗澡，你这个肮脏的家伙。”

巴基是对的，我从来不洗澡。因为我害怕脚再次感染，就像害怕被强奸一样。就是因为害怕，所以我变得越来越脏，越来越臭。但是我今天不得不洗澡，我身上的味道太难闻了，以至于我和劳里斯顿很难在牢房里一起吃饭，所以我强迫自己来到了洗澡的地方。一想到要被巴基和普瑞斯特殴打，甚至强奸，我感觉自己的脸都吓得变成白色了。我闭上了眼睛，希望一切能快点结束。

“你不能进去，哥们儿。睁开你的眼睛。我让你睁开眼睛，看着我！”巴基冲我大喊道。

但是我的眼睛仍然紧闭着，我的身体僵硬得像是一块木板。

巴基又喊了一声，声音比上次还要响，“睁开你的眼睛，哥们儿。你不能就这样进去，你脚上的伤口还没愈合呢。这个给你。”巴基说道。

接下来我感到有个柔软的东西压在我的胸口。我把眼睛睁开了一条缝，还在小心翼翼地保护它们，以防被他们用拳头或手指挖出。然后看到巴基把他的黑色监狱凉鞋递给了我。

“你必须穿上凉鞋，这样你的脚就可以离开地面。地上是有细菌的，如果你踩到它们，就会进入你的伤口，你的脚可就保不住了。”

巴基正说着，普瑞斯特抓住我的肩膀补充道：“你把它们翻过来看一下，我在鞋子的底部刻上了大卫之星，可以保护你远离这个地方的污秽，算是一种祝福吧。”

我看了一眼，确实是大卫之星，刻在鞋跟的位置，刚好就在我受伤的脚踩的地方。

当我回到牢房时，劳里斯顿正在那儿等着我。我就把发生的事情告诉了他。

他只是笑了笑，说道：“我说得没错吧。”

牢房里的《圣经》

很快，我也拥有了很多食物，可以吃得饱饱的，还得到了我想要的所有糖包以及所有果汁凝胶。另外，我还赢得了其他人的尊重，这是我一直以来内心非常渴望的东西。有了充足的食物营养，我的脚也痊愈了。当普瑞斯特和巴基被转移到另外一个大监狱的时候，大家选我承担司务长的工作职责，因为关押区里的人都知道我是公平的，而且我会把东西和大家一起分享。

正如劳里斯顿所说的："所有跟自己的兄弟互相分享的人都会因为兄弟的帮助变得越来越好，而那些不愿意这么做的自私的家伙除了人们的严厉批评什么也得不到。"

我希望我要是不用来监狱就可以明白这个道理就好了——除了这个，还有很多其他的事情。

在普瑞斯特被转到其他监狱之前，他给我提了一些建议。

"印第安人，听着。我已经用光了上诉机会，对我来说，一切都结束了。"

他脸上露出了彻底失败和担忧的表情。从我早些时候见到他以来，我从未在他脸上看到过这种表情。

"不会有事的，兄弟，"我说道，"你只需要做你自己就好了，读书、锻炼、画画……"

"我会尽力的，但是那里的情况要疯狂得多。但至少一段时间以后，我就可以获得夫妻探视的机会了……”普瑞斯特咧开嘴笑了一下，眼神又变得呆滞起来。

“不管怎样，西斯尔，听着。你在这个工作中有两个重要的职责必须完成：第一，对于第一次到关押区的犯人，你必须让他们阅读规则并让他们洗澡——进来的人必须是干净的。如果他们不听，你必须把他们轰出去。你是抵御疾病和脏东西的第一道防线，这里的人都要靠你。第二，你必须公平地分配食物，我知道你会这样做，因为劳里斯顿把你教得很好。”

的确，劳里斯顿教会了我分享的价值以及如何维持秩序。“就这些吗？”我问道，据我所知，司务长的工作要复杂得多。

“当然不止这些。你还必须让毒品和烟草流动起来，你必须将打火机传递给其他囚犯还有在其他关押区的犯人。做这件事情的关键人物是负责清理过道的拖地工人，他们每天上午 8 点 30 分会准时来，到时候你就可以把打火机递给他们，他们接着传递给其他囚犯，然后他们再传递回来。这其实很简单。现在把打火机给你吧。”

说着，普瑞斯特递给我一个紫色的打火机，我在关押区已经见过很多次了。我接过打火机，把它塞进了我的连体裤的口袋里。

普瑞斯特接着强调说：“如果狱警要对我们的关押区进行搜查，你的工作就是要保住打火机。你必须用你的屁股紧紧地夹住打火机，而且动作要快。不要笑，也不要给我做那种表情，我也不容易，这种事情我已经连续干了两年了！你知道我的屁股和打火机亲热了多少次吗？”

我的笑容让普瑞斯特放松了下来，我和他进行了很多次谈话，但这种情况是第一次。我很高兴他能放松一下，哪怕只是一秒钟。

“如果可以的话，用上肥皂，将打火机向上滑动到那里。如果没有肥皂的话，只能干干地硬来了。没关系，把它塞进去就好了。我知道感觉很糟糕，但打火机就是我们的力量。这儿的人没有它就不能吸烟或吸毒。他们还会试图从你那儿偷走它，为了防止出现这种情况，你必须用食物当保护费贿赂一些人。你想让谁成为你的打手，你就把吃的交给谁，比如，和你一起锻炼的大个子。他们可能不在乎你，但他们会关心他们身上的卡路里来自哪里，这一点你完全可以相信。”

“知道了。”我说道，脑袋里不停地想象着自己碰到狱警突击搜查时不得不反复把打火机塞到屁股里面的画面，“还有别的事情吗？”

“有的，如果有新的犯人进来，你必须带他们去厕所，盯着他们大便。还记得你进来的时候我也让你那么做吗？这背后都是有原因的。”

说到这里，我第一次进入关押区时的记忆在我脑海中闪过。当时普瑞斯特到出入口和我见面，让我阅读规则，让我洗澡，然后带我去厕所盯着我大便。整个过程中，他一直把手放在马桶的冲洗器上。我拉完以后，他把我推到一边，拿起一张报纸，卷起来，然后在马桶里面搅动，把我拉的大便弄碎，检查里面有没有东西。然后，他让我又洗了一遍澡。

“毒品就是这样进来的，有些人就是把毒品藏在屁股里带进来的，毒品一进来，价格就会被压低，破坏整个交易。你不能让这种情况发生。如果有人在你担任司务长期间通过这种方式把毒品带进来，你必须出手，抓住那个家伙，把他踢出去，然后把毒品交给巴基。这里是他的市场，是他的地盘。你一点也不用担心巴基，他在这里有一支军队，如果涉及毒品，他会解决出现的任何问题。明白了吗？如果你按照我说的去做，你会没事的。”

我明确地告诉普瑞斯特，我已经听明白了，但我看得出他还想告诉我一些别的事情。我耐心地等了一会儿，等他看起来比较放松了，才问道："还有什么事情吗？"

"是的。"他聚精会神地说道，"在这儿，我已经看到很多人受伤了，而且非常严重。有的可以去医院，有的则死掉了。你看到这本书了吗？就在这里，"普瑞斯特指着他的蓝色的监狱发放的《圣经》说道，"这本书有很大的力量，它可以告诉你关于人的一些事情。"

我脑子里试着拼凑出《圣经》和在监狱里死去的人之间有什么共同点，另一方面也希望普瑞斯特不要对我传教。

"很多人都被关到了监狱里，但是原因各不相同，"普瑞斯特说道，"有些人是因为还押候审，有些人因不轨的行为而入狱，有些人因转移钱财而入狱，有些人因违反了某些规定而入狱，有些人则因严重的指控而入狱。有很多喜欢说谎的人吹嘘他们所犯的罪行，其实他们这样做是为了让自己显得比实际的样子更坏，以此来吓唬别人。他们可能会说他们是银行劫匪、珠宝窃贼或杀人犯，但实际上他们只是碰到了交警进行临时截停检查，然后在妈妈的旅行车上被发现藏了一些大麻而已。但不管他们说什么，你只需要记住一点：吹牛者容易得到匕首。"

普瑞斯特停了下来，低头看了看在关押区一头儿正在灌大型水袋的家伙，那帮人一边干活一边还在吹牛。"但里面还有些人是真正的罪犯，而且有办法把他们找出来。"

"怎么才能找到这帮家伙？"我知道他接下来要说的话非常重要。

"晚上，当你在睡前给犯人送解酒茶时，注意观察一下他们的床边。看看那些喜欢吹牛的小混混的床边，再看看那些安静的家伙的床边，你肯定会看到不一样的东西。”

“什么意思？”我本来不想问这个问题，但还没有机会阻止它，这个问题就从我的嘴里蹦了出来。

“那些真正犯了罪的人，尤其是犯了重罪的人，他们的床边总是有一本《圣经》，或者《古兰经》，或者律法或其他神圣的书籍。他们一夜又一夜地无法入睡，希望上帝可以原谅他们。不要和这样的人打交道，他们会直接杀了你。而那些假冒的罪犯会像婴儿一样睡觉，从不在床边放《圣经》，因为他们不需要宽恕，因为他们没有做错任何事。真正的狠角色无法入睡，同时也无法阻止自己寻求上帝的原谅。他们需要宽恕，因为他们无法接受自己现在的样子，无法接受自己之前所做的事情，或者无法接受自己一手造成的生活。对于他们来说，这是一颗难以下咽的药丸——心里清楚地知道自己是一个做过可怕的事情的怪物。除了上帝，他们无法获得别的安慰……他们只是在生活道路上的某个点出了差错，才落得如此下场。”

我的床边就一直放着一本《圣经》，我接着问道：“普瑞斯特，哪儿出了差错？”

“其实我们所有的罪犯一开始和其他人一样，都是普通人，但生活中发生的事情让我们变得分崩离析，导致我们变成了会伤害他人的人。所有生活当中的黑暗面的本质都是一样的，那就是爱变坏了。我们只是受到过生活伤害的心碎的人。”

普瑞斯特的眼角噙着泪水。我第一次明白过来，这个肌肉发达的罪犯曾经一定是一个好人，他的心里一定希望自己还能成为那个好人。我明白他已经没有这个机会了，不禁为他感到深深的悲哀。

出入口的蜂鸣器响了起来，警卫赶了过来，要把普瑞斯特带走。他的情绪镇定了下来，收拾了一下他放在枕头套里的个人物品，跟我碰了碰拳头，就离开了。

从那以后，我再也没有见过普瑞斯特。有人告诉我，他是因为毒品交易出错导致的杀人案入狱的。但我从来没有机会了解事情的来龙去脉，因为那是他从不谈论的事情——我想，除了在晚上没有人的时候，他会和上帝，还有放在床边的那本《圣经》，一起分享他的故事。

奥德丽

“我有一辆车，”她说道，“我们可以一起工作。”她身上有着浓浓的香草味道的香水味，非常好闻，再加上她迷人的微笑，我一点抵抗力都没有了。我像个白痴一样点了点头。

我出狱以后，经常在附近的一些“陷阱屋”[①]里看到她。她有一头金色的直发，眼睛是灰色的，涂满了睫毛膏。她非常漂亮，是一个绝代佳人，跟我们这些无家可归的人一点也不像。她的脸颊饱满，身材匀称，穿着昂贵的衣服。一开始她吓了我一跳，然后她进行了自我介绍。

“你好，”她说，“我的名字叫奥德丽。”

她说话有些东海岸的口音，我的心跳开始加速起来。

“你叫什么名字？”

我被她深深地迷住了，反应都有点不连贯了。

她用食指捻动着头发，咯咯地笑了起来。

我坠入爱河了。

后来我得知她住在自己的公寓里，就在附近街道的拐角处。我也告诉她，我靠着乞讨和偷窃养活自己，但没有参与毒品交易。

① “陷阱屋”：只有一条路能进去，也只有一条路能出来，就像是陷阱。

“我不喜欢毒品交易，”她说道，“因为它正在毒害我们同类的人，很多人为此心碎，变成了无家可归的人。”

有一个上班女郎[1]，经常光顾我也常去的毒品场所，但她并不喜欢奥德丽。“她抢走了我们所有的生意，”当我问她奥德丽是谁时，她说道，“我希望她能给我们留下一些生意。”

一天，我从杂货店偷了价值两百多块钱的肉，带到了陷阱屋，当时奥德丽正坐在陷阱屋的密室里，看到了我所做的事情。对于我偷的赃物，有人按照标准零售价的三分之一买了，然后我把卖的钱都换成了大麻。

“一个女孩愿意和你这样的男人一起做很多事，杰西。”奥德丽上下打量了我一眼，然后又看了看我手里的大麻说道。

那天晚上我们一起回了她住的地方。我以为我们会发生点什么，但我们只是一起抽了大麻，所有的毒品都用完以后，我们还天南海北地继续聊天，聊到了她来自哪里还有她想如何摆脱我们俩都陷入其中无法自拔的生活，后来聊得嘴巴都疼了。我没有对她做别的任何动作，我想她不缺性爱——总有一些猪一样的男人每天侵犯她的身体。

她在沙发上为我准备了一条毯子，然后对我说：“以后任何时候你想找个地方抽大麻，都可以来我这儿。”她给我盖好毯子，然后一个人去她的卧室睡了。那天我还做梦了，整晚梦里都是她。

第二天，我们去跑步了，那是我们第一次一起跑步。

后来，我们偷了大约十二家杂货店。我带上了我的健身背包，

---

① 上班女郎：婉指妓女。

里面装满了偷的东西，有牛排、虾、婴儿配方奶粉、剃须刀以及化妆品等等，直到背包撑不住重量快要破裂了我才收手。奥德丽负责在外面的车里接应我，发动机也不熄火。有几次被发现了，保安在后面追我，但我只需要跳上面包车，奥德丽踩足油门，直接开往我们的下一个目的地就好了。

从奥德丽的脸上我可以看出她非常兴奋，我们一起欢呼的样子，我们完成偷窃驾车飞速离开手拉着手的样子，让我兴奋不已，感觉就像我们完成了一件大事。我的脚感觉更好了，我的整个人感觉也更好了，所有的一切都感觉变得更好了。我和奥德丽组成了一个很棒的团队。那天晚上我们买了很多东西，我们的毒品多得抽不完。我还煎了几块牛排，和奥德丽一起像普通人一样在她家里吃了晚饭。

很快，我们的骗局升级了，变得更加复杂。而其中最简单的就是“水瓶”的骗人把戏，具体做法就是：我会去某个杂货店拿两个大水瓶，如果你把空水瓶还给店里，他们就会给你二十块钱，每个十块钱，然后把它们偷出店外。如果我没有被跟踪，接下来只需要把水倒掉，再回到店里把它们还回去。只需要五分钟的“工作”，我就可以得到二十块钱，就像制作馅饼一样简单。

如果我被发现了，店铺的保安真的来追我，那么我就会把瓶子扔到停车场然后逃跑。保安要么追我，要么把被偷的东西拿回店里——可惜他没办法同时完成这两件事情。如果他真的来追我，那瓶子就没人管了，有人会来把瓶子拿走，而那个人就是奥德丽。她会开车跟在后面，捡起瓶子，然后快速赶上来，在我被抓之前把我接走。这是最好的情况了，因为我没被抓而且我们还得到了瓶子，接下来我们只需要将它们归还到街上的其他店铺，就可以轻轻松松地再赚二十块钱。

如果保安选择不追我，待在瓶子旁边，奥德丽就会开车来接我，然后我们再去其他店铺故技重演。所以这套把戏会碰到上面说的三种情况，但无论是哪一种情况，我都可以安全逃脱。真是太棒了，我们玩这个把戏玩了一整天。

我们有时也会光顾卖酒的商店。这个时候我们就需要使用我们所谓的“闪电战”了，这种方法最冒险、最需要勇气，但是也是获利最大的方法，我们一次可以赚到二百块钱或三百块钱。我会冲进店铺，迅速抓起看到的酒瓶——每次可能可以拿五瓶——然后我会走到前门，一头扎进面包车里。奥德丽踩足油门，飞速逃跑，汽车的后门开着，我的腿半悬在外面，我看起来一定像个偷二垒的棒球运动员。奥德丽的驾驶技术非常棒，她开车速度很快，还无所畏惧，才不管红灯和那些停车标志，我经常能听到汽车的橡胶轮胎摩擦地面发出的刺耳的声音，奥德丽就像是吸了毒正在兴头儿上的史蒂夫·麦奎因[①]一样。通常情况下，我们回头会看到一群愤怒的人站在地面上冲我们尖叫，对着面包车挥舞拳头，他们没有车，没办法追上我们。而我们看着他们逐渐消失，也会兴奋地竭尽全力大喊大叫，为我们的胜利而欢呼。

卖酒的商店后来熟悉了我们的套路，我们只好转换目标，找啤酒商店下手。因为啤酒箱比较重，也比较大，相对于其他卖酒的商店赚不了那么多钱，但我们仍然在一天里赚了数百块，然后用所有

---

① 史蒂夫·麦奎因（Steve McQueen）：20 世纪六七十年代著名的好莱坞硬汉派影星，与达斯汀·霍夫曼等大明星齐名。出演的角色大都是比较边缘的“英雄人物”，在美国影坛有重要地位。

的钱买了大麻。

渐渐地，我们变得有点厌倦了。我们总是神气活现，充满了奇怪的迷之自信，就好像我们是摇滚明星什么的。我们是来自贫民区的摇滚明星，只不过是不会弹吉他的那种，我们总是举行疯狂的派对，就像没有明天一样。然而，无论我们得到多少钱，都永远感觉不够。兴奋的感觉总是转瞬即逝。现在回想起来，当时的我们是高高在上的、是狂野的，而且已经超出了我们的想象，我不敢相信那些事情都是我们两个做的，我对所做的一切感到后悔。

大约又过了几个星期，我们的生活都崩塌了。当时我坐在奥德丽家里的沙发的一头，一边喝着我们刚刚偷来的酒，一边等着我们每晚都会做的牛排烤好。我和奥德丽之间还放了一大堆大麻，这是我们的生活必需品。

“我知道你想得到我。”奥德丽有点口齿不清，一脸醉意。她凑到我身边，把手放在我的腿上，然后滑向我的胯部。我感觉有点儿奇怪。

尽管自从我们认识后我就想要得到她，但是我们以前从来没有亲热过。

我坐在那里，好像僵住了一样。奥德丽看起来不再那么有吸引力了。我的意思并不是说，她改变了很多，以至于外表都没有吸引力了，她仍然非常漂亮，是个大美人。只是我不喜欢她说话做事的方式，也不喜欢我们现在的样子。我以为我们可以真正地生活在一起，找到正经的工作，金盆洗手，远离麻烦。我希望我们变得更好，我不想毁了这一切。有时候又觉得这种想法非常愚蠢，因为很明显我们是上瘾的小偷、犯罪的伙伴。我们也确实很擅长这些，而且我们彼此崇拜并且相处得很好。但是，我总是觉得我在利用她。

我把烟斗装好，递给奥德丽，以此来分散她的注意力。她把烟斗从我手里打了下来，俯下身来，让我亲她。然后我亲了她一下，感觉很上头，但是感觉完全不对。于是我的身体向后缩了回来。

“我办不到，”我说道，“我想我爱你。”我伸出手，握住了她的手。我想向她解释一下，为什么我想等一段时间。

“不要。”她说，声音听起来充满了敌意。她抬起身子，爬到沙发边儿上，脸几乎是贴到了桌子上。她的膝盖撞倒了我们的大麻“山堆”，其中一部分掉到了地毯上。

我坐在那里，一句话也说不出。我知道我做得太过分了。

“把你的一半拿走，滚吧！”她说道，也不愿意再看我了，“我受够你了。”然后她走到前门，把门打开，“滚出去。”

我没有争辩，收拾好东西就离开了。

我们甚至连再见都没有说。

炸药

当我准备前往卖毒品的房子时，我在胸前的口袋里塞了一个炸药棒，然后让炸药的引线芯从我的派克大衣中伸出了大约 5 英寸[①]。

卖给我毒品的贩子名叫格林（Green），是加拿大安大略省雷克斯代尔的帮派成员，他的兄弟们都有道上的名字，我想他们取名字的灵感是来自电影《落水狗》。格林告诉他的同伙们，我是个非常危险的人，并且愿意做任何事情。他说得没错。经历了萨曼莎和我的分手，还有和奥德丽以及菲力哥的那些事情以后，我不再害怕死亡。道上的人都知道我抢劫了便利店，在腿上打了石膏的情况下还从警察的眼皮子底下溜掉了。他们给我起了个外号叫作“热血男孩”。我讨厌这个外号，但不管我是不是无家可归，它给了我一种被人尊重的感觉。

我急匆匆地经过修理厂，旁边一堆一堆的雪在黄昏中闪闪发光。红色的炸药棒沉重地压在我的胸口，就像一根铁棍。三个小时以前，我吃了一些奥施康定（一种止痛药），但它的药效正在逐渐消失。我的脚越来越痛，就像被一条 6 英寸[②] 长的铁路枕木钉在十字架上一样——因为葡萄球菌导致的感染又回来了。我的脚踝越来

---

① 5 英寸：约合 12.7 厘米。

② 6 英寸：约合 15.24 厘米。

越冷，越来越不灵活，好像有电线把我的脚绑住了一样。没有药物的帮助我都没办法跑动了，疼痛可能会让我不得不终止这个计划。

没关系，我可以克服这个困难。不管有没有药物的帮助，我都会从那些毒品贩子人渣那里搞到很多大麻。我下巴的肌肉绷紧了，一下把我在监狱中修复的牙齿折断了。我把牙齿碎片吐在人行道上，它弹了一下，掉到了雪堆里。这时我想到了温哥华和那辆汽车，是这帮人渣把我变成现在这个样子的，我要报仇。

我抽出我的大麻烟枪，装上最后一块价值二十块钱的大麻，然后点着了。我需要点额外的动力。黄色的火焰灼烧着烟枪的玻璃，大麻很快烧着了，释放出一股浓烟。它嗞嗞作响，就像裹着牛奶的爆米花。我使劲往下面的冰面上吐了一口唾沫，它很快冻成了一个美丽的水晶样的蜘蛛网，成形的时候还发出微小的嗞嗞声。大麻开始起作用了，我的听力瞬间提升到了超人的水平。

我向四周看了一圈，看看有没有偷偷摸摸跟踪我的警察。结果什么也没看到，但感觉他们离我很近。有一次，我在我的棒球帽里发现了一个追踪装置——就在棒球帽顶部的纽扣上。有些人告诉我说它本来就在那儿，作用只是为了将帽子叠放在一起，但我不相信他们。我把它撕了下来，扔进了怡陶碧谷河以逃避追踪。我还发现，这些负责跟踪嫌疑人的警察也会使用车牌号码互相发送暗号，数字 9 意味着他们很接近；数字 2 或者 5 意味着他们锁定了我的行踪并且正在准备收网。

我看到一辆车的车牌号码有数字 2 和 5，那辆车甚至在经过我身边时还减速了。我急忙四处寻找掩护，打算躲进灌木丛，但一下又改变了想法。大麻的劲儿上来了，搞得我的耳朵嗡嗡作响，我差点在冰上滑倒，炸药棒也差点掉了出来。

大麻还让我产生了幻觉，我看到一些影子生物，长得有点像电影《星球大战》中的伊沃克人，它们用银河魔法不断向我发射死亡射线。它们一直喋喋不休地讲话，声音就跟它们在《星球大战》中发出的声音一模一样，听起来太可怕了。它们鬼鬼祟祟的，在阴影里面进进出出。它们还让我想起了电影《人鬼情未了》中的那些恶魔阴影，那个波多黎各人——威利·洛佩兹——杀死了主角帕特里克·斯威兹，他出车祸以后就被这些恶魔阴影抓进了地狱。我可不想像他一样被抓走，我把大麻烟枪又点着了，希望这样可以摆脱我的妄想症，但是好像没什么效果，仍然有一个伊沃克人在路边的黑暗中呻吟个不停。

他们是来抓我的！

我吓得要死，以最快的速度跑到了道路中间，那儿的光线最强。我的心怦怦直跳，都有点痛了。我拍了拍自己的脸，想让自己清醒点，摆脱这些幻觉。没有效果，我又打了一下自己的脸，提醒自己这一切都不是真的。这个时候我的胳膊碰到了胸口的炸药，它在我的夹克里向下滑动，掉到了我的腰部。我又把它重新放回口袋，然后继续往前走。

当我赶到卖毒品的房子时，格林的一个手下正在门口守着。

"热血男孩！"当我走近时，他喊道。他伸出拳头，我们碰了一下。他一直盯着我的一举一动。在他的腰部就可以看到格洛克[①]手枪的棕黑色枪柄，他还故意将衬衫拉高了一些，让大家看到，以此警告人们不要乱来。不过这并没有吓到我，对我没什么影响。

"格林在吗？"我对他笑了笑，尽力装出一副很酷的样子。我感

---

① 格洛克：专门生产手枪的公司。

到一阵剧痛在我的腿上蔓延开来。奥施康定已经完全没有效果了。

“在里面，地下室里。”他站起身来，手朝我的身体伸了过来。

我跳了起来，往后退了一步。“你要搞什么？！”我说道，同时将他的手从我的身体上推开。他想要搜我的身。“你认识我的，哥们儿。”我继续说道。

他脸上的笑容消失了，表情冷峻了起来，同时一只手放在了手枪旁边。“没办法，新规矩。”

“你在想什么呢？我身上会有炸药棒吗？！放心，不会的。”我笑了笑，推了推他的肩膀。

他又笑了起来。“有炸药的话我也不会感到惊讶。”他最后看了我一眼，然后用头向门口示意，“进来吧。”

我的虚张声势奏效了，我拍了拍他的手，走了进去。

房子里面到处都是毒品的味道，甚至连墙壁上都结了一层透明的树脂样的东西，如果我把它刮下来抽一下，也会变得欲仙欲死。房子里面有一半的灯泡已经没有了或者掉在地板上摔碎了；整个地方都点起了蜡烛。地下室靠里的位置散发出微弱的光芒。我定了定神，慢慢地走了下去。

“我的哥们儿，”他对我说道，“我能为你做些什么？”我站在那里，愣了一下。我感到夹克里面的炸药重重地压在我的肋骨上。

格林往后退了几步，他一定是感觉到我怀里有什么东西。接着我把手伸进外套里，猛地抽出炸药，把它举过了头顶。

“把所有该死的毒品都交给我，否则我会引爆炸药！”我大声叫着，同时挥舞着红色的炸药圆筒，我把打火机靠近引线芯，做出时刻准备点燃它的样子。

格林的眼睛睁得大大的，房间里的所有人听到声音，都把脑袋转了过来，脸上露出了恐惧的神色。每个人都争先恐后地寻找可以掩护的地方，手上的东西都扔掉了。格林吓得往后退到了墙边，他那个装满大麻的袜子也差点掉了下来。前门的枪手听到声音也赶了过来，一动不动地站在楼梯的顶部，似乎是被眼前的场景惊呆了。另一个人从格林早些时候出现的门口冲了出来，手里拿着一把枪，他也吓得屁滚尿流。

“我会引爆炸药的，我发誓！”我又喊了一声，同时弹了弹手里的打火机。这时一滴汗珠顺着我的额头流了下来，我用举着炸药的那只手臂的衣服袖子擦掉了它。

格林突然咧开嘴笑了起来。

糟糕，这可不是我希望看到的反应。

他从我手里抢过炸药，“这是道路照明弹吗？”他大笑着说道，然后拽了拽引线芯，它掉到了地板上。他对着那根红色的炸药棒仔细地闻了闻，就像在检查一支上好的雪茄一样。“我闻起来一点都没有硫黄的味道。”

房间里变得鸦雀无声，直到我听到枪上的保险装置发出的咔嗒声。格林紧紧地盯着我，我被彻底困住了。

那个道路照明弹是我在破旧的公立学校附近的砾石坑捡到的，它看起来就像一根炸药，所以我在里面插了一根绳子来当炸药的引线芯，然后才想到这个点子，想用它来威胁这些毒品贩子，逼他们给我一些大麻。我是从罗恩叔叔给我讲的一个老故事中想到这个点子的，故事的主角当时带着一枚真的手榴弹走进一个自行车俱乐部，把里面的人吓得屁滚尿流。这个点子在故事里面起作用了，但我的计划却一败涂地。我只好等着格林的手下向我开火。

令我惊讶的是，格林却咯咯地笑了起来。“这就是我喜欢你的原因，”他说道，“因为你像我一样疯狂。”

他把手伸进袜子里，掏出一块价值二十块钱的大麻。“给你。”他把大麻放在我手里，然后挥了挥手示意他的手下离开，“你这个玩笑不错啊，那会儿我确实被你吓到了。”

俯卧撑

在2007年的时候，我曾因袭击几名警察而入狱。

当时我抢劫了一辆汽车，但是嗑药使我产生了非常严重的幻觉，我认为《星球大战》里面的伊沃克人要来找我了。我跑到马路中间冲着行人大喊，我需要帮助，我快死了，完全失去了理智。

这时，一辆面包车从小路上向我飞驰而来，然后猛踩刹车，紧接着五个留着大胡子的男人从车上跳下来，开始追我。他们看起来像是飞车党。我的腿不好，一瘸一拐的，我尽力以最快的速度一头扎进车流中，来往的车辆抓紧转向给我让路，还不停地按喇叭。但是飞车党那帮家伙身材都比我高大，跑得也比我快。他们拦住了我，但我用尽全力反抗，直到我看到一辆警车停了下来。我知道我没有危险了——飞车党没办法谋杀或绑架我了——但他们仍然从后面勒住我，我几乎失去了知觉，我的手臂拼命地往前扒拉着，接着我听到一声响亮的咔嗒声，还有我喉咙里发出的汩汩的声音。

接着，我被丢在一辆警车的后座上，我抓着钢制围栏的边缘，大喊大叫着，就像一只戴着镣铐的受了伤的山狮。然后我被带到了梅柏赫斯特，在那里我受到了多项指控：故意袭警、两次拒捕、非法持有管制药物以及强行入室盗窃罪。

我在囚犯关押区出名了，大家都知道我击退了这么多便衣警察——就是那些飞车党——并与三名穿制服的警察进行了搏斗，一点也不畏惧他们，而且在打斗的过程中还再次摔断了我的手腕，下巴还受伤了。但事实上，我当时只是被吓坏了，抽大麻抽得很嗨，有点发疯了，跟他们说的强硬没有任何关系。

一、当我做俯卧撑的时候，我的手臂有些颤抖。双手分开与肩同宽，脚部并拢，身体挺直。在我们所处的安大略省的米尔顿监狱，蕾哈娜最新的歌曲在整个保护性监禁区里流行了起来。我想吸入一些空气获得能量，这个像男性沼泽一样的地方的潮湿味道随之进入了我的体内。

二、当我的胸骨接触到地板时，我头部的压力增加了，手腕在抖动，但随后我的身体撑起，手臂又伸直了。我低头看了看自己，结果只看到一堆排骨，还有我努力向脊椎方向吸气的腹部。我的皮肤是灰色的，一点儿生气都没有。

三、我咬紧了牙关，又做了一次俯卧撑，我感觉三头肌有一种灼烧感，身体的核心躯干也有一种多年都没有感受过的紧绷感。这是我再次被捕后尝试做的第一组俯卧撑。

四、我竭尽全力将身体保持笔直，但是，当我的鼻子先接触地板的时候，屁股就翘到空中去了。我瞥了一眼狱友，他正在用空的洗发水瓶喝橙汁。他的脚边有一些血迹，渗进了水泥地的小孔里。

五、我感觉自己要虚脱了，快要撑不住了，但还是在坚持着继续做俯卧撑。我身上的蓝色的监狱内裤垂得很低，在身体落地之前就已经先碰到了地面，然后我又重新撑了起来。这个牢房的回声并不像单独囚禁的“洞”那么严重，但还是让我无法专心。

六、终于，有一个俯卧撑我做到一半就无法继续了，我的肌肉撑不住了。我的手臂也僵住了，再也不能向上推了。我又尝试了一次，但是它们不肯配合我。

我将腿盘在屁股下面，然后使劲拉拽钢桌的一侧，这才站了起来。当我的膝盖弯曲的时候，整个人都摇摇晃晃的，需要紧紧地抓住牢房的栅栏，不然就会倒下去。我记得的最后一件事就是，自己的手松开了，然后便是脑袋砸在人行道上发出的空洞的声音。

当我醒来的时候，身处监狱的另一边，一名护理人员站在我身旁，看着我。

“你不应该进行锻炼的，西斯尔先生，”他说，“你的血压太低了，身体还是太虚弱了。”

“不锻炼的话，出了事情我该怎么保护自己呢？”我问道。接着我试图举起手臂，但是失败了。我咽了咽口水，喉咙里发出了咔嗒的声音。

“我现在倒不太担心这个，”他拉开了被子，露出了我的脚，“相比其他囚犯，你更该担心这里的病。”

我不太确定他指的是我脚部的感染还是这个拘留中心。

开端

在关押区的出入口处，我看到我们中的一个犯人正在和一个穿着红灰色制服的老人谈话。那个老头儿不像警卫那么生硬，他看起来非常平静，但肢体语言仍然给人一种冷酷的感觉，好像他也曾像我们一样坏事做尽，又仿佛他过去跟我们一样服过刑。

“那是谁？”我问我的狱友。

“那是牧师。”

我看到跟牧师说话的那个犯人给了他一个信封，然后又拿着一堆文件坐到了后面的桌边，他总是坐在那儿。

我走了过去，问他在做什么，他说：“我要上高中了。牧师帮了我不少忙，这是打发时间的好方法。”

我又观察了他大约一个星期。他总是很安静，就像普瑞斯特所说的那样，安静是真正绅士的标志。他从来不吹牛，不说别人的坏话，不参与巧克力棒的赌博，更不参与毒品交易。这个家伙只是以一种优雅的方式度过自己的牢狱生活。我很喜欢这一点。我想也许我也可以像他一样，在那些书中为自己找寻更美好的生活，就像他一直努力要实现的那样。或者这种想法非常愚蠢。

“我想试试这个，”有一天，我完成水袋训练后对他说道，“体验一下学校生活，我也想再试一次。”

他正在写笔记，听到我说的话，抬起了头。

“但是我的识字能力比较差，读书读不好。我很久以前就辍学了。之后的很多年，不是毒品就是艰苦的生活。嗯，重新读书确实让我有点头疼。”

“你错了，其实这很容易，不要相信那些谎言。”他将一张纸转向我，“这是我今天的阅读任务，你试着读一下第一行。”

我的眼睛甚至无法保持专注，我磕磕绊绊、结结巴巴地读起来，还搞错了几个单词，但我最终还是挺过来了。

“看吧，就像在公园里散步一样简单。如果你愿意学的话，我可以帮你。”

一个星期以后，我收到了牧师发的第一份英语作业。当我需要的时候，其他囚犯也给我提供了阅读方面的帮助，在接下来的一周，我完成了作业并提交了上去。一个月以后，我在期末考试中获得了 85% 的分数。

我内心的某些东西发生了变化。

接下来，我还学习了哲学和世界宗教方面的课程。我在哲学考试中获得了 83% 的分数。对于我来说世界宗教课程太难了，我没有完成，因为我不明白里面所有的大道理。然而，当地的学校董事会认可了我的努力，并给了我六个成人学分[①]。三个月后，我离高中毕业只差两个学分——这简直就是一个奇迹。

我所不知道的是，关押区的大多数人都开始怀疑我了。牢房里面谣言四起，说我在向狱警通风报信，因为每次我交完作业或者给

① 成人学分：成人学分计划是为 1999 年 9 月之前进入高中的学生而设。学生可以从他们离开高中后的工作和生活经历中获得最多 12 个等值学分。在成为成人学生后，仍必须完成至少 4 个 11 年级或 12 年级的学分。

奶奶写完信以后总会进行牢房突击搜查。终于，在我提交了最后一项作业以后，我在洗手间被一群囚犯拦住了。

“你为什么要故意说兄弟们的坏话，向狱警通风报信？”他们怒气冲冲地质问我，并将我推到了淋浴室的墙边。

“我只是想完成我的学业。”我说道，心里非常害怕但还是做出了坚定的样子。

他们粗暴地打了我一顿，有几下还打在了我的眼睛上，但最终还是停了下来，我想可能是觉得我没有被打得垮掉，所以比较满意吧。

信使

有个人要来看我，这让我非常兴奋，因为从来没有人拜访过我或给我寄过信——从来没有。我给奶奶写信她甚至没有回应，我也习惯了，这不会再困扰我了。

警卫给我戴上手铐，带我去了访客区。令我惊讶的是，在监狱有机玻璃窗的另一面站着的竟然是杰瑞。不知道他是怎么做到的，他又一次找到了我的藏身之处。他每次都能找到我，之前不管我跑去哪里——收容所、监狱或者全国各地的某个遥远的不知名的街角——那个浑蛋总是会一直盯着我，会追踪我。我尽力躲避他的过程就像是电视节目《荒野追击》的升级版，唯一不同的是杰瑞没有骑马或戴着牛仔帽，另外我也没有像节目里一样在灌木丛中奔跑和跳跃。但是，这是他第一次真正来监狱看我。

“原来你在这里，”他说道，“像受惊的老鼠一样躲起来了。你什么时候才能停手？”

“去你的，”我说，“我要回牢房了！等着瞧吧！”

“那就滚吧，滚回你的洞里面去，然后一个人死在那儿，你这可怜、可悲的人！”

我当时想一脚踢碎监狱的有机玻璃，让玻璃碴掉在他扁圆的脸上，让他一辈子都变成瞎子。

“我看透你了，大男子主义，整天胡说八道，”他说道，“一直是这样。总有一天我不会再找你了，然后你就彻底完蛋了。”

我心不在焉地摆弄着自己的工作服。

“你自己竖起了很多围墙，把自己关在了里面，不让别人来看你。真的是这样——你自己好好看看吧。我也没有精力再去一次又一次地打碎这些隔阂了。没有人可以做到。我是最后一个来看你的人，因为没有人再在乎你了。我费了很大的力气，才能站在这里和你见面。我讨厌看到你像动物一样被困在这儿，但我没办法，我只能强迫自己这样做，因为我有一个信息不得不告诉你。”

我抬起头来望向他。

“奶奶病了，她没有多少年好活了。你这样糟蹋自己的生命，深深地伤害了她，想到这些我就想揍你，真的。这些年来，奶奶一直希望你能醒悟，停止这样的生活。如果她死之前还是一直看到你这样，你将来会一直生活在内疚之中，无法获得救赎。我希望你能意识到这一点。”

听完，我用拳头砸在面前的柜台上，闭上了眼睛。

我不知道该怎么办。当我再次睁开眼睛时，我看到杰瑞的手用力地压在监狱的有机玻璃上。我不敢抬手和他隔窗握手，只是抬头看着他。

“看吧，我就知道你还是你，还保有自己善良的内心，还是我记忆中的小弟弟。”

话音刚落，监狱定时器的蜂鸣器就响了，我们的见面时间到了。当警卫将手铐重新戴在我已经愈合了一半的手腕上时，我转过身望向杰瑞，他的手仍然放在玻璃上，眼睛直勾勾地盯着我的眼睛。

又过了几个星期，我服刑期满被释放了。我感到非常绝望——因为我已经快要完成高中课程了，恰恰就在我快要完成之前被释放了，而我又要回到会让我慢性死亡的生活中，我清楚地知道这一点，因为我又要受到毒品贩子的控制，他们就像是一台 24 小时不停赚钱的机器。一想到在未来生活的沙漠中，我还要蹒跚前行，每一步都会让我的腿疼痛不已，我就感到非常害怕。

牛排刀

我开始从人们的后院偷自行车，然后交给毒品贩子换毒品。那些贩子从不过问我从哪里搞来的这些自行车，并以三十块钱一辆的价格收购了。我太需要钱来买毒品让自己嗨一嗨了。自从出狱后，我已经整整一个星期没有睡觉了，而且我感觉自己的毒瘾比以往任何时候都要严重。

在布兰普顿，我所待的那条街属于帮派管辖。布兰普顿的大麻需要先经过那儿，然后才能分配到皮尔郡的各个地方。其实，我非常清楚，自己不该在那儿偷自行车。但我很绝望，没有更好的办法，而且脑子也不灵光了。待在监狱的那段时间也让我的乞讨和偷窃技能变得比原来差了。人们也不再相信我的谎言了。“你是一个健康的年轻人，”他们会说，“你应该去找份工作。”

我发现了一辆小轮单车，上面的钉子是金制的，车把是镀铬的。我把它拖过栅栏，还没落地呢，一群愤怒的年轻人便从后面赶了过来，拦住了我。

“犯罪分子！”其中一个家伙喊道，“你又不是不知道，这个街区是禁区！”

他们抢过我的自行车，然后把我推入一个停车场，一共有五个人，头上戴着飘来飘去的头巾。

“不好意思，我们要好好地修理你一顿，看其他人还敢不敢乱搞了。”最小的那个家伙说道，他绕到了我的身后，堵住了我的去路。

前面的一个人拿出一把牛排刀，朝我猛扑过来，刀子正中我的嘴巴。我一下摔倒在地上，后脑勺撞在了混凝土上。鲜血涌入我的喉咙，让我有些窒息，但我还是疯狂地摆动身体，对着空气乱踢乱打，这是自我保护的本能。

“看看他的下场。”一个人说道，边说边反复踢我的肋骨，将我踢到了一边。我什么都感觉不到了，只是听到沉闷的砰砰声在我的身体里回荡。我看到刀插在我脸上，刀柄露在外面，盖住了我的脑袋。

我听到他们的笑声，接着是警笛的声音还有车轮碾压混凝土产生的摩擦的声音，我抬起头，看到袭击我的人像蟑螂一样向四面八方逃散，一辆警车停在了路边。我把刀从脸上拽下来，扔进了灌木丛中。一股鲜血蹿了出来，弄得我衬衫上到处都是，看起来就像是一场大屠杀。我的手在头上胡乱地摸索，左脸已经麻木了，上嘴唇的上方有个洞。我把手指伸进那个洞里面，发现刀刚好避开了门牙。

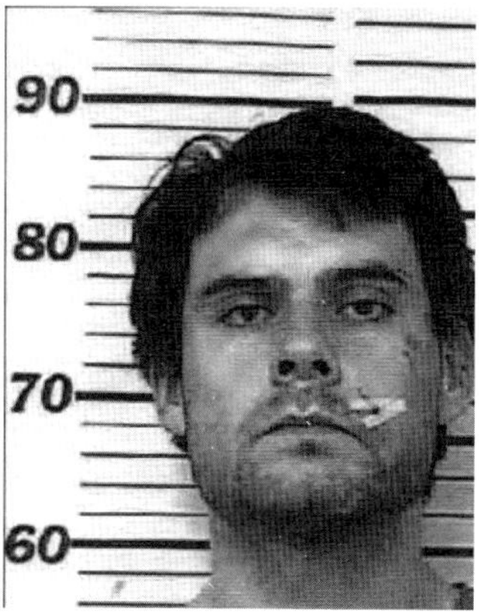

被黑帮的那几个家伙袭击以后，我先是被带到了医院缝合伤口；然后警察接手，把我关进了拘留所。如果仔细看的话，我脸上的疤痕依然清晰可见

一直往下，碰到了骨头。

一个女警察跑了过来，“谁干的？”她问道。

我没有回答，生怕附近建筑里面的人听到。

她扶我站了起来，然后让我上了她的警车，送我去了医院。

从医院出来之后，我又被押送到了 21 区，被指控犯有盗窃罪。我无所谓，因为不逮捕我，我可能连命都没了。

意外遇到的人

“报上姓名、生日、社保。”收容所的工作人员押韵地说道，朝我扔了有机玻璃下面的写字板。她看起来度过了艰难的一天，头发都起静电了。

我抓起了写字板。“我没有身份证，”我说，“我刚出狱，明天要坐车去渥太华戒毒所。牧师给我买了一张票。”我将灰狗巴士的票根推向了玻璃一侧。

我准备去的戒毒中心叫“丰收之家”，是现在可以找到的唯一一个基督教戒毒中心，这里接收了世界上最惨的瘾君子。我知道，在监狱的时候，我就尝试给这里打电话。考虑到我坐过牢，这里是我唯一的选择。电话号码是奥利弗给我的。

有一天，我在监狱打电话给她，想制订一个出狱计划。

“我跟你实话实说吧，杰西。”她说着，同时我潦草地写下了这些数字，“我认识你都多久了，你不能再这样下去了。你状态很差，快打电话吧。”

奥利弗总是那么乐观，充满希望。她相信上帝能拯救人类，即使是在最不幸的情况下。听到她这么说，确实引起了我的注意。我一结束和她的通话就给“丰收之家”打了电话，发现这家戒毒中心提供普通高中同等学历教育和治疗，我可以一直念书到高中毕业。另外，他们会立马接收我，除了这里没有其他地方可以做到这一点了。这给了我极大的希望。在告诉牧师后，他给我买了单程票，并给了我一条牛仔裤和一件衬衫，站在通往自由的监狱大门前面等我。

“这些衣服不合身。”我说。

“相信我，”他把我送到收容所时告诉我，“你会发胖的。”

有机玻璃后面的头发起静电的女士无视我和我的汽车票，将一支笔从玻璃开口处滑出，之后便开始和她的同事交谈。

我填好表格，把写字板递了回去。

“杰西·西斯尔。”她说，我点点头。她喊着叫我进去，让我在前面等着，拿洗漱用品，完成入住流程。

收容所空无一人，或者至少看起来空无一人。有几个人在洗手间门口打牌。一对夫妇在办公室接电话。我已经有几个月没来过这个收容所了，虽然多年来我一直是这里的常客，从2001年开始，当时是从之前的消防大厅搬到了这边。我坐在一位头发花白的老人身旁，从他的衣服和鞋子我能看出他刚刚出狱或失去了自己的家，这些衣服鞋子太好看了，不可能是流落街头的人穿的。

“她刚刚说你叫西斯尔吗？”他问，并用大拇指指向办公室示意。

“是的。”我思考了一下他的肢体语言，想知道我是否应该躲开——我想也许他可能是麦克和史蒂芬的朋友。

“难道你爸爸是桑尼？我只认识一个叫西斯尔的。”

“小西里尔·西斯尔是我爸爸。”

这个男人的表情立马从严肃变友好了。他伸出手时，我注意到他胳膊上有几个监狱文身。

“我叫罗德尼，我是你爸爸的好朋友。”

我拉着他的手。“除了我自己的家人，我从来没有见过认识我父亲的人。我正要去渥太华的丰收之家，明天走。”

“我去过那种地方接受治疗，但不是丰收之家。”

他的指尖被烧肿了。有迹象表明或者他和我一样毒瘾很重——只有打火机或裂开的烟斗柄会烧成这样；又或者他是个技工。

不太可能，我推断。技工通常不会来收容所。

“你爸爸是个大好人，是以前韦斯顿最好的人了。发生在他身上的事情太糟糕了。”

我点点头，没说话，只想听听他会说些什么。我猜测他也许会透露一些我以前从未听说过的细节，但他沉默了。

我最后说道：“我要是认识他就好了。”我瞥了一眼接收流浪汉的工作人员，然后又看了回来，不知道我的新朋友在想什么，“我在爷爷奶奶家长大。我最后一次见到他是在我三岁的时候。我一直关注着他。”

“关注他？”

“你知道，万一他在什么地方突然出现。我听说他无家可归。这么多年来我一直在到处找他。”

他摇摇头坐了起来：“没人告诉你吗？他已经去世了，孩子。他们在1982年抓到了他。”

办公室里的女士叫了我的名字，但我没有动。

“谁抓到他了？”

“你最好去签到，”他说，“如果你还不去，他们觉得你浪费时间，不接收你进收容所。”

“谁抓到他了？”我又问了一遍，然后起身朝办公室走去，还回头看了他一眼。

他没有回答。

工作人员在我身后把门关上，我一直坐在那里想着他说的话。

我出来的时候，他已经走了。

戒毒流程

我第一次在戒毒所没有戒毒成功，没有人一次就能成功。

我于 2007 年 11 月来到丰收之家，在这里连续待了三个月。我刚参加匿名戒酒会的时候，并没有真正学习戒酒会的十二个步骤，也没有像其他人一样，在个人发展课上深入挖掘我成瘾的根源。我相信自己比所有人都厉害，根本不需要按照戒毒流程去做。在最初的排毒和戒断之后，我不费吹灰之力就成功了，就像他们在戒酒会中说的那样，真是让人心惊胆战。当然，我滴酒不沾，也不抽烟，但尚未完全戒掉毒瘾，尽管我自认为已经戒掉了。后面的九十天里，我只是重复着第一天戒毒时的做法。

最终，二月的一个晚上，酒和毒品的梦境让我陷入了一个漆黑的夜晚。当时我和我的室友马克斯在一起，他也对这一戒毒流程毫无兴趣。我没有办法在渥太华度过孤单的冬天——我一件夹克，甚至一件毛衣都没有。我不在乎，重要的是我是自由的，我将嗑嗨且能喝得酩酊大醉，我不必在团体治疗中听顾问对我大喊大叫，也从来不会向爸爸、约什、爷爷或杰瑞透露自己的怨恨，或者阅读《圣经》，乞求上帝宽恕我，因为我知道自己不值得被原谅。

“今晚我是自由的。”我宣布。我知道自己很可能会被逮捕，所以我一直寻欢作乐，直到身无分文，被警察抓住。“我的荣耀时刻！”

马克斯咧嘴一笑，发出重金属乐队地狱般的尖叫，朝空中做出重金属手势。

我们爬到了篱笆上，在夜幕的掩护下爬过了篱笆。跳下篱笆的时候，我的裤子裂开了，露出我的屁股在冰冷的风中吹着。

重返自由的感觉太不可思议了！我就像一只发现了敞开的大门的狗。

派对时间到！

我们跳过栅栏一个小时后抵达了一个接收流浪汉的收容所，拿到了一些毒品并平分。在享受完第一轮嗑嗨后的摇滚般的动感后，马克斯看到了一个他在进戒毒所之前约会过的女员工。他向我挥了挥手，然后两人就消失了。

我跑到一家酒类专卖店，顺走了一瓶 60 盎司[①]的皇冠威士忌，连味道都没有尝，就咕咚咕咚一口气喝下去了。然后我又偷偷溜进去顺走了一瓶。我面不改色，衣着整洁，商店保安完全没注意到我。我衣冠楚楚的样子就像一件隐形斗篷。

我激动万分。我现在知道，嗑药带来的快感已经侵蚀了自己的所有道德判断。我完全失控了。我在做一些疯狂的事情，比如破坏公用电话，在整个渥太华地区的每一家商店里行窃——偷剃须刀、胸罩、化妆品、婴儿配方奶粉、虾……无论购物中心前的出租车司机想让我偷什么，我都偷来了。这些店铺就像我的个人银行——一个 24 小时不打烊的免下车饮料柜台。我一定已经连续 14 天没睡觉了，最后才终于在市场的停车场睡着了。在那时，我看起来肯定

① 60 盎司：约合 1.77 升。

像一只四处游荡的生物。我逐渐沦落到街头乞讨的地步，且毒瘾比我在布兰普顿的时候更剧烈，此时我的毒瘾比以前任何时候都强，等着我将它倾泻出来。

一切变得毫无意义

我走在渥太华的林荫大道上，店面的颜色在人行道上逐渐消失，在熏黑的雪堤下黯然失色，渗透到暴风雨的栅栏里。到处都是灰，越来越多的灰。城市嗡嗡作响，嘈杂的喇叭声和汽车轮胎在光滑的路面上旋转，溅起水坑里的水。我一瘸一拐地向前走，人们从我身边挤过。我肠胃一阵难受，一股“热流”顺着腿流下。

我尽最大能力控制住自己，几次停下来问商店员工我是否可以用他们的洗手间，但他们都答复“对不起，只有消费的顾客才能用”，然后把我轰了出去。我拖着脚步走进一条小巷，试图用丢弃的薯条袋来清洁自己。之后，我向一家餐馆要餐巾纸，他们拒绝了，还做了个鬼脸。我无法掩饰自己的狼狈。

我稳靠在一个公共汽车站上，拿出一瓶李施德林，喝了一大口，希望这个漱口水能清洗我精神上的创伤。除了用漱口水我没有更好的办法了。大多数酒类商店都抓到我偷东西，不让我进去。我听说安大略省酒管局的密室里甚至有我的照片。有毒的液体点燃了我的肠子，发挥了它的黑暗魔法。我变得昏昏沉沉，变成了一个十足的酒鬼，酒精把我的存在抹杀成碎片，我沉迷于这种感觉。

我的消化系统支离破碎。在过去的几个星期里，我吐出了混合着胆汁的血液，一种酸的、腐烂的液体，呕吐时会有灼烧感。除了能吃下些许吐司或淡鸡汤，我几乎吃不下任何东西。缺乏规律的饮食让我丧失了进食能力。当我试图强行吃下一些东西时，喉咙会剧痛难忍。收容所的工作人员都很担心我。他们会过来问我为什么不吃东西。我一直没回答。这不关他们的事，他们可以滚一边去。这些人甚至不知道我的真名叫什么。

一个路人停了下来说："我没有钱。"但我并没有问他要钱。他上下打量了我一下，然后瞥了那瓶李施德林漱口水一眼。

"去你妈的钱，"我说，"浑蛋。"我朝他的方向呼了一口气，然后又喝了一大口酒。胃里又开始燃烧起来，就像我吃下的是森林大火一样。我的胃收缩了，胆汁喷到了鞋子和人行道上。胆汁呈现的玫瑰色曾经让我害怕，但我现在已经习惯了。我用手擦了擦嘴，朝巨虎商店[①]走去，想要在那里偷一条新裤子。我的腿就像松松垮垮、弄脏了的牛仔裤下面的木高跷，膝盖相互敲打着。我用尽了所有的力气来保持稳定，我的视线恍惚，费力地走了几步就放弃了。

街角面包店散发出的面包香味让我想起了我的奶奶和我们在布兰普顿过的圣诞节。那时烤面包的余烬还在我心中燃烧着。我深深地吸了一口气，希望把它点着。没什么，都是过去的事情了。

我的胃咕噜咕噜地响着，我在地上寻找丢失的零钱和被扔掉的烟头。但我什么也没找到——除了垃圾，身上越来越脏，然后我还发现酒吧前的一张长椅。我的脚麻了，决定休息一下——我也不能从国会山的百年圣火喷泉上找到零钱了。我已经习惯了脚踝的疼痛，以至于经常忘记了龟裂的疼痛感。动手术已经是两年前的事情了。身体上的洞有一角硬币那么大，但边缘的肉是白色的、干瘪的，就像在水里浸泡太久的皮肤一样，排出一种绿灰色的软泥，干

① 巨虎商店：加拿大连锁折扣商店。

了后结壳变成黄色。像死人一样臭。我的脚痛以前让我难以忍受，但现在我无动于衷了。

酒吧的扩音器里传出了一首歌。我转过头去听，不知道是否能听出是什么歌。我没有听出来。我再也认不出什么了——音乐、电影或任何东西都认不出来。路标在我的眼中模糊成混乱难以理解的污渍。人们的脸也是。我是一只野兽，一只浑身是脏毛的流浪狼，一只连捕猎人都不愿惹的狼。世界从我身边呼啸而过。我生活在伊沃克人的阴影中。我痛苦地呻吟着，像他们一样离开了。我渴望再次拥有一种归属感，被人知道和接受——听到我的名字。再也没有人说我的名字了。我从来没有告诉任何人我是谁，因为害怕被发现。为什么？我不知道。我几年前就忘了我是谁了。

我向前倒在板凳上，双手抱着头，努力回忆我的名字是怎么发音的。我对自己大声念道。

“J-E-S-S-E，杰西。”

我笑了，但融化的胆汁冒泡进了我的喉咙，随之而来的是一股强烈的粪便味，把我带回了街上。奥利弗说得对，我的身体在衰竭，变得越来越虚弱，无法忍受更多的惩罚。

救赎和施粥处的女士

“嘿，你！”我听到有人喊道，“你给我下来。”

那是个女人的声音。我没有理睬她，继续爬上里多街那座已经完工一半的大楼的顶端。

“我说下来，不然我就报警了。”

我用瘦骨嶙峋的手抓住了一个刚刚完工的壁架的边缘。可能因为毒瘾和吃厨房里的垃圾导致我的肌肉有些萎缩，但我仍然像《中土世界》的主人公一样精神抖擞地寻找珍宝。

“你要干吗？”我回击道，“走开！”

我喃喃自语道：“为什么这些好心人老是和我过不去？他们为什么就不能管好自己的事呢？”我继续往上爬。

“我在希望牧羊人[①]收容所工作。我在领救济的队伍里见过你。”我爬得越高，她的声音就越大。

“那又怎样？”我看都没有看她一眼，说道。

她拿我没办法。我在监狱里制订了详细的计划。被释放后，我打算爬到一座建筑顶端，闭上眼睛，张开翅膀飞走，爆裂之声和酒精在我的大脑中汹涌奔腾，给我勇气。我受够了。如果说像一只吸食了可卡因、无家可归的老鼠一样在街上拖着脚步，漫无目的地行

① 希望牧羊人：之前吸毒的地方。

走是非常糟糕的体验，那么最近在渥太华的监狱里待的那段时光就更糟糕了。这不像和巴基与普瑞斯特二人在梅柏赫斯特监狱的那段时光——在这里我没有得到丝毫尊重。没有人会接我的电话——家人和朋友都无视了我。强奸犯和杀人犯的电话都有人接，但没有人接我的电话、回我的信件。算了吧。我每天都在办公楼前等待外界的消息，但都失望而归。

我向下面的女人喊道："听着，女士，我要在这里睡觉了，因为这里比在地面上安全。"

"现在还是冬天，冷得要命，你会被冻死的。"

一阵阵风穿透了我的帽衫，我突然感到浑身无力。"听着，你能离开吗？我只想一个人待着。"

"我不相信你。"

我加快了脚步。我不想失去镇定，所以我伸手准备继续往上爬。我的手在冰上滑了一下，我倒在地板上，扭动着身体，差点从屋顶滚下来。

"你差点就死了！"她喊道。

我喘着气，心跳加速，蜷缩着身躯，捂住耳朵，试图避开她喋喋不休的声音和刚才发生的事情。

"嘿，你知道吗？我想我确实认识你。你跟我说了你奶奶和哥哥的事。你说你叫杰西什么的。"

听到自己的名字被念出来，就像一把大锤一样敲醒了我的意识，我想到了奶奶和杰瑞。这些记忆使我崩溃，同时也温暖了我，我鼻梁上的泪水凝固了。这个女人说的是对的，我确实认识她。

我能听到她又在大喊大叫。

"你说你想念他们，想让他们以你为傲，我都记得。"

我翻了个身，从窗台上偷看。果然是她，黑发垂在肩后，她抬头看着我。

“可以了吗？别再做傻事了。”她满面笑容地说。

“下来，我们给你准备了汤，还有袜子。”

我站起来，开始了漫长的往下爬的过程。

我回到地面时，她用一个轻快的拥抱迎接我。“真是有惊无险。”

“确实。”我回答。

第四部分

涅槃重生

（2008—2017）

搏击黑暗

曾经，在不那么遥远的从前
我与现在判若两人

那是一段暗无天日的日子
无爱
冰冷
暴力

在那段日子里，我不再关心这个世界
那个掠夺着我
让我一无所有的世界

食人的怪物

我按照罪犯的信条活着
活在当下
遗忘过去
不顾未来

抢夺、盗窃、劫掠
随心所欲，不管不顾

活在黑暗里
与杀人犯和小偷
劫匪和亡命徒
混在一起

如今，我能搏击黑暗
皆因我曾是黑暗本身
一个肮脏的幻影
被人类灵魂的至暗一面驱使着
一只迷失在怨恨中的野兽

曾经，在不那么遥远的从前

青铜时代的黎明

“我们从犯罪现场找到了一些金钱交易的踪迹，”一名警官告诉他的同伴，“然后一路追踪到了他在进希望牧羊人之前吸毒的地方。你相信吗？”

这是个可耻的事实。在最后一次犯罪中，实际上是警察当场抓获了我。当他们把我塞进警车后座时，我几乎没有反抗。我已经受够了。

我面临着非法侵入的指控，在埃尔金街警察局接受处理。除了被捕的时候，我很少涉足那条美丽的街道。然后我被送到了渥太华－卡尔顿拘留中心。

于是，我又坐牢了，在那里对着螺丝钉发呆，数着出狱的日子和牢里的煤渣块。

那些煤渣块似乎跟我形影不离——监狱、精神病院、缓刑办公室、医院、戒毒中心、拘留中心、收容所、妇女收容所、福利院办公室、法院拘留室、警察局的办公室……它们无所不在。我厌恶单调的服刑生活，但若要说我对什么感到烦心，那就是牢房里狭小的空间。我曾经算过自己待过的几个牢房的面积：多伦多监狱有大约180平方英尺[①]，渥太华米尔顿的梅柏赫斯特监狱有大约190平方

① 180平方英尺：约合16.7平方米。

英尺[①]，而卡尔顿拘留中心只有大约160平方英尺[②]。但丰收之家康复中心的每间宿舍有360平方英尺[③]，对我来说就像五星级大酒店一样。

我给丰收之家打了电话，梦想着住进那里宽敞的宿舍，希望他们能派人在法庭上为我担保，把我保释出来。

工作人员接了电话："西斯尔，你在那里过够了石器时代的生活了吗？"

丰收之家的工作人员竟然如此幸灾乐祸。

"让我离开这里！"我哀求道，"我受够了这一切，我特别讨厌监狱的食物，那些就像是喂给老人吃的破烂退休食品。"

"啥？你不喜欢吃蒸熟的狗粮吗？"他大笑道。

十一天后，丰收之家的人把我保释了出来，我被直接送进康复中心。在判刑前，我都可以在那里消磨时光。

在卖掉金链子换取购买毒品的现金之前，我就被捕了。我不知道自己是从哪里得到的这条链子，但在室友戒毒成功三个月后，我把它送给了他

① 190平方英尺：约合17.7平方米。
② 160平方英尺：约合14.9平方米。
③ 360平方英尺：约合33.4平方米。

批准丰收之家为我担保的法官说，如果我在康复中心待上一年，那这一年就可以算作我的监禁时间。“但如果你跑了出来，西斯尔先生，我们会找到你，把你丢进我们最黑暗的监狱里，因为司法系统已经受够了你的这些破事。”他的手用力往下一拍，把我吓了一跳。

几个小时后，我回到了丰收之家，浑身颤抖，呕吐着，乞求怜悯。但我很感激有了一次忏悔的机会。

在玻璃上奔跑

我的蓝色亚瑟士[①]跑鞋的鞋带已经磨损褪色了。很显然，我并不是这双鞋的第一任主人，但我仍觉得它是全新的，我喜欢它现在的样子——它意味着我的第二次机会。

这双鞋是由当地的跑步俱乐部捐献给丰收之家的，所有来康复中心的人都会得到一双。一些人瞧不上这些鞋子，但这些人都会复吸毒品，没几周就被送回了监狱。而那些喜欢这些鞋子的人会坚持得更久一点，但通常最终还是会在两三个月内复吸。

丰收之家的主人加里·万德曾和我们一样，是一个努力戒断毒瘾的瘾君子。大约十五年前，他从蒙特利尔来到了丰收之家门前的草坪上。他是通过跑步戒断毒瘾的。丰收之家的每个人都说，他当时的情况比我们任何人都要糟，而他来到丰收之家当天拍的照片似乎也佐证了他们的话：他整个人看起来就像一坨臭狗屎。

万德现在负责丰收之家的跑步项目，并安排了鞋子的捐赠。事实上，将跑步作为治疗毒瘾方法的概念是非常卓越的。他说："跑步产生的多巴胺与可卡因一样，都影响着大脑的同一个部分。跑步可以缓解对毒品的渴望。"许多人参加了这个项目，同其中直接跑去抽烟的人相比，那些跑 10 公里或 20 公里的人更能抵御毒瘾的

---

① 亚瑟士：创办于 1949 年的日本运动鞋品牌，下辖品牌有鬼冢虎等。

诱惑。

我想和那些人一样。我想，如果去跑步，我说不定能避免毒瘾发作，履行自己的承诺。这一次，我必须全力以赴，倾尽所有。

“如果万德做得到，那么我也能。”我一边对自己说，一边蹒跚着走上车道，开始每天的 5 公里慢跑。然而，脚的状况很快便扼杀了自己新生的勇气，让我充满怀疑和忧虑。我的脚十分干瘪，没有一点肉，本该是肉的地方却都是骨头。每迈出一步，固定脚跟的针和螺丝就会钻进我的踝关节。若没有大量的药物或酒精来麻痹疼痛，我是根本没法跑步的。

“加里，我很害怕，”我说，人群聚集了过来，“我不知道自己的脚能不能坚持得住……”大家开始跑了起来，鞋子摩擦卵石的声音淹没了我。我蹒跚着想要跟上，看起来就像一只在冰面上逆风挪步的企鹅。

加里回头看了看，笑着说：“那你就慢点走，相信我。”然后转身加入其他人。

“慢点走？”我反问道，“你在逗我玩吗？”没人回应我。“去你的！”我大喊道。可这一点用也没有，所有人都跑远了。

我低下头看着自己的脚，由于手术的缘故，那只受伤的脚比另一只要长，和那只脚连在一起的那条腿也萎缩了，就像在一元店里卖的那种空心的破烂扫帚，扫地时稍一用力，它就会弯折。

如果我跑起来，那条腿会不会弯曲断裂？我想了想。至少比我的脚散架要好。

虽然我想哭，但一想到这两个可怕的情形，我就放声大笑起来。然后爷爷突然出现在我的脑海里。“跑起来吧！”我听到他用浓重的布雷顿角口音大吼道，“快跑起来，别再自怨自艾了。”我已经很久没有想起他了，但他又出现了，一如既往地教训我。

我被激怒了，撒开腿跑了起来。我并没有多想，只是把一只脚放在另一只脚前面，然后循环往复。我踩在石头上滑倒了，我受伤的腿和脚都在颤抖着，摇摇晃晃，但它们都坚持了下来。我的步态没有带来任何推力和弹力，灼热的疼痛感从脚踝传递到大脑。我感觉就像是在碎玻璃上奔跑，但我能忍受这样的痛苦。

我想知道，这就是婴儿学步的感觉吗？这样的想法在脑海中一闪而过，那条伤腿就不听使唤了，我翻滚着掉进一团灰尘和卵石中。

嘴里的沙土尝起来很甜美。

“上帝啊，我做到了！”我感叹道。

最终

我的手颤抖着，摁下了丰收之家 CEO 妮可给我的号码。

我坐那里，听着电话铃声，当接通的声音传来时，便慌乱地挂断电话。我盯着拨号盘，盯得越久，它似乎就变得越大。我再次拨打了那个号码，并在再次听到接通的声音后挂断了电话。

我只是还不知道说什么。我该对她说什么呢？

那天早些时候，妮可走到宿舍里我的床边，要我去她的办公室一趟。我坐下来的时候，看到她那严肃的表情，于是心想自己是否因违反规定而惹上了麻烦——我不确定自己违反了哪一条。

"我今天收到一封电子邮件。"她说，然后在电脑上打了些字。我以为这肯定是警察因为我以前犯的某个罪而对我提出了新指控。我一直很害怕法律的长臂，但如今，我正在第二次尝试戒断，因此也不得不接受它的惩罚。

"我不知道该如何说。"妮可说道。她的眼眶红了，却面带微笑。

所以，不是警察。我感觉很疑惑。

"你自己读吧。"她说着，把电脑屏幕转过来对着我。我看到了那封邮件。

你好，

我已经尝试联系我的儿子杰西·西斯尔很长一段时间了，但他从没在我被告知的那些地方。我听说他在丰收之家，我相信上帝一定帮了我的忙。说来话长，但我已经很久没有和杰西交谈过，也不知道他遇到了什么问题。我希望他没有受太多苦。我们的家庭在很久以前就支离破碎了，因此我没办法经常陪在他身边，但每当在我身边时，他似乎都能平静下来。

总之，如果他在那儿，请告诉他，我很高兴他获得了自己所需的帮助。我很爱他。如果他在你们那里，烦请告诉我。若他需要什么，袜子、内衣什么的，请告诉我，我会尽快寄过去。

谢谢！

布兰奇·莫里赛特

是妈妈。我简直不敢相信，我低着头，激动的泪水顺着脸颊滚落到腿上。

我试着稳定自己的情绪，再一次拨通了妈妈的号码。铃声只响了一下，电话就直接接起来了。

一个颤抖、微弱的声音传来："你好。"听起来像是个老妇人的声音，而不是我记忆中站在雪山上的那个妈妈。

"妈妈……"在无法呼吸前，我只能想到这两个字。我想说更多的话，却开不了口。

"杰西，是你吗？"

我不知道自己有没有回答她，但我们都开始哭泣。不是啜泣，更像是甜蜜的呼吸。我们之间的沉默胜过千言万语。最后，她告诉我，自从在温哥华约什的婚礼上看到我之后，她已经找了我十年了。在收容所、监狱系统、我刚住过一段时间的地方、精神健康机构、安大略省各地的戒毒所，以及在杰瑞家。

“你就像是个幻影。”她说，“有几次，我都差点找到你了，但都失之交臂。我很抱歉生活让你备受折磨。对不起，我没有陪在你身边。”

在她的话说出口之前，我就已经原谅了她。

我们剩余部分的交谈融化为情感的细雨，以最美好的方式滋润着我的心房。就像一场无声的夏雨，在漫长的干旱后轻柔地滋润着草原；又像瀑布下方升起的水滴云，轻轻地抚摸着你的脸庞。这样清爽又温暖的感觉，就像是我重拾了一些家的碎片，一些失去的自我。

它让我感到充实。

一张普通的纸

一位渥太华大学专司人际关系研究的教授正在监督研究生给我们丰收之家的人上沟通技巧的课，其中包括基本礼仪。

班上许多人对这些课程嗤之以鼻。

一个人说："到底是什么样的白痴需要重学洗屁股？"

另一个人说："只有荡妇和吸廉价可卡因的人才需要吧。"

或许是因为我的吸毒史比他们长——超过十年——而且忘记了比他们更多的东西，但我决心已定；又或许是再次听到妈妈的声音，让我觉得自己能够做到，让我觉得自己可以放手一试，让我再度拥有了一点点敞开自己心扉的勇气。每周我都去上课，并很尴尬地向教授珍妮弗·伦诺克斯·泰里昂博士承认，自己什么都需要帮助——刷牙、梳头、穿衣、洗衣。我当时真的很不修边幅。

在两个月的时间里，我重学了一切，并在宿舍里练习。我注视着镜子中的自己，计算刷牙的时间。我练习在说话时看着对方的眼睛，同时不打断他们说话。我把胡子刮得干干净净，不留任何胡茬，脸如同镜面一般光滑。

完美。

我花了数月时间练习阅读和写作。回到丰收之家后，我每晚睡觉前都会翻阅从娱乐室拿来的那摞百科全书，强迫自己吸收书里的内容。就像多年前我的狱友那样，丰收之家的室友们揶揄我，叫我

“爱因斯坦”和“斯波克先生”[1]。有人说我很荒唐，一个瘾君子居然想接受教育。

“你以为会有人雇用你吗？”一天晚上，有人在食堂里说，“你是个罪犯，吸毒的渣滓，并不比我们其他人高贵。”同桌的人都大笑起来。我想要做出回应，告诉他我现在有梦想了。但我只是接受了他的辱骂，把自己的宏伟梦想放在心里，继续前进。我参加了普通高中同等学力考试，并以优异的成绩通过。当收到最后的成绩单时，我想起了监狱里的那个伙伴，是他让我对学校重燃了兴趣。我希望他能重获自由，找到新的生活，远离囹圄。

礼仪课毕业的时候，我们排成一排去珍妮弗·伦诺克斯·泰里昂博士那里领取证书。她和我一样兴高采烈。有些人离开房间转头就把证书丢了。但我留下了自己的那张。回到康复中心时，我把它夹在一本大书里，让它免于卷边起皱。这张纸对我来说意味着新世界。每隔一段时间，我就会打开书，盯着这张纸看。

看到“杰西·西斯尔”和“渥太华大学”放在一起，我感到很高兴。我知道做了一件了不起的事，我真正地在生活中取得了一点成就。我没有驾照、身份证、健康卡，高中也没毕业，什么都一无所成——但如今我有了张结业证书，上面写着我的名字和“渥太华大学”！

---

① 斯波克先生（Mr. Spock）：《星际迷航》系列电影、电视剧中的角色，外星人，担任飞船上的科学官及大副。

推开

“嘿，西斯尔……下床吧，你有个电话！”

当时是晚上 9 点半，我昏昏欲睡，在完成了丰收之家一天的工作后，我已精疲力竭。我几乎没有听到罗伯第二次喊我的声音。

“兄弟，快起来！听起来事关重大。是你奶奶从多伦多打来的！”

罗伯总喜欢开玩笑，脸上也总挂着笑容。他从来没有认真过，但这次听起来他像是认真的。我从床上跳下来，跑到电话旁。

“杰西，”奶奶小声说道，“我需要你。”

“你在哪儿，奶奶？”

“威廉·奥斯勒医院[①]525 室，过来找我。”

“爷爷呢？如果他在，我就没法去。”

“你过来就是，就我一个人在，他之后会来的，你看着吧。”她说，“他真的很爱你，你知道的。”

我背叛过爷爷，背叛过他教会我的所有美好品德，我知道他因此而怨恨我，但我也知道，奶奶是对的。

“我爱你，奶奶。只要康复中心批假，我立刻就来。”我挂断电话。第二天晚上，我已经坐上了一辆前往多伦多的搬家卡车。司机

---

① 威廉·奥斯勒医院：位于布兰普顿的医院。

兰道尔是我的戒断助帮人[①]。丰收之家允许我请假的前提是，他不能离开我身边。

奶奶的手臂很虚弱，上面布满了深紫黑色的瘀斑。我试着不去看那些瘀斑，但她发现了，于是拉过被子盖住它们。

“别担心，杰西。”她说，“很快就会好起来的。”

但我知道这些瘀斑是威胁她生命的白血病的表现。我几乎崩溃了。

她说：“你知道我喜欢看科幻小说。大家带来的那些我都看完了。我需要一些新小说。你能从康复中心寄一两本来吗？”

“当然可以。”我鼓起勇气，立刻就想到了《神秘博士》。我知道她想分散我的注意力。“你想要什么都可以。”

她看着我，少见地把所有门牙（其中还有一颗是黑色的）露了出来，对我微笑。她的微笑是如此温暖，可以融化一月的坚冰。“为何不继续上学？宝贝孙子，全力以赴，你一直都很聪明，只是脾气有点大。”

我看见她乳灰色的眼睛里燃起希望的火焰。“我当然会继续努力下去。”我说。

“很好。”她振作起来，笑容变得更加灿烂，“那大学呢？你不能半途而废，必须坚持到底。”

“好的。奶奶，快点好起来。”这并不完全是一个承诺，更像是我为了安慰她脱口而出的话，只要能让我和她在这个病房里感觉好

---

① 助帮人：助帮人多为已戒断（戒酒或戒毒）成功较长时间者，负责在受助者戒断过程中提供帮助和指导，帮助他们完成整个戒断过程。

受点。

“很好，你不用担心我。我会没事的。”她把我从床边的椅子上拉过来，拥抱了一下，“记住，我会一直在你身边。”

我用双臂搂住她，能感受到她是如此虚弱。她用尽全身力气抱着我，然后突然放开手，把我推开。我想起第一天上幼儿园时，就在遇到利罗伊之前，我哭了一路，不想进去。我很害怕放开奶奶，和老师一起进幼儿园。奶奶跪下来，直视着我的眼睛，说：“去吧，杰西，没事的。幼儿园放学后奶奶会在这里接你，我保证。”然后把我推向老师那边，我闻到了奶奶身上旧香烟和香水的味道。

她现在也是这样推开我的。这样的一推，就好像在说：“去吧，在这世界上闯出一片天地。让我为你自豪。”

两周后，奶奶去世了。

全世界最干净的单身汉

奶奶去世的那一天，丰收之家让我毕业了。我想，这大概是因为他们可怜我吧。没有举办仪式，没有大张旗鼓地宣布，什么也没有。妮可只是走进宿舍，告诉我，我已经完成了第一阶段的治疗，让我收拾东西。我被升级到重返社会住房的一个房间里，这是一批完成治疗后的人使用的住房。他们在完成了沉浸式治疗的部分，并向进入现实世界过渡的时候，就会搬进这里。

在过去的路上，就在一年前我和马克斯跳过的栅栏的周围，一阵风吹来。它带着一股淡淡的山核桃和雪松烧焦的气味，就像篝火一样。我想相信这是奶奶的灵魂在告诉我继续前进。我做了个祷告，感觉她的灵魂已经离开了地球，向西方飞去。

一搬入重返社会住房，我做的第一件事就是开了一个 Facebook 账户。我甚至都不知道那是什么东西，但那边的人和我介绍一番，并帮我完成了设置。在注册完成后的几分钟内，我就收到了多年前的故交的信息——德里克、布莱恩、凯伦和其他邻居朋友。他们很高兴我还活着，也都像妈妈一样寻找我多年。

我听说利罗伊完全戒除了毒瘾，参了军，在五年前被派往阿富汗。我很高兴他改过自新，并为他祈祷。我还听说斯坦找到了一份好工作，干得还不错，他还经常问我是否还好。他一如既往地可靠。

我也收到了露西的信息。中学时，在山上，她是那个在一群备受欢迎的女孩面前对我很友善的女孩；也是那次万圣节派对时我遇到的那个红发女孩。那天晚些时候，我从杰瑞的公寓摔下，摔坏了脚。

她的信息让我感到慰藉。她从杰瑞那里听说了我奶奶去世的消息，想确定我没事，并且不会再放纵自己复吸毒品。她在我最需要的时候想到了我，让我感觉十分温暖。她的举动让我想起了凯伦的那种无条件的善意。这种善意我已数十年未曾感受过了。

用“胆怯”一词来形容刚开始交谈时露西给我的感觉并不恰当——它更像是一种混合着震惊和恐惧、完全的兴奋、极度的自豪的感觉。我对自己能吸引这样一位备受尊敬的女性的注意而感到非常高兴：她在大学里是位成熟的学生，有自己的地方住，知道自己想要什么生活，或多或少保持着清醒的头脑，独立自主，不需要男人来支持她或照顾她，而且她很美——就像是一位红发的火焰女神。而我不过是一个康复中的瘾君子，想要在这个世界上做一点正确的事。

不过，能与她建立联系，让我感觉自己是世界上最幸运的人。

多年来，我从未和如此强大、富有生气、聪明的女人说过话。多年来混迹街头让我一无所有。我所拥有的只有自己的文字，和一颗想要打动她的心。

我开始给她写诗。我做了手腕矫正手术，修复坠楼、与警察打架以及在监狱中做了数千个俯卧撑后一直未愈的骨折，因此只能单手打字，常常几个小时才能打完一页。我为每一页都倾注了心血。这是我最早发给她的邮件之一：

人生中的这么一瞬

两个人相遇了

不知道宇宙为他们设计了什么样的未来
他们之间的纽带如此强大
让时间停滞

这便是真爱
无穷无尽
我会永远爱着和你在一起的这一刻

这一刻是属于我们的

露西很喜欢这首诗，一周后，她寄给我迈克尔·J. 福克斯[①]的《一直向上看》[②]和保罗·科埃略[③]的《牧羊少年奇幻之旅》[④]，这些书都传递着希望的信息，教会我们哪怕有许多缺点，也要让自己的花园、自己的生活尽善尽美。我读完了这些书，知道她在用很独特的方式帮助我。她还和我说，这些书稍微被弄破了些也没关系。

此后，我们疯狂地用 Skype 进行视频通话。每次通话前，我

---

① 迈克尔·J. 福克斯（Michael J. Fox）：加拿大裔美国演员，曾五次获得艾美奖，四次获得金球奖，代表作为《回到未来》。

② 《一直向上看》（*Always Looking Up*）：迈克尔·J. 福克斯所著自传，讲述自己在罹患帕金森病后如何度过最黑暗的时期，并鼓舞他人的。

③ 保罗·科埃略（Paulo Coelho）：巴西作家，作品全球销量超过 2.1 亿册，是历史上作品最畅销的葡萄牙语作家。

④ 《牧羊少年奇幻之旅》（*The Alchemist*）：讲述牧羊少年圣地亚哥追寻宝藏的奇幻冒险故事，具有启发性和励志意义。

都会洗澡，梳理头发，戴上最好的帽子，穿上最整齐的衬衫、裤子和全新的皮夹克，甚至会换上干净的内裤。

混迹街头的生活肮脏得可怕。很多时候，我都希望自己能洗个澡，但根本没有条件，因此经常几个星期都没有洗澡。所以，戒毒后，我收集了大量的肥皂、沐浴露、护肤霜、磨砂膏、牙膏等，毫不夸张地说，达到一两百件之多。我把它们摆满整个书架，还放在我在丰收之家的房间里的电脑座椅后方，完美地摆成一排。

当露西打来视频电话时，我会坐在一排肥皂和洗发水前。这样，她就会看到我是多么干净，像她一样值得尊敬。

我真的很想给她留下好印象。

解决办法的另一半

我的保释官F先生来到丰收之家，参加最后一次周访。他坐了下来，阳光在他身后照耀着，把夏日的温暖带到我的脸庞。

“你已经完成了疗程，杰西。”他说，“感觉怎么样？”

“我不确定。”我漫不经心地说。我还没被彻底释放，但这一次，我并不害怕自由。

我的案件档案袋就放在桌子上，很薄，而之前在布兰普顿的档案袋很厚。光是这一点，我就觉得自己取得了很大的成就。他翻阅了文件，在最后一页上盖了章，然后让我在太平绅士[①]的释放确认书上签字。

我自由了。

“离开这里后，打算做什么？”

“我跟你说过的那个多伦多女孩，露西，”我说，“我要去见她。”

F先生端详了我的脸好一会儿。

“你知道吗，当你刚来这儿的时候，我觉得你戒毒的希望不大。”他说，“我不确定你是否会履行自己的担保书，以为你会像其

---

① 太平绅士（Justice of Peace）：是一种源自英国，由政府委任民间人士维持社区安宁、防止非法刑罚及处理一些较简单法律程序的职衔。在英国、澳大利亚、新西兰、美国、加拿大及中国香港等地都有该制度，要求和职务范围各有不同。其中，在加拿大，太平绅士的职务包括担任较轻微案件的裁判官。

他人一样半途而废并复吸。”他向在大厅里排着长队的戒毒者示意，“但你有些不同……”他用笔尖敲了敲牙齿，然后看了看我的活动报告。

“你做了所有的杂事——打扫盥洗室、厕所、淋浴间，在厨房打杂，给地板打蜡，卖日历。你给年轻人提供指导，帮助他人阅读，上学术衔接课程，在跑步项目里跑马拉松。你在十二个月里做了这些事情，没有一次违规记录。这很不寻常。”

我回想起第一次在丰收之家戒毒的第一天。我骨瘦如柴，刚从布兰普顿的灰狗巴士上下来，像沉没的泰坦尼克号船体上的铁铆钉一样锈迹斑斑。当时，我对整个世界有一种真正的仇恨，但在听到爸爸的消息后也怀有一丝希望。收容所里的那个人让我往前看，放开那些执念，不再追寻爸爸的鬼魂。但直到第二次尝试戒毒期间，开始在小组治疗中公开谈论自己时，我才真正理解了他的意思。我很绝望，我不想死，但在和马克斯复吸后，我差点就丢掉了自己的命。

“我想我只是选择活下去。这意味着在每件事情上都拼尽全力。”

“得了吧。”他摇了摇头，就好像我给了错误答案一样，“那仅仅是解决办法的一半。”

我不知道他是什么意思。这次我已经付出了努力。我像几年前布莱恩和T先生教我的那样，设定许多微小的目标，并选择将每一个都贯彻执行。我选择不吸毒，强迫自己接受治疗，直到几分钟变成几天，几天变成几周，几周变成几个月。我确实设定了只有一两分钟的目标，心想，若能坚持到下一分钟，那么我或许就会有机会活下去。我可能有机会成为不一样的人，而不是一个挣扎的瘾君子。我在所做的一切事上不断选择，直到达成连续三个月没有吸毒的目标。我认为自己已经完成了不可能的事情，对过去的我来说，这几乎是不可能做到的。我的名字被写在了成就板上，看起来是多么成功：杰西・西斯尔——90 天。而现在，我已坚持了一年，并正确完成了戒断会的步骤。我觉得自己可以选择一个更好的未来，直到永远。

“毫无疑问，你完成了大量的艰辛工作。但不要忘记在背后支持你的出色团队，这家康复中心，以及在过去十二个月里与你并肩作战、赢得胜利的瘾君子们——他们支持着你，让你有机会选择更好的自己。他们也值得称赞。”

我坐下来，思考着 F 先生所说的话。他的话很有道理。布莱恩和 T 先生的赋能哲学忽视了一个外部因素，那就是家庭与爱所给予的支持。丰收之家让我拥有了这两件东西，他们给了我选择的机会。

“还有你，F 先生。你也发挥了很大作用。你让我给被我打劫的那个便利店老板写了一封信。这件事在很多方面帮助我前进。”

他笑了笑，把另一张纸塞给我。

“你在多伦多还有十八个月的缓刑期。你要去这里报到。”

我看了眼表格，发现要去的缓刑办公室就在我坠楼的那条街上，就在自己曾经经常吸毒的那个角落里。我的体内涌动着对可卡因的渴望，却不足以让我冲进厕所吸上一口——这是一种真正的、切实的进步。

“我希望这个叫露西的女孩能像这里的每个人一样支持你。”F 先生说，“你要记得继续做出正确的选择。”

我点点头：“我相信她会的，我也会继续做出正确的选择。”

勇气

我这一生从来没有这么害怕过。

我走到肿瘤科病房，想着要说的话，手心直冒汗，心脏无法控制地颤动着。我死死捏着露西的手。

她笑了：“鼓起勇气，杰西。告诉他你的感受就好了。”

午后的阳光穿过大厅的窗户倾泻而下，照在她美丽的红发上，让我平静了下来。

“是时候了，”她说，“收起你的自尊心。”

我点了点头。我在多伦多的露西家只待了两天，就已经知道她是我的唯一了。我们聊了两个晚上，讨论我的爷爷，以及人们是如何为了做“正确”的事而不断奋斗，并浪费了大好年华的。当如此宝贵的生命以如此无用的方式度过时，“正确”也就无从谈起了。我向她讲述自己内心的空虚，多年来，我一直试着用毒品来填补这一份空虚。我还告诉她，在我和爷爷因我想买车一事而在面包车里大吵一架后，我通过伤害自己的方式伤害了爷爷的心。

“你不明白吗？”她说，“正是因为你们两头倔驴都很爱对方，所以才会爆发这场争吵，你们谁也不愿意承认这件事已经过去很久了。”

她是对的。我们西斯尔家的男人们从未学会如何表达自己。我们养成了强硬、没有感情的性格，手中的老茧和强壮的拳头是我们表达自己感受的方式。爷爷在布雷顿角岛的可怕童年教会他变成这样的人，毫无疑问，爸爸也因此而备受煎熬。

我上一次见到爷爷，是在奶奶的葬礼上。在她去世一周后，我再次被批准和戒断助帮人兰道尔一同休假，但当我走进殡仪馆，走到奶奶的棺材前时，他让我一个人待在了那里。我的姑奶奶们、姑姑和叔伯们坐在他身旁。即便在这样悲伤的时刻，爷爷也只是轻声啜泣着，仿佛在努力掩饰自己的哀伤。我弯下腰，亲吻了奶奶的脸颊，她脸上挂着平和的微笑，就像一尊佛像。

当我转过身，向爷爷表示哀悼时，他擦了擦自己的脸颊，吼道："太晚了，浑蛋。她已经走了。"

我这辈子从未如此为他感到难过，我知道他不是故意的。曾经的我也用愤怒来逃避自己无法应对的情绪。

我回到了丰收之家。我偶尔会在车间里工作，做些鸭子玩具或家具用来出售，支持项目的运作。每当我举起钻头或锯子时，我都会想起那位老人。我希望，哪怕一天也好，爷孙二人能像我的孩提时代那样并肩工作。我希望能再一次听到他夸我"好样的"。我很想他。我很想为他拭干眼泪，告诉他自己的真实感受。

我们走入爷爷在医院的病房时，他正和雪莉姑姑单独待在一起，我已经将近五年没见过姑姑了。她握着他的手，泪流满面。姑姑向爷爷低语了几句，他抬头看了看我。我沉默不语，他也沉默不语。很快我们也都哭了。

最后我说："对不起，爷爷。"

"我知道，杰西。没关系的。"他伸出手臂，我们拥抱在一起。

我知道他从家人，主要是雪莉姑姑那里听说了我为让自己变得更好而做的一切努力，我知道他比任何人都更了解我。我确信，他能直视我的内心，看到我真的在拼尽全力。

“我为你感到骄傲。”他说，然后像小时候对我的膝盖那样，给了我的前臂一记空手道，接着握住了我的手。他的手在颤抖。他告诉我，他很理解作为一名孤儿是什么滋味。“这就是为什么我对你一直很严厉。我要让你变得坚强，就像我爷爷对我一样。这是保护你的唯一办法。继续勇敢前进吧，否则，我就狠狠揍你一顿。”他给我使了个标志性的大力水手眼色。

这是近二十年来，他最接近说爱我的一次。

一个半月后，爷爷去世了，和奶奶去世的日子正好相隔六个月。

追随你的梦想

露西和我坐在公寓的沙发上。我把一条腿放在茶几上，在与罗恩叔叔工作了一整天后，它因疼痛而颤抖着。我开始重新为兰多夫工作，安装厨房台面，一天经常需要工作十四到十六个小时。繁重的工作让我的伤口又裂开了，露西总是在晚上帮我处理，在伤口上涂抹复方芦荟酊，用特殊的绷带包住腿以减轻肿胀，还在我的肩膀上画画，分散我的注意力。

"啊，小心点。"当她在沙发上挪动时，我大喊起来，"你撞到我的脚了。"我没好气地说了句。我是到最近才变成这样的，在下班后变得尖酸刻薄、脾气暴躁。

"我很抱歉。"露西说着，亲了自己的手一下，然后把它放在我的脚上，"我不是故意的。"

我哼了一声，交叉着双臂。我做得太过火了。

露西转过头来面对我。

"在过去一年里，我一直对你的这种情况保持沉默，"她说，"但到此为止了。"她的语气非常严肃，显然这次不会再忍气吞声了。"我从丰收之家接你回来的时候，你只有一个装满捐赠衣服的垃圾袋，一墙的肥皂，一把牙刷，还有数不清的洗发水。"她停顿了一下，表情变得更加专注，"但你有一个梦想。记得我们聊过大学，记得你对你奶奶的承诺吗？"

我点点头。我知道要放下架子，认真倾听她的话。在康复中心第一次和露西打电话时，我正在值夜班，看管新来的人。那时候，我们花了几个小时互相了解。露西那时在约克大学[①]读大一，她是在社会漂泊了十多年后再重返校园的，那份敢于再次尝试的决心鼓舞了我。我们会聊她的作业，聊她是如何放弃与朋友外出的时间来及时完成作业、获得好成绩的。我们也讨论过搬到一起住，以及搬到多伦多后我该如何同露西一样重返校园。我们计划着一起学习，相互支持，检查对方的作业。我们是如此地相似，都是大器晚成的人。

“还记得去年秋天我帮你进入多伦多大学的学术衔接课程吗？”

“记得。”

“自从你放弃学术衔接课程，去和叔叔一起工作后，你就一直不开心。日复一日，我看着你痛苦地一瘸一拐回家。”她交叉双臂，“我不能再看你损耗自己的身体了——你不该是个建筑工人。”

“我已经尽力了！”我说道，使劲把手往下砸去。我以为她是在羞辱我这些养家糊口的劳动。我以为她的意思是我做得还不够多。

“你想发脾气就发吧。我需要和一个能够活出真我的人在一起。正是因为我爱你，我爱我们两个，我也知道你的能力。”她停顿了很长时间，“看到你一直忽视自己的梦想，我感到心如刀割。”

她让我想起了奶奶，她们两个都一样：当知道自己是对的时候，就会展现出强大的力量和不妥协的姿态。我还记得刚搬进来的时候，我们为了电视的摆放位置争论不休。我想要强行把它放在架

---

① 约克大学：位于安大略省多伦多的公立综合性大学。

子上，然而她拒绝了，告诉我电视放那儿并不合适。我对着她大吼大叫，然后按照自己学会的情绪管理方法在过于激动时，跑出房子，坚信自己是对的。

她并没有出来追我。她一直等到一个小时后我回来，才解释为什么电视要放在原处。她很平静、亲切，却很坚定。

她说："我理解你为什么会发脾气。若我像你一样，在多年里都无法控制任何事情，我也会发脾气的。"然后她说，她会一直在我身边，帮我解决情绪问题，尽管整个过程会令人不快。

天啊，我真是太爱她了。但如今，我竟在她要我面对现实时试着发起火来。这意味着我放弃了，背弃了对自己、对奶奶和对她的承诺。

最后，她说："我理解你想要追逐金钱，我们需要它来生存。但金钱不会使你我快乐，追随你的心才会。"

我思考着她说的话。那些夜晚里我们的交谈有一些不同之处，就像在肥沃的土壤里种下了梦想的种子，我们的梦想和渴望源源不尽，培育着彼此都想要的、能够在对方身上看到的未来。我在她身上看到了希望和追逐梦想的勇气，她也让我拥有了这样的勇气，并坚信我们都有可能实现这些梦想与希望。这样的勇气是能互相传递的。

她是对的。

在我只不过是一个刚完成戒毒的罪犯时，她就信任我、爱我了。那时候，我感觉没有人会愿意像她这样对我。我向自己许下承诺，无论如何都要尊重和保护这份信任与爱。尽全力学习是那份承诺的一部分。

“在那一行里填上自己想学的专业。”露西的红发拂过我的手臂。她在指导着我完成约克大学的申请流程。“你想做什么？”

我挠了挠头，说道：“我喜欢历史，看了许多‘一战’的纪录片。”然后低头看了看自己长满老茧的手，难以想象它们写学术论文的样子。尽管几周前就已经不为兰多夫工作了，但我仍然怀疑自己的决定。

“很好，历史学家是一个伟大的职业。”露西移动鼠标，点击了电脑上的一个方框，滚动到申请表的下一页，然后笑着说：“快完成了，现在只需在这里填入你所有的个人信息，就完成了。”

她走开了，拿起水壶去泡茶。

“但是……”我说。申请表才填写了一半，上面的文字对我来说就像天书一样。

“不，这次你必须自己完成。”

我知道她并不是小气。

“我已经教过你很多次如何填表了，我的工作已经完成了。”

我无法反驳。自和她一起生活以来，露西已经帮我填写了健康卡申请表；教会我如何开车，如何填写所有汽车与司机保险申请表；快要教会我如何发送电子邮件和使用电脑；教会我如何预约医生，如何在医疗机构填写表格；教会我如何获取债务信息，并制订还债计划；教会我如何开设银行账户，如何获取信贷；还教会了我如何正确写作……她编辑了大部分我写的东西，教我语法和句子结构，补充了我在普通高中同等学力考试中已经学到的东西。

露西基本上是在教我如何重返社会。

“好吧。”我叹了口气，努力填写剩余的申请和安大略省学生援助计划的表格。当我太过沮丧时，她偶尔会过来看看我，但坚决让我自己完成剩余的步骤。

当我按下回车键，提交表格后，她拥抱了我。

“你做到了。”她笑着说，“我想让你自己去获得成功。”

我感觉自己就像是攀登上了一座高峰。

缴清罚款

当我无家可归，屡次以身试法时，我就像男孩收集冰球球星卡一样收集着罚单。警察对我处以罚款，法院也因我每次未出庭而处以罚款，法官根据每次定罪的情况对我处以罚款。每次罚款从五十元到二百元不等。最终，我的罚款总额加起来超过了三千元。

罚款已成为我自以为永远洗不掉的黑色污点。它们一直与我形影不离，提醒着我，我是一个欠国家钱的罪犯，而这些钱我可能永远也还不清。过去我常思索改变自己的生活，但一想到这些罚款，我就会在开始改变之前放弃。在没有吸毒后，我没有去缴纳罚款，主要原因是我当时只能勉强糊口。但当我从康复中心毕业并开始工作时，我在露西的指导下开始了储蓄。有一天，在我开始上大学之前，我发现自己攒了三千多元。

我终于有了足够的钱缴清罚款了。

我和露西开车到布兰普顿，一起走进法院。我舔了舔大拇指，拿出那些面额五十元的钞票，一张一张地拍在桌上，直到我数完了3071元的钱款。

出纳员大吃一惊，冲我笑了笑。他知道支付这些罚款代表着什么——与过去决裂。

找到坚持的勇气

我在约克大学的首堂课是2011年9月8日的上午8点30分。那是一堂加拿大历史课。

当我背上书包，走出门时，露西对我说："放轻松。"然后用茶巾向我挥手。我记得当我在杂货店找到第一份工作时，奶奶也是这么做的。我笑了笑，内心却在颤抖着。

我第一个到达课堂，找了个前排的座位坐下，把崭新的活页夹、笔和纸整齐地放在桌上，准备听课。我看着同学们陆续走进来，挤满整个大厅，大约有四百人。他们每个人都只有我年纪的一半大。

他们来上课时，都带着电脑、手机或录音设备。我只看到两个人像我一样带着笔和纸。

没人坐在我身旁。我感到烦躁不安，试着对一些同学微笑，但他们对同龄人更感兴趣。

我担心，来这里上课是一个巨大的错误，这样的尝试或许愚不可及。我，一个前科累累，刚刚戒毒两年的三十多岁的中年人，竟然和一群光芒四射的年轻人在一起读书。他们比我多受了许多年教育，内心还有一块明亮的地方，尚未被现实世界冲击。我很害怕，收拾了东西，准备逃跑。

然后，我想起了在监狱里遇到牧师，并与他合作的场景。接着我又想起了珍妮弗·伦诺克斯·泰里昂教授，以及我是如何在康复中心重新学习一切的。

我不知道为什么看着这些带着电脑的天真无邪的年轻人时，会回想起这些，但这些记忆确实浮现在了我的脑海里。或许是因为我吓到了，就像那次我在交完作业后被狱友毒打一样，又或许是因为我坚定了自己不逃跑的决心，想要提醒自己，我那时没有崩溃，现在也不会。

不管是什么原因，我都认识到自己是靠努力走到这一步的，我有权利追逐自己的梦想。即便是我这样的人也应该拥有第二次机会。

我想，大学属于我，就像其他人一样。

寻祖归根

我开始上原住民历史课程，弄清楚自己到底是谁，以及为什么多年来，我在流浪汉群体、司法机构和街头看到过那么多的原住民。我想自己也许能从课堂和读物中得到一些答案，并理解自己以前为什么做出了一些糟糕的生活选择，同时避免复吸。这是一个漫长的过程，但我必须试一试。

在我的第一项作业中，教授维多利亚·弗里曼博士要求我们在加拿大殖民化的背景下审视自己的家族历史。

由于奶奶过去几乎不和我谈她的原住民背景，我选择打电话给妈妈，寻求解答。

“我们是米其夫叛军战士。”她说，“加拿大人叫我们梅蒂斯人。”

我认识“米其夫”一词。在约什的婚礼后，我们在塞希尔阿姨的厨房里聊天时有聊过这个话题。

“你的外曾祖母玛丽安·勒杜，也就是玛肖姆的妈妈，和路易·里尔[①]有血缘关系，”妈妈说，“去和伊冯娜阿姨谈谈，她对家族历史了如指掌。”

第二天，当我给伊冯娜阿姨打电话，问她我们家族和里尔的关系时，她几乎无法控制自己。

---

① 路易·里尔：梅蒂斯人叛军领袖。

“我等待你对自己的身份产生兴趣的日子已经很久了，”她说，“事实上，我已经等了一辈子。”她让我等她打开电脑，找出家谱文件。“我对 Ancestry.ca[①] 这个网站上瘾了，所以如果我昏过去了，那就快送吗啡来。”她笑了起来。她的笑声唤起了我的记忆：1979 年，我们从爸爸的住处跑出来后，就住在妈妈位于穆斯乔的家中，每当妈妈出去工作时，伊冯娜阿姨就会负责照顾我们，给我们掖好被子。我之前从未回忆起这段往事。

“让我看看。”她说着，听起来她正在喝某种饮料。“啊！找到了。莫里赛特家族树。我会把链接发到你邮箱里，让你自己好好探索一番。如果我自己解释的话，我怕你会听得太上瘾，然后又得回到康复中心去。”她又笑了起来，但我知道她是认真的。“我发的照片是米斯塔瓦西斯酋长——一名克里族酋长。他是你的三代外曾祖父。”

我还记得小时候，德里克的哥哥摩西问我是什么人。

所以，我们是克里人……

我查看了电子邮件，在我的屏幕上出现了一张巨大的黑白照片，是一位老人和其他印第安老人的合影，标题写道：“克里族酋长阿塔库普和米斯塔瓦西斯。”我仔细看了看他们脖子上挂的奖章，然后将图片最小化，并点开链接。一个庞大的家谱出现了——里面有数百位祖先的资料，每位祖先边上都有一个方框，里面有他们的名字、出生日期和出生地，并附有图片。许多人戴着羽毛帽子，就像电影里的平原印第安人一样，还有的人看起来就像老牛仔，其他人只是穿着普通的衣服。

---

① Ancestry.ca：加拿大一个用来查询自己先祖是谁的网站。

“你有克里人和道路保留地米其夫人的血统，杰西。你的先祖里有许多酋长、政治领袖和抵抗战士。”阿姨的话像火焰一样闪闪发亮，点燃了我的好奇心。

我快速浏览着信息，想要吸收这股汹涌的信息洪流。那些克里族酋长的照片最让我着迷。他们身强力壮，就像史诗里的人物，穿着镶有珠子的鹿皮衣服，头戴羽毛头饰，手握长矛，其中许多人还骑在高头大马上，边上簇拥着战士，和电影里的情节一模一样。

然后，我看到了外祖父母以及他们在火车轨道附近的小窝棚的照片。我感觉如鲠在喉——我已经有近四十年没有看到他们的照片了。他们的照片下面有一张战场的图片，标题是“巴托切战役”①，再下面是我曾做完手术后发烧时看到的那面带有无穷大符号的蓝色旗帜。

“巴托切战役是什么？这面旗帜又是什么，阿姨？”我问道。西部酒吧的沙龙门②和骏马奔驰的景象，以及我所感受到的恐惧再次涌上心头。但现在，我在和伊冯娜阿姨通电话，因此我努力克制着这份恐惧。

“在抵抗运动期间，加拿大政府攻击我们时，我们家族就在这里，为自己的土地而战。那是我们的旗帜——梅蒂斯人的旗帜。”

加特林机枪射击的声音在我灵魂深处轰鸣着。我想起了梦中那

---

① 巴托切战役：路易·里尔发动的西北叛乱中的一场战役，发生于1885年。路易·里尔带领的约500名梅蒂斯人抵抗军和其他原住民盟军在萨斯喀彻温省巴托切同加拿大陆军少将弗雷德里克·米德尔顿少将率领的西北野战军展开交锋，结果以路易·里尔战败告终。

② 沙龙门：指19世纪北美西部地区酒吧所使用的木栅门，由两扇门组成，通常只能遮挡人的腰部位置。这种门在西部片中经常出现。

个和我一起举起步枪还击的印第安人的脸，于是搜了搜家谱，却没有找到他。我想起了利罗伊和德里克在垃圾箱附近唱的那首铁娘子乐队的歌[①]。

这首歌讲的是不是同一场冲突？

我搜索了一下图片，看到同样的红衣士兵总队站在大河附近，沿着同样的山坡冲向那座白色教堂。我无法相信自己看到的一切。那是真的。

我和伊冯娜阿姨通了半个小时电话，她解释了我们的族人是如何奋勇作战，并在 1885 年后被赶出自己在萨斯喀彻温省巴托切的土地的。我们的族人被迫待在公路和铁路两侧的公共王冠领地[②]上，即道路保留地。这些土地不归任何人所有，也没有人想要。梅蒂斯人没有像原住民保护区的第一民族[③]的人那样受到条约的照顾，而是被弃之一旁，放任游荡，不受保护，并被剥夺了财产——我们是被遗忘的人。

萨斯喀彻温省北部的旧公路沿线，暖风吹来，齐腰高的草地沙沙作响。我拿出相机，拍下从德布登到比格里弗的那条早已破损的铁路线。铁轨在山上蜿蜒而上，然后消失在灌木和蓟草中。我找不到外祖母带我去采浆果的地方了，但知道它就在这里的某处。站在我身旁的是妈妈、伊冯娜阿姨和约克大学教授、梅蒂斯人历史专家卡洛琳·波德鲁奇尼。

---

① 铁娘子乐队的歌：指的是《跑上山去》（*Run to the Hills*），见“假意大利人”一章。

② 王冠领地：指加拿大联邦政府或省政府拥有的土地。

③ 第一民族：由加拿大政府划分而成，指的是印第安人中的莫霍克族、卡尤加族、奥农达加族、奥奈达族、塞尼加族、塔斯卡罗拉族。

我是在弗里曼教授给我的家族史论文打分后认识卡洛琳的。

弗里曼教授对卡洛琳说："这是我一年来读过的最好的论文之一。我想你需要见见我这位朋友。"

两周后，我来到约克大学历史系卡洛琳的办公室，手里拿着活页夹，里面装着伊冯娜阿姨和我自己所做的家谱研究。伊冯娜阿姨说得对：研究家谱会让人上瘾，但这种"上瘾"是最有益的。

我很快就知道卡洛琳并没有读过我的论文，但她想了解我的家族史。经过一番解释后，她说自己完全知道了我妈妈的族人——阿坎德、莫里赛特、蒙图尔——一些主要的梅蒂斯人抵抗战士部族、野牛猎人和萨斯喀彻温省北部公园地带的道路保留地家庭。

她同意收我为学生。

"你将进行一个独立的阅读课程。"她说道，并补充说将聘我担任她社科人文研究委员会项目的研究助理。"通过档案追踪梅蒂斯人的历史。"其中包括在萨斯喀彻温省各种梅蒂斯人历史遗迹进行实地考察。

我兴奋异常，这意味着我能够回到家乡，去看望妈妈和族人们。自三岁以后，我就再也没回过那里。

六月，卡洛琳和我一同飞回了家乡。

能在如此多年后拥抱妈妈的感觉真好。我在机场没有说什么话，而是用眼泪代替语言来表达。我和妈妈像狼一样低吼着，就像多年前约什和她在爷爷奶奶的家门口那样。卡洛琳兴奋地为我们鼓掌。

两个星期里，我、卡洛琳、妈妈和伊冯娜阿姨开车到全省各地，采访了十多位克里人和梅蒂斯人长老，参观了包括巴托切在内的，与 1885 年抵抗运动有关的历史遗址。许多长老告诉我们，他们之前从未与外人分享过自己的历史。这些历史遍布创伤，加拿大政府对他们也难有公正，我想他们不愿意讲述历史也是可以理解的。

外祖父母住的道路保留地既是我们研究之旅的最后一站，也是我追寻自己身份的最后一站。这片土地从老路向后延伸了大约 1 英亩①，一直延伸到火车轨道上。我认出了远处的白蜡树和白杨树，它们在现已废弃的土地上弯着腰，呻吟着。妈妈走在我们前面，来到老烟囱前。那里曾有一个小棚子，外祖父母会在那里熏制驼鹿、熊和鹿的肉。现在这里除了几块腐烂的木头，其余什么也没有了。

伊冯娜阿姨朝草地上的两个凹陷处走去，指着车辙说："你仍然可以看到汽车和手推车经过时留下的痕迹，博士。"

卡洛琳一边拍打着头上嗡嗡作响的蚊子，一边挣扎着穿过杂草丛。我像往常一样，缓慢地走在她身旁。我的双腿散发着能量——我正走在已三十七年没有踏足过的土地上——这块道路保留地好像还记得我，遍地的草原玫瑰似乎在向我微笑，左右摇晃着头，欢迎我回家。

伊冯娜阿姨用手指着另一块约 30 乘 60 英尺②的洼地，这块地和周边高大的森林不同，里面只长着小灌木和树丛。

"这就是我的妈妈和爸爸居住的地方。"她看着我，黑色的眼睛似乎环抱着我的整个身体。卡洛琳也转过身来面对我，眼睛像雪地里的麋鹿足迹一般大。

---

① 1 英亩：约合 4047 平方米。

② 30 乘 60 英尺：约合 167 平方米。

在我们访问道路保留地那天，我在距外祖父母家约3公里的帕克谷校舍里为妈妈（右）和伊冯娜阿姨（左）拍摄了这张照片。妈妈说她很高兴我回家了，所以要跳一支舞。她遵守了自己的诺言

我走到这块洼地里，跪了下来。

我浸泡在猪油和外祖母为我烙的班诺克馅饼的香气里。我听见她在采摘浆果时对大黄蜂和蚊子低语着，把它们哄走。我听见外祖父为我拉起里尔舞曲，背心上闪烁的月光在我面前翩然起舞。壁炉里散发的淡淡烟味正在空气中飘荡。我看见外祖父正在制作一把玩具剑。

我记起了他们。

我记起了妈妈的族人。

我记起了我是谁。

不同风俗的婚礼

露西和我没有举办盛大的婚礼。我们囊中羞涩，也不想为思考婚礼流程伤透脑筋，于是便只和最亲近的家庭成员和朋友们去了趟多伦多市政厅。

杰瑞来了，担任我的伴郎。他穿着他最好的黑色衬衫，头发向后梳着。

我们没怎么说话，但当他调整我的领带时，他对我说："你走过了一条漫长的道路，杰西，不过，是时候签订新的契约了，嗯？她是个了不起的女人。"他的声音有些颤抖。罗恩叔叔和他的女儿是我们的见证人，他们都流下了一些眼泪，不过比起他女儿来，罗恩叔叔的脸并没有显现明显的情绪，这是被爷爷训练出来的西斯尔家的男人。

露西最好的朋友也来了，还来了一位男性朋友，是汉伯学院[①]的教授。他负责播放音乐，本该在太平绅士宣布我们可以接吻后播放躁动陷阱乐队[②]的《甜蜜性情》[③]，但却错过了时机，直到仪式结束几分钟后才开始播放。我们拥抱时，身后传来了欢呼声和笑声。

我的岳母利巴坐在前排流泪，脸上却挂着大大的微笑。

---

① 汉伯学院：多伦多的理工类公立大学。

② 躁动陷阱乐队：一支澳大利亚的独立摇滚乐队，成立于 2005 年。

③ 《甜蜜性情》（*Sweet Disposition*）：躁动陷阱乐队于 2009 年创作的歌曲。

仪式结束后，大家聚集在内森·菲利普斯广场的杰克·莱顿纪念碑前，喝着昂贵的香槟，互相碰杯。我滴酒不沾，喝了七喜。碰杯时，我的杯子发出汽水冒泡的声音。

我们去基拉尼省立公园[①]露营度蜜月，随行的还有一只名叫露娜的金色拉布拉多犬——露西当时正替一个朋友照看它。我们在公园后面找到了一块露营地，并在快要黄昏时抵达。我们的邻居是一个小女孩和她的爸爸，他们正一边烤棉花糖，一边唱歌。我们向他们挥手致意，打开行李，生起篝火，然后安顿下来。我们对彼此微笑，喜上眉梢，对未来充满希望。

第二天，我们早早醒来，走到湖边，牵着手，向彼此许下承诺：我们会彼此相爱，彼此扶持，做彼此的朋友，直到生命的最后一秒。

露西和我于2012年8月25日在多伦多市政厅结婚

① 基拉尼省立公园：位于安大略省北部的公园。

市政厅的仪式不过是走个法律流程。我们两个人独自在森林里、在湖边、在朝阳下举办了真正的婚礼。我们将手浸入水中，连接彼此的纽带将永世长存。

在两个人相爱的那一刻，各块大陆相连在一起。我身体里缺失的那一块也被弥合了，无声无息，直到永远。

造物主是我们唯一的见证人。

浸水仪式①是我想象中祖先们的结婚仪式，也是我所能拥有的最好的婚礼仪式。

① 浸水仪式：根据北美原住民的仪式，新娘将水倒在新郎手上，代表他们全新的结合。还有说法是新娘和新郎都要洗手，以消除旧的记忆和过去的错误。

改变

今日，我重返故地
还是那扇老栅栏
窗户上还是那些老油漆
这里，是所有故事发生的地方

内疚把我推往这里，我不能再抱着这些借口活着
我深知你们早已不在人世

但我还是来了
伸手穿过时间
盯着那扇大门
为伤了你们的心道歉

我悄无声息地改变了，可你们永远看不到了

十六封信

在分割爷爷奶奶的遗产时，雪莉姑姑发现了一个旧鞋盒，塞在壁橱最上面、最难够到的地方，和奶奶其他最珍贵的物品放在一起。鞋盒里面是一叠来自安大略省布兰普顿惩教所的旧信件。爸爸在那里服完了最后一次刑期，然后于 1982 年 12 月获得了日间假释。此后，他在雪莉姑姑家门口坐上一辆车，便永远消失了。

“他上了那辆车，然后我们就再也没见过他了，杰西。”雪莉姑姑说，“我也真的很想我的哥哥。”她像往常一样哭了起来。

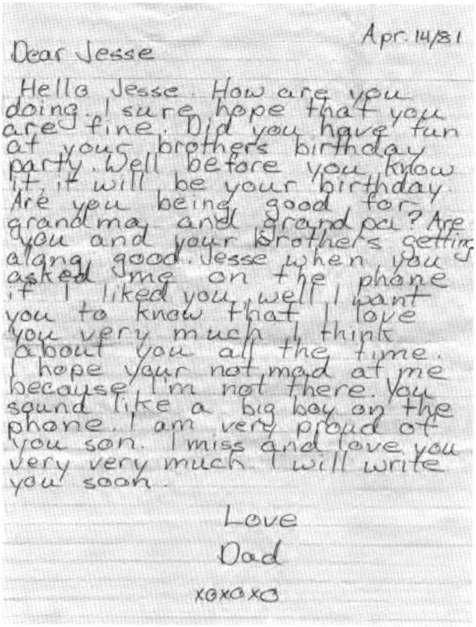
Apr. 14/81

Dear Jesse

Hello Jesse. How are you doing. I sure hope that you are fine. Did you have fun at your brothers birthday party. Well before you know it, it will be your birthday. Are you being good for grandma and grandpa? Are you and your brothers getting along good. Jesse when you asked me on the phone if I liked you, well I want you to know that I love you very much. I think about you all the time. I hope your not mad at me because I'm not there. You sound like a big boy on the phone. I am very proud of you son. I miss and love you very very much. I will write you soon.

Love
Dad
XOXOXO

1981 年，爸爸从惩教所写给我的信之一。他寄出时我才四岁，我直到三十多岁时才看到这封信当她把这些信和惩教所寄给奶奶的一本黑色封皮的监狱用《圣经》一起交给我时，我感到十分震惊。我都不知道有这些东西存在。

“这些应该交给你。”她说，“你和他最像，也曾过着和他最相似的生活。”

爸爸的名字被潦草地写在《圣经》的正面，一块被画掉的印刷字上面。

我一看到名字，就明白了这意味着什么。每个字母的曲线，写得很圆润的S，歪歪扭扭的N和T：他在试着完全掌握几年前就被抛之脑后的、曾在学校里学到的东西，他在狱中试着让自己变得更好。

几年前，在狱中练习写作时，我在寄给奶奶的信里也做了同样的事情。

我翻阅了所有的信，一字一句地记住了所有内容。我看到他曾和我一样努力过，想成为一个更好的人，想改变，想去爱，想回家陪家人，但由于某些原因，他没能做到。

我最喜欢的信是他直接写给我的那封。在信里，他谈到了约克——我成长过程中毫无疑问的最好的朋友。

“不要害怕那条狗，它是个好孩子。”他向我保证。

他写这封信时，我才四岁，很显然，我那时很害怕约克。

我猜奶奶一定是告诉了他，我有一次撕掉目录簿，把所有模特的照片乱放在被子下面，以及约克是如何在床上乱蹦，揭发了我的秘密的。我好不容易才把这段话读完。

这十六封信和那本黑色封皮的监狱用《圣经》，以及我必须厘清的、在街头和康复中心时对全世界的怨恨，是我仅有的和爸爸有关的东西。但这已经比我曾经拥有的多很多了。我很感激这段能让我回忆其他的旅程。哪怕这个旧鞋盒已经放了快三十四年，它也是我们父子亲密时刻的见证。

五十七年的爱

2015 年 10 月 14 日，我从约克大学毕业。

当我站在那里等待领取学位证书时，我对坐在观众席上的露西和她妈妈笑了笑，然后拍了拍放着奶奶照片的左胸口袋。我发誓，当我的名字被喊到时，那张照片一定在我的心口上熠熠发光。我走上毕业典礼的舞台，握住校长的手，接过了学位证书。

我敢肯定，奶奶当时就在我身边，为我欢呼，为我找到了自己的路、信守了对她的承诺而骄傲。

奶奶未见证我完成戒断或不再犯法，她也没见过我美丽的妻子露西。

露西现在戴着的是奶奶的结婚戒指，这是雪莉姑姑给我的一份惊喜。有天晚上，我在姑姑家吃饭时告诉她，我想娶露西，可苦于自己尚在读书，囊中羞涩，无力购买戒指。

“我会给你全世界最宝贵的戒指。”雪莉姑姑对我说，说罢便起身，走过约翰姑父，打开自己的珠宝箱，拿出一个布满灰尘的盒子。他们两个笑容满面。

“这是你奶奶的结婚戒指——见证了五十七年的爱——我肯定她会希望露西戴上它的。”

我愿意相信雪莉姑姑是对的，是奶奶派露西来照顾我的——她是唯一一个足够强大，能够看管奶奶这个叛逆任性的孙子的女人。

当行走成为祈祷

“意外”发生十多年后，我的右脚仍一直很疼。我想这个疼痛可能会伴随我一辈子。

每天早上，当我把那只脚放在地上时，就会有一股电流从腿直冲进大脑，就像一道闪电击中乡村里生锈的风向标。每天迈出的第一步都是最折磨人的，当我试图保持平衡时，它便会带来钻心的疼痛。我蹒跚地走向浴室，双手撑在公寓墙壁上，我的小猫波比在我的两腿之间穿行。有时疼痛难耐，我干脆用左腿跳，让右腿在身后晃荡。

铁丝摩擦着骨头的声音：这是我早上的“起床铃”，是每天唤醒我的东西。这也提醒了我，从哥哥公寓窗户上摔下是真实发生过的事情——我很庆幸自己还活着。

痛苦也让我不再接触毒品和酒精，它让我想起多年前的境遇，当时，毒瘾和无家可归几乎让我陷入绝境。相较于这一点，以及那些残酷的回忆，我充满感激。

然而，心理上的痛苦有时太过强烈，让我无法忍受。

我经常做噩梦，梦见自己的腿从膝盖以下被截肢了，在里多街上乞讨，却无人问津。我梦见一堆蛆虫正吞噬着创口周围坏死的肉，我的脚趾被吃得只剩下骨头。我梦见自己在刮脚上坏死的皮肤，就像刮掉玻璃桌上柔软的烛泪一样。

每当噩梦袭来，我感觉自己就像被淹没在冰冷的北大西洋中某个未知的海域。我深感无助和彻彻底底的孤独，就像无家可归时一样。当我准备放弃并失去意识时，我会完全清醒过来，大口喘气，汗水浸透睡衣，惊恐不已。我把毯子扔到一边，慌慌张张地想要看一眼自己的脚，看看它是否还健康，看看它是否还被胫骨连着膝盖，看看五个脚趾是否完好无损。

那只脚一直都完好无损，等待着我的检查，脚趾扭动着，肉乎乎的。它让我相信自己已经逃出生天，只要这只脚还与我连在一起，利维坦①就永远不会淹没我们。

露西总是知道我什么时候做了噩梦，并一直用同一种方法安慰我：对我微笑，告诉我一切都没事的，然后转到我睡的这一侧来，把我拉近，抱着我，安抚我睡着。她的双臂拯救了迷失在深海、溺水的我。

清晨，当我把脚放在地上，接受清晨的颠倒时，她也会在我身旁。然而，对这方面她就没有这么善解人意了——她几乎每次都会把我赶出房间，以便自己能享受那宝贵的最后五分钟睡眠。但当我的脚因一天精疲力竭的工作而疼痛难忍时，露西都会伸出援手。

我经常想，我是怎样靠着这样残破的脚跑步的（医生告诉我，若没接受医疗援助，我很可能无法再独立行走了）。事实是，我自己也不知道。但我知道的是，这只伤脚和它带来的疼痛改变了一切。它几乎摧毁了我，但我不知为何幸存了下来；它迫使我做一些不可想象的事情来拯救自己的生命，迫使我在被彻底击败的时候挑战自我并推动自己前进；它教会我信任我的身体、我自己和我的妻

① 利维坦：《圣经》中的吞海巨兽。

子；它迫使我记得，当我自暴自弃，把自己的问题归咎于世界，期望不劳而获时会发生什么。

在这些方面，我脚上的伤痛一直都是一种祝福，我珍惜自己所走出的每一步。每一步都是一件神圣的礼物，都以自己微小的方式，为我祈祷。

后记

我在渥太华参加由联邦无家可归者合作战略[①]发起的一场的关于无家可归问题的会议。该组织负责监督全国用于无家可归者紧急服务的数百万元资金。

我的小组讨论与如何在人口普查中找到无家可归者有关，这被称为时间点计数。我还就《加拿大原住民无家可归者的定义》初步草案发表演讲——我一直在加拿大无家可归者观察站[②]从事这项研究工作，并担任那里的原住民无家可归问题的常驻学者。我的老板兼同事杰西·唐纳森和我一同发表演讲，说实话，她负责了演讲的大多数内容。因为我像往常一样，说话并不利索，阅读也有困难。

不过，最近人们已经开始倾听我说话了。很显然，我已成为无家可归者和梅蒂斯人历史研究方向的专家，并在一个月前赢得了两项全国最高的博士奖学金——皮埃尔·埃利奥特·特鲁多基金会博士奖学金和瓦尼埃加拿大研究生奖学金，我还因以全国最高的平均分之一毕业而获得了总督银质奖章，成为约克大学六十年历史上首位获得该奖章的学生（无论身份是否为原住民）。

---

① 联邦无家可归者合作战略：加拿大一项独特的基于社区的计划，旨在预防和减少无家可归者数量。

② 加拿大无家可归者观察站：加拿大一个非营利、无党派的研究机构，与研究人员、服务提供者、决策者、学生和无家可归者合作。

公众的关注让我有点不知所措。我只是按照爷爷教我的那样努力工作，听从露西的建议，并谨记奥利弗告诉我关于做一个好人的忠告。但在这样的会议上，人们现在会倾听我的发言，而不是把我的手拍开。我终于有了归属之地——学术界。

人们现在知晓并开始谈论我的名字，当我做自我介绍时他们都会记得我。对他们来说，我不再是个模糊的形象，对我自己而言亦是如此。

我在渥太华汉密尔顿的麦克马斯特大学讲课的第一天

会议结束后，我本该和一些同事出去吃饭。但我放弃了免费的晚餐，转而选择出去走走，沿着银行街和里多街漫步，经过国会山和和平塔。我凝视着曾被我捞过零钱的百年圣火喷泉，它的正义之火将永远闪烁在我国各地的山顶。我搜寻着那位皇家骑警朋友，但他不在那里。

自我上次来之后，渥太华市中心已有了很大变化。这里新建了许多建筑，但位于达尔豪斯和里多街的泽西市场仍然存在，和以前一样，还是个贫民窟。众多的阿拉伯烤肉店也还在营业，它们会一直开到很晚，满足凌晨2点酒吧关门后涌向街头的大量醉汉的口腹之欲。我偷的那家店的窗户早就被修好了。

当我沿着达尔豪斯向使命收容所对面的诺富特酒店走去时，我发现自己摘下了银戒指、闪亮的飞行员手表和几年前圣诞节露西送的手镯，把它们藏在口袋里。我怕自己的珠宝会招惹来当地的无家可归者，使自己成为抢劫者的主要目标——如果是以前的我，一定会这么做的。我还想把自己巨大的苹果手机藏进口袋里，但这东西实在是太大了，藏不住。

如果他们抢劫了我，我想，我一定要起诉苹果公司，谁叫他们制造了这样一个巨大的、遮掩不住的手机呢?

然而，那些走出沃勒街使命收容所前门，并盯着我看的无家可归者，对我根本没有什么想法。他们和过去的我不同，对我和那部巨大的苹果手机毫无兴趣。他们只是站在那里，观赏着城市景观，瞥了我一眼，就好像我是一棵从人行道上野蛮生长出来的笨拙灌木一样。

我这棵站立于此的人形灌木，试着鼓起勇气，把自己连根拔起，走过去看看是否有我熟识的故交。但我的腿不听使唤。我只是盯着收容所的方向，踱着步，希望自己能对他们打个招呼，但我做不到。

这个地方再也不是我的家了，我想。也许它从未是过。

不一会儿，我朝通往附近救世军组织的步行道旁的啤酒店走去。

毒贩子一如既往，在巷子里向拜沃德市场的无家可归者兜售毒品。其中一名无家可归者身形健壮、肌肉发达，绝对不是长期在这里购买毒品的人——或许他刚从监狱里出来，又或许，他离被毒品摧残成形销骨立的样子只有数月之遥。他的两侧站着两名漂亮但满脸麻子的妓女。

当我从巷子里走出时，毒贩紧紧盯着我，用手把毒品藏进屁股缝里。他边藏毒品，边和身边的同伙说了句“警察”。他们轮流向在街头放风的人吹口哨。一阵口哨声回荡在远处，毒贩子和毒品消失在空气中。

他们以为我是警察？我笑着对自己说。我猜，这是因为我和那些吃甜甜圈的人一样身材魁梧吧。

这倒是真的。在这些地方，我身上的肥肉意味着我要么是个警察，要么是一个迷路的行人。但是，即便享受了多年奢华稳定的生活，我仍可以轻而易举地阅读整条街道，清楚地知晓“丧尸”的住所、“吸血鬼”躲藏的黑暗角落，以及他们向那些行尸走肉、心碎和迷失的人出售骨头和蝙蝠翅膀的地方。

我和先前一样，想要走到萨利安门前的无家可归者们面前，但双腿再度不听使唤。我只好站在那里，远远地看着他们抽可卡因和香烟，喝着啤酒。我猜这些啤酒一定是他们前不久刚从酒类商店偷来的。我对这一切都是如此熟悉。一个坐着轮椅的男人从我身旁经过，让我从恍惚中惊醒，提醒自己没有能力在这个毫无希望的地方看着无家可归者消耗自己的生命。我收拾好自己，往麦当劳走去。在那里，我发现了一个熟人，但他直接从我身旁走过，向我身后的人群讨要零钱。

“嘿，”在他要完钱后，我问道，“还记得我吗？”

“不——”

我看得出他在脑海里努力搜寻着我。“许多年前，我在使命收容所待过。”

话没说完，他就打断了我。“是啊，我记得有一个人长得像你。但他瘦得皮包骨，而你很胖！”

“就是我。”我说，并因他的实话实说笑了起来，“过去几年，生活待我不薄。我戒了毒，有了一个家庭，一个妻子，一只猫。你呢？”

“哦，还是老样子，你知道的。我现在住在希望牧羊人组织的二楼。我的头脑没有那么清醒了，他们喂我吃东西，给我干净的衣服，让我喝虫子汁。”

我知道他指的是精神类药物。他无法控制自己，表现出烦躁不安的样子，这是多年吸毒给他身体造成的伤害。他的鞋子用胶带粘着，裤子上沾满了在渥太华贫民窟长久流浪的污垢。他满是血丝的眼睛漫无目的地转动着，但仍带有我记忆中那抹智慧的神采。

“你曾经是我的朋友，奥马尔，”我边说边握住他的手，“你曾帮我提防附近的危险，在我生病时给我打针，我们曾经互开对方的玩笑，一起喝啤酒。还记得吗？”

“不，对不起。”他的眼睛转到了别的方向，“我不记得了，我只记得你的脸。我很难记得住东西了，对不起，朋友。”

“没关系。放心吧，老朋友。”

在离开之前，我要他照顾好自己。他保证他会的，但也需要一些零钱来度过这个夜晚。我把自己所能给的都给了他，然后分道扬镳。

当晚晚些时候，我坐在酒店房间里，不后悔没有和同事们共进晚餐。我以一种他们无法接受的方式探索了无家可归者的问题。他们对这个问题只能纸上谈兵，而我在离酒店咫尺之遥的混乱街道上漫步。那里，曾是我住过的地方。

而我已经对它说了再见。

我的灵魂仍无家可归

有时
在沉睡与清醒之间
我会梦游

心灵尚未意识到
我便缓慢地踏出前门
露天清爽的空气和夜空仍在召唤着我

在晚上
在沉睡与清醒之间
我会梦游

我的灵魂尚未意识到
流浪已经结束
我已有了一个家

寻人启事

你见过这个人吗？安大略省皮尔郡第 22 刑事调查分局正努力寻找一名失踪男子西里尔・桑尼・西斯尔（Cyril Thistle），并需要你的帮助。

西里尔・桑尼・西斯尔生于 1954 年 4 月 3 日，于 1981 年在皮尔郡失踪，当时 26 岁。最后见到他的是其家庭成员。多年来他的家人一直在寻找他，但没有任何结果。

警方指出："目前，所有调查线索都已枯竭，请求公众提出协助。"

若你有任何关于西里尔・桑尼・西斯尔下落的信息，请致电第 22 刑事调查分局的调查员，电话是（905）453-2121，转 2233。你也可以以匿名的方式拨打皮尔郡犯罪制止者专线 1-800-222-TIPS（8477），或访问 peelcrimestoppers.ca。

致谢

首先，我要感谢爱妻露西。你一直是我的全世界，我的一切。任何语言都无法表达我对你的感激。利巴，我的岳母，你是全天下最好的岳母，是我生命中了不起的真理老师，谢谢你教我用马铃薯饼做三明治。苏里亚诺一家，谢谢你们同样地爱着我，给了我和露西一个家；在许多方面，我都感觉自己是你们的儿子。卡洛琳，我了不起的导师，以一切能够想象到的美好方式改变了我的世界，我对你只有无限的感激。致在写作本书过程中和我分享故事的西斯尔和莫里赛特家族成员——妈妈、戴夫、雪莉、杰瑞、约什和拉尔夫——谢谢你们。谢谢蓝迪和原住民学生服务中心[①]的每一个人，你们让学校成了我的家。珍妮，你是我认识的最好的人，还有表妹切莉，你们帮我找到了写作之路，谢谢你们。玛利亚阿姨，你陪我走过了如此美丽的重逢之路，是我能够完成这一切很重要的原因。南希和珍妮特阿姨，谢谢你们和泰莎一起做的“阿姨计划”。泰莎，我知道我很害怕，但你让我有生以来第一次尝试演讲，没有你，我真不知该如何讲述这些故事。南希和帕特，早在我的世界崩塌之时，你们就一直支持着我。霍克利帮、百威男孩和东部的女孩们，你们铸造了我的灵魂，我时常会想起你们。丰收之家的各位和珍妮

① 原住民学生服务中心（CASS）：约克大学中的一个机构。

弗，在我还是一头愤怒的恶狼时拯救了我，谢谢你们。谢谢兰多夫和俄罗斯人安德烈，你们多年来雇用我，我还要为你们不得不多次解雇我而感到抱歉。史蒂芬、艾莉森和刑事法庭，谢谢你们对我的信任。我的最后两位缓刑官，特别是马塔，谢谢你们的指引。杰西·温特，你的故事改变了一切，吸引了西蒙－舒斯特出版公司的阿德里亚和尼塔的注意，谢谢你们看见了我身上的价值。最后，我要感谢劳里，出色的编辑大师，教会我如何写出优美的篇章。你耐心又善良，帮助我把自己的生活拼凑成这本回忆录，你的话语和教诲也都体现在这本书里。谢谢你。

作者的说明

我的回忆录是以我第一人称的视角进行撰写的。我已经尽力以一种有意义的方式来回忆和转述自己的生活。但由于当时太过年轻，以及后来的毒瘾，那些发生在我身上的事情就像光的碎片、闪烁的火焰、墙上的影子一样模糊不清。成长中所经历的创伤扭曲了我的人生观。我认为自己的大脑屏蔽了许多事情，扭曲了时间，折叠了创伤，让我如今能够以一个正常人的样子生活下去。

我所回忆的大部分内容是真实的，但被毒品和酒精遮蔽的岁月使部分记忆变得模糊，所以我使用了法庭、缓刑和学校的记录，试图帮助自己重建过去的记忆。许多在我动荡时期认识我的人帮助我填补了空白，其中有家人和朋友、与我打交道的警察、康复中心的社工、收容所的工作人员、缓刑官。

书中部分姓名为真名，其余为假名。